Delphine Bertholon

GRÂCE

Roman

JC Lattès

Couverture : Bleu-T
Photo : © Larry Towell/Magnum Photos

ISBN : 978-2-7096-3784-8

Première édition avril 2012.

Moje Kochanie,

Quand rentres-tu ?

Je t'écris mais nulle part où envoyer, nulle part dans ton monde sans boîte aux lettres, tes voyages, le travail je sais bien mais ce soir, il faut que je te parle. Tout à l'heure, j'ai parlé dans mon lit, je t'ai parlé comme on parle à Dieu, mais ça ne marchait pas. De toute manière, c'est bien pour moi d'écrire dans ta langue, en attendant ta langue pour de vrai. Je le fais sur la vieille machine Remington, j'adore le bruit, il va bien avec les pierres dorées de la maison ; ça résonne dedans et je me crois écrivain comme ceux des films U.S.

Je t'écris parce que j'ai un sentiment pour quelque chose à venir, un sentiment mauvais. Toujours, je sens les choses arriver. Quand j'étais enfant, j'ai su que grand-père allait mourir avant qu'il meure, juste avant, presque au moment où, j'ai senti un grand froid et comme si on m'étranglait, j'ai senti deux mains autour de mon cou aussi bien que je sens les tiennes sur ma peau quand tu vas et tu viens, je crois que j'ai su car Dziadek et moi, on était comme les doigts de la même moufle. Je ressens le froid et c'est pour moi, cette fois. Elle sait. Rien dit, rien montré, mais je suis sûre. Elle sait.

On le fera ? On le fera, partir ? On le fera ?

Ici, tout va. J'aime beaucoup tes petits, même si Lise parfois, je t'ai dit déjà, me fait peur avec ses grands yeux en pièces d'argent.

J'attends la Noël, parce que tu seras là, revenu, et je me demande si toutes ces personnes que tu vas voir à travers les routes ont besoin de toutes ces choses que tu vends à travers les routes. Chez nous, en Pologne, mon père était menuisier. Lui, les choses qu'il vendait étaient des choses qui servent. Tous, on a besoin de chaises où poser les fesses pour pas être debout tout le temps et des tables pour dîner et des garde-manger et des bancs et des chevaux à bascule aussi, on en a besoin. Il en avait fabriqué un pour mon anniversaire de six ans, avec la ficelle en forme de crin. Il avait dessiné des taches grises sur la robe alezane, mais son museau était bleu, comme pour pas que je croie que c'était un vrai cheval, comme si j'étais idiote. Un jour, mon voisin l'a cassé en montant dessus debout, c'est ce que font les garçons ; Nathan aussi parfois casse les choses de Lise et Lise pareil, sauf que Nathan c'est pas exprès mais Lise, toujours.

Ta fille et ta femme, elles se ressemblent, le blond cendre et le regard métal.

Quand rentres-tu ? Je sais, tu as téléphoné hier mais bien sûr, je n'ai pas pu demander. Si seulement elle n'avait pas été à la maison, si j'avais décroché, moi, pas elle... Depuis que la cabine est cassée, c'est comme si j'allais fondre de chagrin tous les soirs, à la place du moment où je descendais là-bas, attendre la sonnerie dans les parois de verre, et j'entendais ta voix et tu me faisais rire et après, tout était possible et joyeux jusqu'à ton vrai retour. En remplacement, j'écris. Si tout va, cette lettre, tu ne la liras pas. Mais j'écris car je perçois le froid comme pour Dziadek et je me sens malade. Si je ne suis pas ici quand tu vas revenir, alors c'est que j'ai raison, et cette lettre je la laisse dans notre cachette, tu sais où, sûrement tu penseras à aller voir, j'espère, et tu sauras que je ne t'ai pas abandonné.

Peut-être je dis n'importe quoi, peut-être je déraille comme les trains car tu me manques trop, il fait très froid et je prépare une maladie, je suis « lessivée » comme tu dis toi, ça me fait rire, je t'imagine grand drap que je tords dans mes mains pour t'égoutter et toujours, tu sais, oh, c'est bête, je pense à ça quand on le fait, quand il y a nos sueurs l'une dans l'autre, je ferme les yeux et tu deviens un drap tellement doux, alors entre mes mains j'essore, plus fort, je serre et je t'essore, et ta sueur, c'est une lessive en forme d'amour.

On le fera ? S'enfuir ?

Quand tu n'es pas là, toutes les choses dont je suis sûre quand tu es là deviennent des doutes et des ombres, des grands oiseaux noirs au-dessus de mon lit qui me piquent la figure.

Demain j'espère, tu téléphoneras encore, et je décrocherai car elle sera chez le coiffeur pour se faire belle à ton retour.

Je ne ferai rien de spécial, à ton retour. Je serai juste ici, et je t'attendrai.

Kocham cię.

C.

Dès que je passai le seuil de la maison, je sus que quelque chose n'allait pas. Peut-être était-ce le regard de ma sœur, et sa façon de ne pas même se lever du rocking-chair pour nous saluer, obligeant les enfants à progresser vers elle à pas lents, vaguement apeurés comme chaque fois avec leur tante. Ils l'embrassèrent du bout des lèvres puis déguerpirent dans le parc, à croire que le carrelage rouge leur brûlait les pieds.

Plus certainement, l'effet me vint du coin gauche du salon, ce coin que je ne voyais qu'une fois l'an mais toujours semblable, orné d'un sapin trop grand pour la pièce, le faîte recroquevillé contre le plafond, grotesque, comme si ma mère n'avait pas et n'aurait jamais le compas dans l'œil – à se demander si elle ne faisait pas exprès depuis le temps, *et mesurer, Grâce, tu n'y as jamais pensé ?!*

En réalité, tous les 24 décembre, ma première pensée allait, belliqueuse, à ma mère et à cet arbre démesuré. Mais cette année, je pensai au regard de ma sœur puisque de sapin, il n'y en avait pas. Le coin gauche du living était vide, scandaleusement vide, me tirant en arrière par le col pour me ramener à l'époque où je vivais chaque jour dans cette maison, il y a longtemps, si longtemps, une éternité.

— Où est maman ?

— Dans sa chambre. Elle dort.

J'ôtai ma parka, la jetai sur la banquette. La télévision était allumée, muette, sur une chaîne d'information continue. Le visage de Laurent Gbagbo, éternel président de la Côte d'Ivoire, occupa l'écran ; puis la tour Eiffel sous onze centimètres de neige, fait sans précédent depuis 1987. Je me penchai vers Lise, l'embrassai à mon tour, du bout des lèvres comme l'avaient fait les jumeaux, *clac* haut sur la pommette – pommette ferme, presque dure. Pour moi non plus, elle ne daigna pas se lever. Son fauteuil couinait telle une bête malade, un calot de charbon éclata dans le poêle. Ma sœur coupa les actualités, tendit mollement la main vers son paquet de cigarettes.

— O.K., dis-je. Il y a quelque chose que je devrais savoir ?

— Non, pourquoi ? répondit-elle en grattant une allumette, avec cet air qu'elle a toujours eu, depuis gamine, l'air de vous prendre pour un parfait imbécile, sans que l'on sache jamais s'il s'agit de méchanceté ou juste d'espièglerie.

— Pourquoi, Lise ?! Il est dix-sept heures, c'est Noël, maman dort, il n'y a pas de sapin et toi, tu te balances comme une demeurée au lieu de… Je ne sais pas, faire ce que tu fais d'habitude, ouvrir une bouteille sous prétexte qu'on est « enfin » arrivés, par exemple.

— Tu sais où est la cave, grand…

Je soupirai, humai avec désir la vague de tabac blond évadée de ses lèvres. Cinq coups claquèrent dans l'espace depuis la haute horloge à balancier, dans le ventre de laquelle je me cachais quand j'étais petit, pour échapper à ma mère, à ma sœur, à la tristesse. Après le départ de mon père, il ne restait que cela : la *tristesse*. J'observai Lise un instant, depuis des mois que je ne l'avais vue. Égale à elle-même, jean brut, chemise ouverte, cavalières à talons, garçonne de son état, une allure d'adolescente en dépit de ses quarante ans et de ses quarante tiges quotidiennes. Ni belle ni laide, juste étrange, comme un poulain maladroit dont le caractère serait, déjà, celui d'un étalon.

J'entrepris d'éplucher une clémentine, chipée dans une corbeille sur le bar américain. En cessant, moi, de fumer, j'avais développé mille manies pour m'occuper les mains. Au fur et à mesure, je posai les lamelles d'écorce sur le poêle pour que l'odeur jaillisse, cette odeur d'enfance, acide et âcre. Je pensai à Lise qui me faisait gicler le jus dans les yeux en ricanant : « Sois pas si chochotte, ça fait le regard brillant ! » Pour tout dire, ça me faisait surtout pleurer. Ma sœur souriait dans le vide, comme si elle pensait à la même chose que moi. Je tirai une chaise près d'elle, divisai la clémentine. Je lui en donnai une moitié, qu'elle engloutit tout rond dans un nuage de fumée. Elle avala, toussa, puis désigna sa cigarette :

— Tu tiens toujours ?

— Trois ans. En février.

— T'es un maître. Mais ça, c'est les mômes. Si j'avais des mômes, moi aussi j'arrêterais. Ou si j'avais du pognon. Ou les deux, tant qu'à faire.

— Fumer, ça coûte du fric, Lili. Un paquet de fric, même.

— Ouais. Mais quand on est blindé comme toi, on a des compensations. On part en voyage, on fait du shopping, on s'occupe les mains avec des bagouzes.

Je fixai mon alliance, que je faisais rouler autour de mon doigt, machinalement. Je pensai à toi, Cora, je pensai à nos petits dans le parc et la nuit ; j'en conclus que Lise n'était pas espiègle. Au fond, j'imagine que je l'ai toujours su. Un autre boulet claqua dans le poêle, fit craquer le silence comme un drap qu'on déchire.

— Je vais faire des courses ? Vous avez prévu quelque chose, à défaut de sapin ?

— Mais qu'est-ce que t'as cette année, avec ce foutu sapin ? T'as jamais pu l'encadrer, ce sapin, toujours à dire *il est trop ci, il est trop ça* ! Et oui, y'a à manger, t'en fais pas. Un poulet à la crème, suffit de réchauffer. On n'est pas aux pièces.

Les enfants réapparurent, grelottants, le nez et les joues roses sous leur petite chapka. Sur les visières en fausse fourrure, on voyait briller des paillettes de givre. En chœur, comme toujours lorsqu'ils sont excités, ils lancèrent :

— Il neige !

Soline précisa :

— Beaucoup !

— Des flocons gros comme ça ! renchérit Colin en écartant les bras, tel le Marseillais qu'il n'était pas.

— Super, les gars. Demain on fera des boules et je vous castagnerai à mort. En attendant, enlevez-moi ces fringues.

Ils se regardèrent, ce satané regard de jumeaux, cette connivence fatale, indéchiffrable. J'ai beau être leur père, je me sens toujours exclu.

— On ne peut pas jouer encore ?

— Coco, vous êtes trempés jusqu'à la mœlle ! En plus, il fait nuit noire.

— Ouais, fit Lise, s'adressant à eux pour la première fois depuis notre arrivée, je ne crois pas que le père Noël file des cadeaux aux gosses en pneumonie.

Ils fixèrent leur tante, mi-figue, mi-raisin. Intérieurement, je souris. Pour faire bisquer les mômes, ma sœur s'y entendait. Après tout, je fus sa première victime.

— Sans blague, continua-t-elle. Vous croyez quoi ? Le Vieux Mec Rouge, il a pas mal de boulot, ces temps-ci. Faudrait pas qu'il risque de se contaminer.

Les jumeaux se concertèrent avant de quitter la pièce, Soline devant, Colin derrière. Je criai :

— Le change est dans le sac bleu !

Dix minutes plus tard, ils étaient rhabillés, secs de pied en cap, réclamant des biscuits et du Coca-Cola.

La grande horloge venait de sonner la demie. Je crois qu'à cet instant, le premier événement avait déjà eu lieu ; mais à ce stade, seuls les enfants s'en étaient rendu compte.

Grâce Marie Bataille,
7 mars 1981, secrétaire de la chambre,
07 h 22 selon le radio-réveil.

Ce matin, j'ai eu trente-quatre ans.
Trente-quatre ans, deux gosses.

Le mari ? Ailleurs.
Toi – ailleurs.

J'ai voulu faire un chignon et tu sais quoi, Thomas ? J'ai croisé ma nuque dans le double miroir. J'ai croisé ma nuque et, dans la masse dense, il y avait une mèche de cheveux gris. Non, pas gris. Blancs.

Tu n'es pas là pour voir ça – tes putains de voyages d'affaires. Bénis soient tes voyages d'affaires. Je m'affame, mais tu ne le sais pas. Je passe des crèmes nauséabondes, mais tu ne le sais pas. Je fais des tours de village en soufflant comme un bœuf, mais tu ne le sais pas.

À trente-quatre ans, ma mère en paraissait cinquante. Ses mains, c'était de la paille de fer. Du papier de verre. Ses caresses, c'était du ponçage.

J'ai juré, juré de n'être jamais comme elle. Je me souviens, à treize ans devant la glace de ma chambre, j'ai juré.

Parjure.

Je suis allée chez le coiffeur, j'ai refait le balayage. La coiffeuse a dit qu'il faudrait bientôt penser à la couleur ; les mèches ne suffisent plus à endiguer le phénomène. Elle l'a dit comme ça – *le phénomène*. Cette salope n'avait pas vingt ans. J'avais envie de hurler : « Moi aussi, j'ai eu vingt ans ! » Je t'ai rencontré sur une plage, bon Dieu, à moitié à poil – et je donnais quelque chose, à poil ! En ce temps-là, mes fesses, c'était ce que j'avais de mieux. Mes fesses et mes cheveux. Tu le disais toujours : « Avec cette tignasse et ce cul, tu ferais faire n'importe quoi à n'importe qui. »

Je ne fais plus rien faire à personne ; même les gosses ne m'obéissent pas. Nathan, passe encore, c'est un bébé. Mais Lise, c'est une teigne. Elle tient de sa mère, je suppose. N'empêche, c'est ma préférée. Je ne le dirais jamais à voix haute mais oui, c'est ma préférée.

Mes fesses, depuis la naissance de Nath' ? Plus rien à en tirer. Alors mes cheveux, maintenant ? À trente-quatre ans, on est foutue, dis-moi ? Périmée ?

Grâce. Grasse.

Garce.

Mais la garce, ce n'est pas moi.

Pourquoi a-t-il fallu faire ça ? Pourquoi a-t-il fallu la prendre ? Je n'aurais jamais dû t'écouter. Cette mèche de cheveux blancs, c'est elle. Sûre, c'est elle. En six mois, mes rides se sont creusées, mes joues se sont fanées, mon cou s'est affaissé. Cette gamine, c'est une malédiction.

Je commence ce journal car de « thérapeute », chéri, je n'en veux pas. Ne suis pas une bourgeoise. N'ai jamais été une bourgeoise, à se regarder le nombril en chialant. Pourtant, il y aurait de quoi.

T'écris à toi parce que « cher journal », j'aurais l'impression d'avoir dix ans.

Crève. Jamais tu ne liras ces lignes. Personne, jamais, ne lira ces lignes. Je suis encore capable d'intimité.

Juste un peu.

Je voudrais la renvoyer, mais j'ai peur de toi. C'est stupide, Thomas, mais j'ai peur de toi. Je ne veux pas non plus lâcher le boulot, pas maintenant ; ce fut trop difficile de revenir dans la course – rapporter de l'argent, redevenir une femme, redevenir quelqu'un. Pour ça au moins, je ne serai pas comme ma mère, au foyer toute sa vie à compter chaque centime, tant l'achat de cette maison les avait essorés.

J'ai hâte que tu rentres, hâte que tu me baises, hâte que tu me mentes – hâte que tu fasses semblant.

Hâte que tu dises *Tu es belle.*

Jamais je ne saurais ce que tu penses vraiment, si tu regrettes cette nana que tu as épousée, cette blonde filiforme, grande et élancée, cette blonde au cul parfait qui n'avait besoin ni de couleur, ni d'ammoniaque, ni d'aucune saloperie d'artifice, cette blonde que je vois en photo et qui me semble, déjà, quelqu'un d'autre.

Quand j'aurai quarante ans, dis-moi ? Cinquante ?

Nathan pleure – encore. Une vraie cascade, ce gosse.

Je vais voir.

Maman apparut dans l'entrebâillement de la porte, ceinte d'un tailleur-pantalon noir d'une grande élégance, une tenue à la Saint-Laurent, tandis que nous étions tous vêtus façon « partie de campagne ». Une trace d'oreiller marquait encore sa peau, stigmate rougeâtre en travers de la joue. Elle avait vieilli depuis l'été, dernière fois où je l'avais vue ; quelque chose dans son regard avait vieilli. Sur l'instant, je ne sus mettre le doigt dessus. J'eus seulement la sensation fugace qu'une partie d'elle-même s'était détériorée.

— Nathan !

Elle se précipita, me serra dans ses bras. Effusion rarissime, de sa part ; c'était même la première fois qu'elle se comportait ainsi, ajoutant à l'étrangeté de la situation.

— Où sont les bébés ?

Elle regarda autour d'elle, avisa les jumeaux assis sur la banquette en plein Sept Familles, *Je voudrais la mère, J'ai pas*. Maman les appelait toujours « les bébés ». Ils avaient presque six ans, savaient lire, écrire mais, éternellement, ils restaient « les bébés ». Ils étaient si minuscules à leur naissance, Cora, si tu avais pu les voir… si minuscules. Jamais on n'aurait pensé que deux êtres si minuscules puissent devenir cela – ces enfants, mini format certes, mais si bien terminés, si beaux, intelligents au point qu'ils semblaient inquiétants. À brûle-pourpoint, ils lancèrent :

— Mamie, tu sais quoi ? On va sauter une classe !

— Oh, oui ? Vraiment ?

Elle me jeta un coup d'œil, je hochai la tête. Dans son fauteuil à bascule, Lise alluma une nouvelle cigarette.

— Je suis très fière de vous, murmura-t-elle en s'insérant entre eux, ce qui les a, je le sais, agacés.

Ils se poussèrent pourtant sur la banquette vert pomme, un de chaque côté.

— La maternelle, c'est fini, expliqua Colin en posant ses cartes sur la face, histoire que sa sœur ne voit pas son jeu. À la rentrée, on va au CP.

— Comme ça, en plein milieu d'année ?

Soline haussa les épaules.

— Il ne faut pas perdre de temps, parce que la vie va trop vite. C'est ce que dit la maîtresse.

Grâce eut un rire nerveux, plissa l'œil gauche selon son habitude lorsqu'elle est contrariée. Elle se mit à caresser les cheveux de Soline, doucement, comme si elle craignait qu'ils ne fussent en sucre.

— La maîtresse a bien raison.

— *For-mi-dable,* souffla Lise en se levant – enfin ! – du rocking-chair, pour aller jeter son mégot dans le poêle. Pour le moment, c'est l'heure de l'apéro.

J'avais apporté le traditionnel champagne, aussi lui fis-je un signe.

— J'y vais.

Tandis que je fouillais les sacs isothermes que j'avais laissés dehors, aux bons soins du zéro saisonnier, Soline apparut devant moi, son ombre miniature projetée sur les dalles. D'instinct, je la rabrouai. Elle n'avait pas même son blouson sur le dos ; et il neigeait, en effet. Beaucoup.

— P'pa, c'est qui, Tina ?

— Tina ? Je ne vois pas... Pourquoi ? D'où sort-il, ce prénom ?

Elle fit la moue, tête penchée sur le côté. Quand elle se tient ainsi, notre fille m'évoque toujours ces madones italiennes, sourire énigmatique en travers du visage, cheveux presque blancs sur ses frêles épaules. Elle renifla très fort, pour chasser une goutte qui perlait sous son nez.

— Zou, fillette. Fait trop froid.

J'attrapai une bouteille de champagne et poussai Soline à l'intérieur de la maison, paume plaquée entre ses omoplates. Elle opéra une résistance, petit jeu entre nous, dérapant des talons sur le carrelage du hall. J'éclatai de rire, mais elle manqua tomber ; elle se fit toute molle, puis elle avança. À chacun de ses pas, deux lumières rouges clignotaient à l'arrière de ses baskets comme une guirlande de Noël.

Elle te ressemble, Cora. Ton portrait craché, je t'assure, incroyable. Toi, version platine. Votre chevelure est la seule différence. Plus elle grandit, pire est cette ressemblance. Je l'imagine quand elle aura quinze ans, vingt ans, trente ans. Je l'imagine à l'âge où tu es morte. Pensée macabre sans doute, mais je ne peux m'en empêcher. Lise aussi ressemble à sa mère. Lorsque je la regarde, c'est Grâce que je vois, Grâce à quarante ans ; si ce ne sont ces mèches rousses qu'elle persiste à se faire, année après année, et qui lui vont si mal. Je la préférais blonde.

Tu ne l'aimais pas beaucoup, ma sœur. Tu voulais être gentille mais n'y parvenais pas, exactement comme avec notre voisin, celui que tu appelais « le vioque » et dont l'affreux chow-chow avec sa langue toute noire crottait dans l'escalier, celui qui mandait les flics dès que nous faisions une fête. Avec Lise, tu te comportais de la même manière – sourire forcé, mauvaises blagues, ongle du pouce rongé. Les jumeaux sont comme toi.

Nous avons déménagé, tu sais. Il y a quatre ans. Bien obligés ; trop étroit, le nid d'aigle à Montmartre. Les enfants grandissent vite, ils ont besoin d'espace… J'ai eu du mal à quitter notre « palace », toutes ces images heureuses imprimées dans les murs – toi tapant des mains, *du champagne, encore du champagne*, grisée au milieu du salon une cigarette aux lèvres, tes lunettes en demi-lune te tombant sur le nez ; toi les yeux brillants, quand tu avais déniché un meuble rare pour la galerie ; toi sévère boudant, *mais qu'est-ce que t'es chiant, on t'a inventé pour me faire chier ou quoi ?*, toi dix minutes plus tard m'embrassant le visage pour te faire pardonner ; toi trop sage dans le canapé d'Arne Jacobsen telle une gravure fifties, tes minuscules mains sur ton énorme ventre – tes minuscules mains sur ton énorme ventre, dernière image de toi, celle que je veux garder, tes mains aux ongles rouges sur ton tee-shirt blanc.

Aujourd'hui, nous vivons près de Nation, toujours au dernier – un duplex. J'ai aménagé les combles pour les petits, ils disent qu'ils dorment dans leur « chalet en Espagne ». Un soir, Tim et Sarah sont venus dîner et elle a utilisé cette expression, *château en Espagne*. Je suppose que ça les a fait rêver. C'est vrai, leur chambre évoque un chalet, des poutres en tout sens et le tout à leur taille. Lorsqu'il neige, elle devient leur « igloo » parce qu'avec les Velux, le ciel disparaît sous une épaisse couche blanche comme un édredon.

Plus de vioque, donc. Ici, les chiens ne crottent pas dans l'escalier ; d'ailleurs, il y a un ascenseur. Pour le reste, je ne sais pas trop. Je ne fais plus guère de fêtes.

Grâce Marie Bataille,
16 mars 1981, table du salon,
21 h 35 selon la grande horloge.

Demain, je vais repeindre les murs de notre chambre ; ce sera une surprise pour ton retour. Cette tapisserie, je n'en peux plus. Quand on l'a posée, je la trouvais « moderne », ces énormes fleurs violettes, tellement *pop*, toutes ces touches d'argent au milieu du pourpre. Dix ans plus tard, c'est sombre, laid et ringard. L'argent s'en est allé, il ne reste que du gris, un gris fade, spectral, qui me rappelle chaque jour à quel point je vieillis, de plus en plus vite dirait-on. En fait, j'ai envie de tout changer. Je veux du neuf, du gai, du rutilant, je veux de l'inédit. Les seules nouveautés, ce sont ces fichus instruments culinaires que tu rapportes, ces objets « à la pointe » selon ton expression, comme si leur présence allait faire oublier que pour les vendre, tu es toujours absent. Yaourtière, sorbetière, machine à pâtes, machine à frites – je déteste cuisiner, davantage encore depuis que tu fais ce boulot. Je préférais le temps où tu vendais des brosses ; au moins, tu restais dans le coin.

J'économise sur un compte à part, dont je ne te dis rien. Tu trouverais ça idiot, refaire la décoration. Mais cette maison, j'y vis depuis toujours. J'y suis attachée, certes ; elle est partie de moi, partie de ma mère, partie de mon père. N'empêche, j'ai le *droit* de la changer. On change. Je change. Les temps changent, les modes, l'espace même semble changer, avec la lumière, les saisons, les gens qui l'habitent. La maison a changé avec toi, avec Lise, avec Nathan. Elle change aussi avec *elle*, depuis *elle* – la gamine.

Alors, je vois des choses dans *Art et décoration* – des meubles, des décors, des ambiances – et je les découpe. Je les classe, les range sous notre lit, je me fabrique un rêve de cocon idéal. Cette maison est trop grande lorsque tu n'es pas là, une pauvre carcasse enflée où ton fantôme résonne comme une déflagration.

C'est drôle, Nathan aussi adore les magazines de décoration. Il suffit que j'en laisse traîner un pour que je le retrouve assis dans le canapé, sérieux tel un petit homme, en train d'étudier les yeux béats un *Spécial cuisine*. Il vient d'avoir quatre ans, tu ne trouves pas ça bizarre ? L'autre jour, je lui ai demandé ce qui lui plaisait tant.

Il a répondu : « La lumière. La lumière dans les endroits, les endroits où y'a pas de lumière, et pourquoi ça fait des ombres. » Je ne sais pas si ça signifie qu'il sera scientifique, ou s'il s'agit d'un signe précoce d'homosexualité. Il est si doux, ce gamin… Nos enfants, on croirait les sexes inversés. Lise, c'est un vrai garçon manqué, tu l'aurais vu couper du bois l'autre jour, on aurait dit un bûcheron de vingt-cinq kilos. C'est Ed qui lui a appris. Je n'aime pas tellement qu'elle se serve de la hache, l'outil est plus grand qu'elle ! Enfin… Il faut que je pense à te parler de ça, tout de même – de Nathan.

Grâce Marie Bataille,
17 mars 1981, café de la Poste,
09 h 12 selon la pendule
(un coucou en plastique imitation bois,
une abomination).

J'ai passé la nuit à arracher la tapisserie. C'était si facile, elle partait toute seule par lambeaux immenses, à croire que les murs n'attendaient que cela – leur libération.

Ces grands pans lépreux me collent le cafard. J'ai posé Lise et Nathan à l'école, j'ai acheté de la peinture, un bleu étrange au nom poétique, *macaron d'orage*. Je vais profiter de mon jour de congé. Tu rentres samedi, il faut que ce soit sec. La gamine va m'aider ; elle s'abîmera les mains, ça ne lui fera pas de mal. Les Polonais, dit-on, font de bons ouvriers.

Je suis mauvaise. Elle est gentille au fond, serviable, et puis les gosses l'adorent. Je crois que ce dernier point m'agace davantage que tous les autres. Je suis mauvaise, Thomas, et mauvaise mère en plus. Une mère digne de ce nom serait heureuse que ses enfants aiment la jeune fille au pair. Une bonne mère se réjouirait, serait reconnaissante. Mais depuis son arrivée, je me sens différente. Non, pas différente ; multiple. Sa jeunesse réveille quelque chose en moi, une part d'obscurité. Tous, nous sommes plusieurs, à l'intérieur. L'esprit humain n'est pas d'une seule pièce, ce serait plutôt un groupe, une équipe, avec ses bons joueurs, ses mauvais joueurs, ses gagnants, ses perdants. Le capitaine et ses sbires, si tu préfères. L'ensemble ne fonctionne que par consensus, un fragile consensus donnant à la bonté sa place stratégique. Mon capitaine est une brave femme, enjouée, le cœur sur la main. Ses sbires sont envieux, possessifs, agressifs, je les imagine nuée de passereaux faisant voile de mariée à l'arrière de ma tête – un voile de ténèbres. Sa jeunesse réveille les sbires et mon crâne ressemble à ce que je bois, là, sur le formica jaune des tables de *La Poste* ; une tasse de café noir, les volutes brunâtres moussant sur le dessus, mystérieuses et amères.

Ami, entends-tu le vol noir des corbeaux sur nos plaines… ?

Peindre les murs me fera du bien. Agir évite de penser, n'est-ce pas ? C'est ce que tu dis pour excuser ton travail, tes déplacements : « Les voyages, ça m'évite de penser. Et toi, Grâce, tu penses trop. » Mon père, paix à son âme, disait la même chose.

Ça doit être un truc d'homme, refuser de penser.

Au dîner, tout le monde semblait tendu pour une raison obscure, même les enfants. J'étais plutôt joyeux, champagne aidant, mais cette inquiétude non dite me contaminait peu à peu. Je demandai à Lise des nouvelles de son travail aux Galeries Lafayette, ce qui n'était pas une bonne idée – *de l'esclavage, enfoirés de profiteurs, sales capitalistes de m****. En conséquence, j'évitai d'évoquer le projet que j'avais en cours, la rénovation d'un ancien cinéma en région parisienne, chantier exceptionnel qui m'excitait beaucoup. Après la neige, le beau temps, le calibre des crevettes roses, toutes ces choses inventées pour ne parler de rien, le tic-tac de l'horloge prit une telle ampleur qu'au milieu du fameux poulet, maman se leva pour allumer la chaîne. Elle choisit Eddy Louiss, *Bohemia After Dark*, un jazz sympathique, festif mais pas trop, une parfaite musique de circonstance. Cela ne suffit pas à détendre l'atmosphère ; chaque craquement de poêle, chaque grincement de poutre, chaque trace de vent aux contours des fenêtres la faisait sursauter – autant de bruits qu'elle connaît par cœur après soixante ans passés dans cette maison, sa maison, la maison de ses parents, son *héritage*. Je l'avais rarement vue si nerveuse et Lise semblait partager ma surprise, la scrutant de biais chaque fois que son corps trahissait l'anxiété. Mais je ne posai pas de questions, pas encore ; j'essayais de faire comme si de rien n'était, au moins pour les jumeaux.

Entrée, plat, fromage, et toi qui me manquais, Cora, toi dont on ne parle jamais pour ne point me heurter, point heurter nos enfants qui ne t'ont pas connue. Je te raconte, moi, rassure-toi. Ils t'apprennent par cœur, nous avons un petit quiz le dimanche matin, un rituel – Sa couleur préférée ? *Le rouge !* Sa saison favorite ? *L'été !* Son plat numéro 1 ? *Les gambas !* Ainsi, semaine après semaine depuis qu'ils peuvent comprendre, nous dressons la liste de qui tu étais, *maman*. Pour Noël, tu as une carte, pour ton anniversaire, tu as une carte, pour la fête des Mères, tu as une carte, et pour leur propre anniversaire, c'est-à-dire ta mort, tu as une carte. L'idée semble sinistre mais ça ne les rend pas tristes, tu sais, ils trouvent du plaisir à être comme tout le monde une fois de temps en temps. Ils collent des paillettes, des cœurs et des rubans, ils s'amusent bien. À leurs yeux, tu es un peu un personnage de conte, une princesse Disney. Je voudrais que ça dure éternellement ainsi. Je voudrais que leur enfance ne cesse jamais – qu'ils ne *réalisent* jamais. Mais chaque dimanche au moment du quiz, j'attends ma faille ; une colle, quelque chose à ton sujet que je ne saurais pas, une question à laquelle je serais incapable de répondre. Cela arrivera tôt ou tard, je m'y prépare. On ne peut pas faire le tour de quelqu'un en quatre révolutions planétaires, surtout pas de quelqu'un comme toi. Mais ce jour-là, j'aurai l'impression de te perdre à nouveau. Alors, j'inventerai les réponses. Je t'inventerai.

Après enquête, l'angoisse des jumeaux concernait surtout la place des souliers, étant donné – les chiens ne font pas des chats – l'absence de sapin. Ce point éclairci (« Près du poêle ? / Ça va marcher, t'es sûr..? / Bah, pourquoi ça ne marcherait pas ?! »), ils redevinrent eux-mêmes, à se chamailler la part de tarte dans leurs assiettes. Colin a pour théorie qu'en tant qu'aîné – « de sept minutes ! » – et *a fortiori* en tant que mâle, il mérite toujours « un petit peu plus » que sa sœur. Manière pour lui de s'affirmer car Soline, sans conteste, est dominante. Elle décide – des jeux, des horaires, de quoi pour le goûter –, cheftaine en son royaume, *on fait ci, on fait ça*. Son frère suit sans rechigner, ou à peine, juste pour la forme. Comme un couple, en quelque sorte. Comme toi et moi, Ô, Femme-à-qui-on-ne-pouvait-dire-non… Mais ton fils en est conscient ; aussi, pour compenser, a-t-il créé la théorie du « un petit peu plus ». Sa sœur marche dans la combine, pas dupe, ce qui est assez mignon à regarder.

Lise lança les cafés, nos enfants rangèrent leurs baskets autour du poêle, mieux alignées que jamais, grimpèrent se mettre en pyjama sans même que j'eusse à hausser le ton. Je savais qu'ils ne dormiraient rien, comme toutes les nuits de Noël. Je doute qu'ils croient encore au Vieux Mec Rouge, mais c'était agréable de faire toujours semblant, d'étirer l'enfance et ses jolis mensonges ; alors, secrètement, je les en avais remerciés.

Je les laissai se préparer, puis montai à l'étage superviser l'affaire. En haut, la première chose que je remarquai fut la grande armoire à linge. Au lieu d'être, comme d'ordinaire, dans mon ancienne chambre, truffée des vêtements chers, chic et bien coupés de ma mère – coquetterie absurde, dans un village de sept cents habitants en pleine cambrousse où personne n'avait le loisir d'admirer son élégance –, le meuble était plaqué contre un mur en travers de l'étroit corridor, gênant le passage et obturant la trappe qui menait au grenier.

Bon, me dis-je. *Maman et ses lubies…*

J'entendais les enfants piailler à l'autre bout du couloir. Je me glissai dans la pièce qu'ils occupaient chaque fois que nous venions, chambre excentrée qui fut, il y a fort longtemps, celle des baby-sitters. J'étais bien décidé à « sévir » comme disait mon père – *attention, je vais sévir !* –, menace qui nous flanquait, à Lise et moi, une trouille bleue. Il n'était pas souvent là, aussi son autorité avait-elle à nos yeux quelque chose de légendaire. Je trouvai les jumeaux debout devant la fenêtre, à regarder le noir du parc, c'est-à-dire rien.

— O.K., les gars. Je sais, c'est Noël, tout ça. Mais vous connaissez le topo…

— Oui, chuchota Soline en faisant volte-face. « Pas de dodo, pas de cadeaux. »

— Voilà. Alors, au pieu.

— On n'a pas sommeil !

Ils parlent en chœur lorsqu'ils sont mécontents, aussi. Nos enfants parlent en chœur lorsqu'ils sont excités, mécontents ou effrayés. Dans ces moments-là, si différents soient-ils, ils font corps, comme une seule et même personne. J'ai toujours trouvé ce tic angoissant, ces deux voix similaires superposées, telles des ondes radios ou des fréquences extraterrestres.

— Eh bien, lisez. Vous avez voulu apporter la moitié de la bibliothèque, autant que ça serve !

À son tour, Colin quitta la vitre des yeux et regarda sa sœur. Ils se mirent d'accord en silence, fouillèrent leur sac pour choisir un album, ce qui, je le savais, allait prendre un demi-siècle. Je me dirigeai vers la fenêtre pour tenter de comprendre ce qui les intéressait tant dans ce grand noir opaque. On distinguait à peine le parc, la silhouette hérissée du cèdre bleu, les ceps en contrebas, tordus sur fond violine tels les membres multiples de vieillards pétrifiés. Peut-être étaient-ce les vignes qui leur faisaient peur, toutes ces rangées griffues qui semblaient se perdre, infinies, dans l'obscurité. Elles me faisaient peur aussi, enfant, surtout à la pleine lune : elles mutaient ombres chinoises, créatures lugubres, menaçantes, m'évoquaient ces gravures de Gustave Doré que je vis dans un livre laissé par mon père et qui, dès lors, me terrifièrent. Je suis pourtant né ici. Les petits citadins, eux, n'ont pas l'habitude ; le noir, le vrai noir, n'existe pas en ville. Ou bien était-ce le vent qui, soufflant dans les branches, faisait parler les arbres une langue inconnue.

Ils se couchèrent enfin, ensemble dans le grand lit, tapotèrent leur oreiller puis ouvrirent leur bouquin, l'air de dire : « Tu vois, p'a, on est gentils et obéissants et on mérite un semi-remorque de cadeaux. » J'embrassai leur front. Comme chaque soir, leur front était lisse, doux et frais. La peau des enfants, Cora, est une chose incroyable.

— Vous ne veillez pas trop, d'acc' ?

Ils hochèrent la tête et Colin, avec son sourire de diable en pyjama, déclara :

— D'acc'.

Je pensai « Coco, prends-moi pour un con », mais je souris tout de même et refermai derrière moi.

Grâce Marie Bataille,
19 mars 1981, table du salon,
19 h 45 selon la grande horloge.

J'ai perdu un patient, aujourd'hui. Il était très vieux, près de quatre-vingt-dix ans. Il est mort comme ça, tu sais, tranquillement… Quand bien même.

M. Vannier, c'était son nom. Georges. Il avait connu la Grande Guerre, en tant que soldat ; résistant pendant la Seconde, civil, réformé à cause d'une grave blessure à la jambe héritée du Chemin des Dames. En 39, il tenait une droguerie rue de la Charité et en a profité pour cacher des amis juifs au fond de sa réserve. Il les a sauvés, une famille entière, le père, la mère, les trois gosses. Bref, un héros, *stricto sensu.* Dans sa jeunesse, il avait reçu la Croix de guerre. « Une palme de bronze, une étoile de vermeil et une étoile d'argent ! » précisait-il, bombé comme un coq, avant de changer de ton et d'ajouter que « même des pigeons avaient été décorés, pas de quoi en faire une montagne ». N'empêche, cette médaille, il la portait en permanence au revers de son pyjama, si bien que tout le monde l'appelait Commandant. Il disait que j'étais trop jolie pour me nommer *Bataille*, que le mot devrait être exclu du dictionnaire et de la vie et de l'univers entier, qu'il faudrait alors me rebaptiser, comme une renaissance, que ce serait formidable. Du coup, il m'appelait miss Grace. Il ne disait pas « Grasse » comme les autres, il prononçait « Graiiice », à l'américaine. Il adorait les Américains, tout ce qui était américain, de près ou de loin, le ketchup, le gospel, Ronald Reagan, Ronald Mc Donald, la NBA, les rayures rouges, les Marlboro, les cow-boys, les Indiens, Thelonious Monk, les Ford Mustang et même *Dallas*, ce nouveau feuilleton dont tout le monde se gausse mais que tout le monde regarde. Tout, sauf le Vietnam, sa grande déception, « ma Grande Dépression », lançait-il en blaguant. Tu sais, hier, alors qu'il sentait sa fin approcher, il m'a dit : « Le XXe siècle, miss Grace, fut une vraie boucherie. Je le quitte sans regret. » Poncif, certes… Si légitime dans sa bouche, il devenait profond.

Je suis triste, car je l'aimais beaucoup. D'habitude, je m'arrange avec la Mort ; une infirmière passe son temps entre les deux mondes, ça fait partie du boulot. Y a que les gosses et les vieux où ça me fait quelque chose. Les petits gosses, les petits vieux. Sûrement parce qu'ils ont ceci en commun : la fragilité.

Si M. Vannier était très chouette, il avait salement tort. Je porte très bien mon nom. Ton nom, en fait.

Je suis champ de bataille.

Grâce Marie Bataille,
19 mars 1981, cuisine,
23 h 45 selon la grande horloge.

À table, tout à l'heure, j'ai parlé de Georges à la gamine. Elle avait cuisiné un plat de chez elle, comment a-t-elle appelé ça… *Klopsiki,* je crois ; enfin pour moi, ce n'était ni plus ni moins que des boulettes de viande à la tomate.

Bref.

Je lui ai donc parlé de Georges, je n'ai pas pu résister. Je parle avec elle le moins possible mais là, il fallait que ça sorte. Elle m'a alors raconté qu'à la fin des années 1930, son père avait vingt ans. Il étudiait en France, à Paris, pour devenir juriste. Dès 1937, il avait pressenti la guerre. Gdansk, où il vivait, avait été retirée à l'Allemagne et donnée à la Pologne par le traité de Versailles ; mais l'arrivée d'Hitler exacerba les aspirations nationalistes d'une communauté germanophone restée largement majoritaire et son paternel quitta la ville, puis le pays, non sans essayer de motiver son entourage en évoquant la possibilité d'une tragédie imminente. Personne ne l'a cru, et personne n'est parti.

En septembre 1939, il est donc à Paris. Il s'engage dans la légion étrangère, mais la Gestapo l'arrête fin 1940. On l'envoie dans un Stalag en Allemagne, il s'évade six mois plus tard avec trois autres prisonniers. Il repasse la frontière, revient en France, se retrouve à Lyon ; là, il aurait intégré la guérilla urbaine avec la main d'œuvre immigrée de la région, brassé toutes les cultures – Italiens, Roumains, Russes, Espagnols, et des Français bien sûr. Son nom de combattant, c'était « Pierrot ». Il s'appelait Joseph Raziewicz mais ici, c'était Pierrot. Je me demande s'il a connu mon père. Lui aussi avait vingt ans, vingt ans et des poussières. Démobilisé en juillet 1940, il avait rejoint les F.T.P dans les rangs de Carmagnole. Au début, papa démontait des rails pour paralyser le trafic ferroviaire ; ensuite, il s'est spécialisé dans les faux papiers et, en 1944, a participé au sabotage des Aciéries du Rhône, une fonderie qui bossait pour les nazis.

Peut-être se sont-ils croisés, Joseph Raziewicz et Eugène Bresson ? Peut-être mon père a-t-il fourni au sien une fausse identité, va savoir ? Cette petite nana de l'autre côté de l'Europe, cette nana que je déteste – ici, autant l'avouer, quelle importance ? –, eh bien, pour un peu, nos paternels ont fait cause commune, se sont peut-être mutuellement sauvé la vie… Ça m'a fait froid dans le dos. S'il était vivant, mon père, je lui demanderais : « Pierrot, ça te dit quelque chose, un Polonais nommé Pierrot, FTP-MOI, Lyon, 42-43 ? » Seulement voilà, il n'est plus là ; chez les Bresson, nous avons le cœur fragile (d'ailleurs, il serait bon que tu t'en souviennes, de temps à autre…). De toute façon, avec lui, c'était difficile de savoir. Cette guerre, il refusait d'en parler. Adolescente, j'étais curieuse, je posais des questions. Il répondait toujours : « Il n'y a rien à dire. » Évidemment, il y avait beaucoup à dire. Simplement, il ne le disait pas. Mes maigres informations me viennent de ma grand-mère, racontées en secret avec force signes de croix. Naître à la fin d'une guerre d'un père massacré quand vous étiez fœtus pour, au sortir de l'enfance, replonger dans une nouvelle guerre plus monstrueuse encore – si toutefois l'horreur peut se hiérarchiser –, ça laisse des traces. J'imagine qu'au moment où son cœur cessa de battre, sur un sentier boueux du parc de la Tête d'Or, Eugène pensa aussi : « Le XXe siècle fut une boucherie. » C'était fin décembre 1979 et, précisément, l'Armée rouge envahissait l'Afghanistan.

Le père de la gamine est mort presque en même temps que le mien, six semaines après, en février de l'année dernière. Les complications d'une pneumonie, ai-je compris. Elle est juste majeure, mais les mâles peuvent faire ça : enfanter sur le tard. Parce que l'histoire, la folle histoire, n'est pas terminée, chéri. Manque la cerise sur le gâteau. Ce n'est pas de notre passé que je veux te parler – notre Grand Passé, si peu glorieux. La plus folle partie de l'histoire, c'est à la Libération. Au lieu de rester ici, de reconstruire avec nous, de se reconstruire, Joseph est rentré en Pologne, avec le bazar que c'était : il y avait laissé une fille qu'il n'avait pu emmener avec lui en 1937 parce qu'elle était trop jeune, une fille qui aurait dû le rejoindre si l'Europe n'avait pas explosé et avec laquelle il devait se marier, il le lui avait *promis*. Près de huit ans avaient passé, il n'avait plus de nouvelles depuis des lustres. Quand bien même : il est reparti là-bas, dans l'espoir de la retrouver ; il avait même une bague dans la poche – j'ai cru que la gamine allait chialer en me racontant ce détail, « une bague dans la poche ». Après un périple digne de l'odyssée, Joseph est arrivé à Gdansk, sur ses deux jambes et le cœur gros.

Là-bas, tout avait disparu. La fiancée était morte, sans doute déportée à Stutthof dès 1939 ; sa famille appartenait à l'intelligentsia polonaise et cette catégorie de la population, très dangereuse selon Hitler, fut éradiquée au plus tôt. De ce qui aurait dû être sa belle-famille, il ne restait rien. De sa propre famille, pas grand-chose.

Tu réalises, Thomas ? Cet amour-là ? Cette honnêteté-là ? Promettre l'éternité à une fille, partir à l'étranger, faire une guerre – et quelle guerre ! –, manquer mourir mille fois pour, enfin, vouloir tenir parole au péril de sa vie ? Quel homme peut faire ça ? Quel homme, dis-moi ?

Pas toi, c'est certain, même pas foutu de quitter tes presse-purée pour mon anniversaire !

La gamine pense que son paternel est resté en Pologne pour se punir. Sans doute est-ce sa manière d'interpréter l'histoire car Joseph non plus, visiblement, n'était pas très loquace sur le sujet. Selon elle, il serait resté pour se punir de n'être pas revenu chercher cette fille quand la guerre a éclaté, de ne pas l'avoir sauvée, d'avoir lutté ailleurs, loin d'elle, d'avoir noyé sa promesse dans les vagues du combat. Il aurait pu réintégrer la France ou émigrer ailleurs, comme tant d'autres, en Europe ou aux États-Unis, dans un pays libre. Mais non. Il est resté là-bas, dans cette Pologne dévastée devenue communiste, abandonnant toute lutte pour se faire menuisier ; une décennie plus tard, il a rencontré une autre femme, lui a fait un enfant, et voilà comment on se retrouve avec un *top model* au milieu de sa cuisine.

Au-dessus de son lit, elle a punaisé une photographie de Lech Walesa. Je suis sûre qu'elle la prie comme ma mère le faisait avec Jésus en croix. On a les dieux qu'on peut, j'imagine…

Dans ma famille aussi, les hommes sont des héros. Ont toujours été des héros. Notre patronyme fait façade sur nombre de monuments, 14-18, 39-45, Algérie, lettres jetées en pâture à la postérité.

Personne en Irak, personne au Liban, parce qu'il n'y a personne. Plus d'hommes Bresson, liquidés. Hystérectomie forcée, ma mère, cancer du col juste après moi, l'année où ils ont acheté cette maison – tiens, ça, je crois que tu ne le sais pas ; elle n'en parle jamais. Elle n'aurait peut-être eu que des filles… Quand bien même.

Tu n'es pas un héros, Thomas Bataille. Les Bataille en général ne sont pas des héros, à ce que je sache.

N'empêche, je me crève à t'aimer, au propre, au figuré.

L'amour ne connaît pas de loi.

J'ai entendu ça à la radio, dans une chanson ; une vieille chanson à la gomme, en plus… Qu'importe. C'est bien triste, mais c'est bien vrai.

En tout cas, voilà pourquoi la gamine aime tellement la France, étudie le français, se retrouve chez nous, chez *moi*. À cause de Joseph/Pierrot, le Dieu, le Guerrier. Son père était un brave homme, aucun doute là-dessus. Un saint homme. Une légende, même, si l'histoire est vraie. Mais à cause de lui et de ses faits d'armes, ou de ses faits d'amour, cette fille est ici, avec son énorme bouche rose, sa peau Blanche Neige et ses nichons, surtout *eux*, ces nichons en ogives nucléaires qu'elle a beau cacher sous ses grands pulls de « fille toute simple » – ces foutus nichons de l'Est et de la conquête spatiale. Heureusement qu'elle est petite, elle aurait terminé dans les magazines.

Je n'avais jamais parlé avec elle aussi longtemps ; j'en suis assez chamboulée. Jusqu'ici, je m'étais appliquée à la traiter en étrangère... Désormais, je ne peux plus.

Je me fais des idées, sans doute. Tu ne la regardes pas spécialement quand tu es là, c'est une môme après tout, juste une môme, tu as le double de son âge. Je crois que c'est un problème de moi à moi-même. Je me voudrais différente, je voudrais assumer ; mais ces années qui passent, je ne supporte pas. Ce n'est pas normal, je sais. Trente-quatre ans... Je suis jeune encore, jolie encore, et j'ai la cuisine la mieux achalandée de toute la région – sans cesse Julie vient me piquer la yaourtière, comme si c'était l'invention du siècle. Sincèrement, Thomas, qu'est-ce qu'on en a à fiche de faire ses yaourts soi-même, quand ceux du commerce vont si bien ? Je ne comprends pas. Vraiment, je ne comprends pas. Pour ça non plus, je ne tiens pas de ma mère. Je me souviens, lorsqu'elle reçut pour Noël sa première cocotte-minute ; je devais avoir dix ans. Elle avait passé trois mois à dire qu'« avec ça, chaque jour est une fête ».

Tu sais quoi, Thomas ? Tu aurais dû épouser ma mère.

Je voudrais une cuisine américaine, tiens, en hommage au Commandant. Peut-être que je m'y mettrais, à toutes tes saloperies modernes, si j'avais une cuisine *américaine*.

Je retournai au salon et coupai la musique. Il n'y eut pas d'objection, juste du silence. Je m'assis à table, resservis du bourgogne, m'asphyxiai le regard dans la robe grenat qui stagnait dans mon verre comme une flaque de sang.

— Bon, qu'est-ce qui se passe ?

Ma mère et ma sœur échangèrent un coup d'œil. Lise alluma une énième cigarette, souffla dans l'espace un cercle parfait. Je n'ai jamais réussi à le faire ; nos langues doivent être différentes.

— Papa est revenu.

Lise prononça ces mots et, dans le calme de la nuit, il y eut soudain un bruit, un léger bruit sec d'insecte écrasé. Maman sursauta, je me retournai : une des glaces de la porte vitrée venait de se fendre. En haut, à droite. Une fêlure bien nette, diagonale, divisait le carreau en deux triangles parfaits. Entre ses dents, Lise murmura :

— Putain.

Un chaud-froid – du moins, pensai-je –, cet abîme entre la température extérieure et la chaleur infernale du salon. Tel est le problème, avec les poêles : on gèle pendant des heures puis ils se mettent à tirer et dès lors, on crève.

— Comment ça, papa est revenu ? Quand ?

— Il est passé le week-end dernier, expliqua Lise. J'ai téléphoné dimanche et j'ai trouvé maman en pleine crise d'hystérie.

— N'exagère pas, dit ma mère en ouvrant deux boutons de son chemisier, comme si elle avait, à son tour, beaucoup trop chaud.

— Ça alors, m'man ! Tu ne t'es pas entendue !

Mon père. Lorsqu'il est parti, je n'avais pas cinq ans. L'entreprise d'électroménager qui l'employait s'était étendue à l'international et il fut muté dans une filiale asiatique. À Shanghai. À l'autre bout du monde. Je pense aujourd'hui qu'il en avait fait la demande : il voulait s'en aller, quitter ma mère, nous quitter. Ils ont officiellement divorcé un an et demi plus tard. Je me souviens mal de cette époque. Quasiment pas, en réalité. Je me rappelle sa voix, chaleureuse et ferme comme un matelas grand luxe, une voix que les femmes devaient trouver *suave*. Dans mes souvenirs brumeux, cette voix était l'un des aspects les plus frappants de mon père. Sa haute stature, aussi, ses costumes rayés de VRP, la flanelle douce de ses vestes lorsqu'il nous câlinait en rentrant de voyage ; mais ces pans de mémoire effilochés sont plus anciens, issus d'un temps où il y avait encore une cheminée au salon, avant que maman n'abatte la cloison pour refaire la cuisine. Thomas ne m'apparaît qu'au détour des flammes rousses, sa grande ombre portée sur le parquet noir. D'ailleurs, je me rappelle uniquement cette ombre, pas les traits de son visage. Il partit en 1982, au mois de février ; nous ne le revîmes jamais. Au début, il envoyait des cartes, puis de moins en moins, puis plus du tout. Lise, à la vingtaine, avait tenté de le retrouver… En vain. Visiblement, il avait changé d'employeur, peut-être même de pays. Disparu, Thomas Bataille, englouti tel un mirage par le vaste monde. Moi, non, je ne l'ai jamais cherché. Ne le connaissais pas. Ne désirais pas le connaître. En tout cas, il n'avait jamais remis les pieds dans cette maison.

— Et… Qu'est-ce qu'il voulait ?

Je ne savais quelle question poser ; toutes les questions me semblaient ridicules. Comment va-t-il, à quoi ressemble-t-il, est-il revenu avec les yeux bridés ? Ce type, pour moi, n'était qu'un spectre. Vu l'ambiance, je n'étais pas le seul à envisager les choses sous cet angle. Grâce haussa les épaules, avec un flegme feint et plutôt mal joué.

— Vous revoir. Revoir la maison.

— Comme ça ? Après trente ans ?

Lise écrasa sa cigarette dans le cendrier en forme de grenouille, tordit le mégot longtemps pour qu'il cessât de fumer. Sans savoir pourquoi, c'était ce que je regardais, ce mégot, le filtre orangé s'écrasant sur la faïence, le sigle de la marque s'effaçant peu à peu.

— À mon avis, déclara ma sœur, il est mourant. Je ne vois pas d'autre explication.

— Mais qu'a-t-il dit ? Où est-il, maintenant ?

Ma mère expira un long râle curieux, comme si une râpe à fromage lui raclait les poumons. Je m'inquiétai pour sa santé, à elle.

— Pas grand-chose, murmura-t-elle. Il n'a même pas voulu entrer. Il est resté dehors, en haut des marches, devant la porte. Dès que je l'ai vu, bien sûr, je l'ai reconnu. Il n'a pas tellement changé. Lui n'a pas tellement changé… Les cheveux gris, voilà tout.

Elle s'étrangla, but une gorgée d'eau.

— Il vous donne rendez-vous après-demain. Dimanche. À dix-huit heures, au Grand Café des Négociants.

— Et toi, maman ?

— Moi ? Rien. Rien à me dire. Parti du jour au lendemain, mais non… Rien à me dire.

Sa voix muta chuchotement, à peine audible. Il n'y avait pas de tristesse dans son timbre cassé, plutôt de la colère. Je ressentis cela, d'une manière quasi organique – une intense et intolérable colère, qui lui blanchissait les articulations.

— Et après ?

Lise répondit à sa place ; notre mère ne pouvait plus parler.

— Après, il s'est barré. Mais il a traîné dans le parc au moins une demi-heure, à fixer les fenêtres, comme un… je sais pas, un cambrioleur en repérage. C'est bien ce que tu m'as dit, m'man, n'est-ce pas ?

— Ce n'est pas ce que j'ai dit. Je n'ai pas dit *cambrioleur.* J'ai dit *rapace.* Comme un rapace.

— Ouais, bon, tu joues sur les mots. Il est resté là, debout près du grand cèdre à mater la maison. Et à la nuit tombée, il est enfin parti.

Un silence visqueux rampa dans l'atmosphère, de ces blancs écœurants qui dégoulinent le long des murs, chargés de secrets, de rancœurs, de souvenirs avortés. Seule battait l'horloge, le balancier de l'horloge, tel un cœur mécanique quand les nôtres, tous ensemble, paraissaient arrêtés. Maman se leva de table, brisant par son mouvement la séquence figée.

— Nathan, s'il te plaît. Demain, tu changeras ce carreau.

Sur ce, elle quitta la pièce. Lise et moi restâmes à nous fixer au-dessus de l'énorme grenouille en faïence, le dos vert gonflé des mégots de ma sœur. Au bout d'un moment, elle nous resservit du vin, deux verres bien pleins, puis recula sur sa chaise à la manière d'un chef de chantier après la pause casse-croûte. Elle leva son ballon, but une longue gorgée qui lui tacha les lèvres, avant de déclarer comme si de rien n'était :

— Un dernier pour la route et on fait le père Noël.

Noël.

J'en avais complètement oublié que c'était Noël. Le plus étrange cadeau, nous venions de le recevoir. Un cadeau empoisonné, à coup sûr. Le bourgogne, même, avait un goût d'essence.

Un hurlement, un double hurlement suraigu m'éveilla en sursaut. J'appuyai sur le bouton de ma montre, l'heure s'éclaira, lueur verte dans la nuit. Une heure vingt-trois minutes. Je me précipitai hors de la chambre, pressai l'interrupteur du couloir. Au plafond, une brève étincelle, puis plus rien, le filament grillé sous la coque grillagée de l'abat-jour en paille. Je me cognai contre l'armoire au milieu du passage, l'arête en plein front. Les cris continuaient par saccades, mal synchronisés, dissonants. *Les jumeaux auront fait un cauchemar*, me dis-je ; mais tout de même, jamais je ne les avais entendus crier de la sorte. En bas, des portes s'ouvrirent –, ma mère, ma sœur, alertées elles aussi – puis leurs pas précipités dans l'escalier, leurs voix, les bribes d'une conversation. Une lumière pâle irradiait du rez-de-chaussée, des objets se renversèrent derrière moi avec de grands bruits sourds.

Je trouvai les enfants tétanisés dans leur lit, toutes lampes allumées, serrés l'un contre l'autre comme pour occuper le moins d'espace possible. L'édredon blanc présentait de larges traînées noires, la pièce était glacée, de la neige entrait en volant par la fenêtre aux vitres brisées par divers impacts, semblables à ceux qu'auraient provoqués des tirs de catapulte. Des éclats de verre brillaient autour du lit, vifs et tranchants ; j'ordonnai aux jumeaux de ne pas bouger. En fait, on eût dit que la maison venait d'être assiégée. Lise arriva dans mon dos – *qu'est-ce que c'est que ce bordel ?* – suivie de Grâce, qui se figea sur le seuil, livide, statufiée dans son pyjama en soie. Ses yeux démaquillés s'enfonçaient dans son visage comme deux clous et je crus un instant qu'elle allait s'évanouir.

— Mais que s'est-il passé ?

— On n'a rien fait…, chuchota Soline, comme si j'avais pu les imaginer responsables d'un chaos pareil.

Pieds nus, j'avançai avec prudence dans la pièce. Au sol, des boulets de charbon disséminés, visiblement lancés de l'extérieur. Six boulets, ayant brisé les carreaux telles des balles de baseball. Les lourds rideaux garance, heureusement tirés devant la fenêtre, avaient freiné leur course.

— C'est pas croyable… ! dis-je aux enfants, effrayé *a posteriori*. Ça aurait pu vous assommer !

— Ça nous a pas touchés, p'pa.

— Nan, ça a juste rebondi sur les couvertures.

— Mais on a eu peur.

— On croyait qu'on nous tirait dessus comme la guerre à la télé.

La télé. Tu disais toujours, Cora, que tu leur interdirais la télé avant l'âge de raison. Pardonne-moi ; je n'ai pas réussi.

— Quel crétin a pu faire ça ?! s'exclama Lise en avançant pour constater les dégâts, pieds nus elle aussi, s'en fichant comme d'une guigne. Merde ! Je sais bien qu'au réveillon, tout le monde picole de trop mais quand même... Bon, je vais chercher un balai.

Dans l'encadrement de la porte, maman avait disparu. Lise repartit. J'entendis ses pas lourds, si peu féminins, dévaler l'escalier ; elle ne pèse pourtant guère plus de cinquante kilos. Je fouillai les sacs, sortis des pulls et des chaussons pour les jumeaux.

— Vous allez dormir avec moi.

— On va avoir la pneumonie !

— Mais non, vous n'allez pas avoir la pneumonie. Mettez vos pantoufles. Tiens, Soline. Enfile ça.

Je lui tendis son pull, dont elle s'empara d'une main décidée. Colin, lui, tremblait, et ce n'était pas le froid qui le faisait grelotter.

— Ce n'est rien, dis-je en lui frottant la tête. Des idiots auront fait une farce.

— Une farce pas drôle.

— Non, Coco. Pas très drôle.

Sous le porche, la lanterne en fer forgé venait de s'éclairer, battante au vent comme un phare de tempête. J'allai vers la fenêtre, l'ouvris ; les derniers bris de vitre se fracassèrent au sol. Les enfants poussèrent un cri. Je me tournai vers eux en rigolant – un rire un peu forcé.

— Ça ne tombera pas plus bas !

En me penchant, j'aperçus Lise enroulée dans une couverture, bottes aux pieds, déambuler avec précaution une lampe torche à la main. Il me fallut un instant pour saisir ce qu'elle fabriquait. Ensuite, je crus comprendre : elle cherchait quelque chose – ou quelqu'un. Elle cherchait des pas, des empreintes. Mais le manteau blanc, luisant dans la nuit noire tel un réflecteur photographique, était intact. Dans le parc enneigé, à l'endroit où il aurait fallu se tenir pour impacter la fenêtre des jumeaux, il n'y avait rien. Pas la moindre trace.

Grâce Marie Bataille,
21 mars 1981, cellier,
18 heures tapantes à la montre de mon père.

Tu es rentré, croque-gaufres en bandoulière pour mon anniversaire. J'ai manqué te gifler, mais les gosses sont ravis ; la gamine touille la pâte à la cuisine, son vernis bleu turquoise s'agitant sur le fouet.

Saturday Night Fever.

Tu es avec eux, en ce moment. Moi je suis ici, avachie dans l'odeur de salpêtre au milieu des bouteilles.

Tu es rentré. Comme chaque fois, tu es allé dans notre chambre poser tes affaires. Là, tu as seulement dit « Ah bon, tu as repeint ? », puis tu es reparti préparer des gaufres. Quant à ma coupe de cheveux, tu n'as même pas remarqué.

Je vous entends rire au-dessus de moi, le

claquement de ses bottes sur le parquet, *tac-tac, tactactac, tac-tac*, staccato infernal, ses petits pas de danseuse, si énervants.

Lise hurle, un hurlement de joie dont elle seule a le secret – strident.

Ta voix étouffée, puis des rires de nouveau.

C'est le printemps. Ce matin pourtant, l'herbe du parc était couverte de givre.

Je fixe le compteur électrique. Je voudrais tout faire sauter, crever cette saloperie d'appareil, là-haut.

Vous jeter dans la nuit.

Les rires ont cessé. Les gaufres chauffent, j'imagine. À tous les coups, vous parlez politique. La gamine adore la politique. Je déteste la politique, et la gamine plus encore.

Giscard, Chirac, Mitterrand ?

Mitterrand, Giscard, Chirac ?

Petit jeu du moment, pronostics sur zinc dans tous les bars du coin. Toi et moi sommes pour Mitterrand. Seule affinité qu'il nous reste, *stranger*. Ça, et nos deux enfants.

Quinze jours que je ne t'ai pas vu, Thomas. Il y a peu, après une si longue absence, tu commençais bien sûr par embrasser les gosses ; mais la première chose que tu faisais ensuite, c'était me culbuter. Aujourd'hui, tu sembles une silhouette à bord d'une chaloupe qui, inexorablement, s'éloigne dans la brume, malgré moi qui tire sur la corde d'amarrage, tire et tire encore, à m'en scier les paumes jusqu'aux nerfs.

Nous nous sommes mariés en juillet 69 – année érotique. Quelques jours plus tard, l'homme marchait sur la Lune. Le reste du monde se rappelle Armstrong, Aldrin et Collins. Nous nous rappelons cette date pour bien autre chose.

Au lit, tu en as longtemps joué.

Tu prenais ta mine salace, cette mine qui me faisait rire autant qu'elle m'excitait – « Viens là, poupée, marions-nous en 69 », « Tourne-toi, poupée, que je t'observe la lune ». Je pensais entre nous l'érotisme si fort qu'il dévasterait le temps, ferait mentir l'adage des sept ans fatidiques. Nous l'avons fait mentir, oui, un peu ; deux ou trois ans de gagnés sur le compte à rebours. Après la naissance de Nath', les choses furent moins faciles, moins évidentes. Mais nous avons réappris, et ce n'était pas si mal… N'est-ce pas, chéri ? Tu ne m'appelais plus « poupée » depuis longtemps déjà, certes. Quand bien même, ce n'était pas si mal.

Puis elle est arrivée. Progressivement, sans en avoir conscience, tout a changé. Sa présence nous a contaminés, poison à diffusion lente, intoxication aux métaux lourds. Oh ! Je sais. Tu pourrais m'objecter que c'est aussi ma faute. J'ai voulu retravailler alors que nous n'en avions pas besoin, avec un tel génie commercial pour chef de clan, tes primes de plus en plus imposantes au fil des années.

Je suis punie d'avoir voulu être autre chose qu'une mère. Belle réussite : je me sens moins qu'une femme.

Je ne veux plus écrire. C'est inconfortable pour écrire, ici. Le carnet prend la poussière.

Je prends la poussière.

Je suis une araignée parmi les araignées.

En bas, maman s'était enfermée. Je toquai à sa porte, sans succès ; je supposai qu'elle avait pris un cachet et je n'insistai pas. Les jumeaux s'étaient couchés dans mon lit, illico chez Morphée – enfance bienheureuse où tout événement, même le plus effrayant, prend l'étoffe d'un rêve qui réveille en sursaut mais dont le sommeil suffit à s'extraire. Ils avaient tenté une discrète sortie vers le « poêle de Noël » mais, trop fatigués, un simple *ouste* les avait pliés aux normes habituelles d'un deux heures du matin.

Lise et moi balayâmes le parquet, scotchâmes des bâches en plastique sur les vitres cassées, conscients que le concept de « vitrier un 25 décembre » était aussi aléatoire que l'existence du Vieux Mec Rouge.

— Tu te rappelles, quand tu avais pété la vitrine du café en jouant à la fronde avec tes imbéciles de potes ? me dit-elle, examinant les morceaux de plastique qui claquaient au vent, bombés à chaque rafale comme deux ventres translucides.

— Chapelle et Fargeot, acquiesçai-je. Avec ces deux-là, j'ai fait beaucoup de conneries ! Cela dit, c'était un accident : on visait la boîte aux lettres... Et si tu te souviens bien, le bar était fermé. Là, c'est différent. Demain, j'appelle les flics.

Lise haussa les épaules d'un air fataliste et s'assit sur le lit. Elle ôta l'une de ses bottes, la droite, puis sa chaussette. Un éclat de verre était fiché dans sa plante, profond, luisant comme un diamant sur la chair rose. Elle saisit la lampe de chevet, qu'elle posa sur l'édredon noirci pour s'éclairer le pied. Son visage n'exprimait pas la moindre douleur, pas une once de dégoût ni même d'inquiétude.

— Attends, Lili, ne fais pas ça n'importe comment... Je vais te chercher du désinfectant.

— Laisse tomber, j'ai le Tétanos à jour.

J'eus envie de lui dire que ce n'était pas le problème mais entre les ongles du pouce et de l'index, ses mèches faussement flamboyantes dans la figure, elle commençait déjà à extraire le bris de verre. Je me crispai et détournai les yeux, imaginant la pulpe à vif, rougeâtre, écœurante, assailli par une image sans doute bien plus affreuse que la réalité, comme toujours sont les images mentales. Je concentrai mon attention sur le miroir au-dessus de la cheminée, un grand miroir aux circonvolutions dorées que j'avais toujours connu ici, à cette même place. Lise pesta dans mon dos. J'aperçus soudain son reflet, l'espace d'un instant, éclat rouge dans le cadre, le sommet de son crâne, puis elle dut s'abaisser car l'éclat disparut. Cette apparition anodine me durcit l'échine – sang statique dans les veines, précipité chimique.

— Putain, ça y est ! s'exclama-t-elle, avec un mélange de rage et de soulagement. Eh, chochotte, tu peux te retourner, y a plus rien à voir.

Quand je me retournai, elle était occupée à remettre sa chaussette. Elle ricana :

— Je t'imagine trop au labo, quand tu fais une prise de sang !

Elle m'imita, imita ce qu'elle supposait être moi au labo, la tête outrageusement tournée sur le côté à s'en dévisser les cervicales, une expression de terreur greffée au visage, exagérée, monstrueuse. Une caricature de moi – seulement une caricature, la vérité sous l'outrance, car tu le sais bien, Cora : je ne supporte pas le sang. Et je réalise que ta dernière image de moi, avant que tu ne sombres, fut précisément moi sombrant, ridicule marionnette, sur le carrelage sanglant de la salle d'accouchement. J'aurais aimé que tu partes sur une image sécurisante, virile, une image dont j'aurais pu être fier ; mais non. À ta mort, tu n'as vu de moi qu'une caricature, aussi grotesque que ce portrait brossé par ma sœur une nuit de Noël dans une chambre glacée.

Je déteste cette pensée. Je la chasse. Elle revient. Je la chasse de nouveau. Sans relâche, je la chasse ; mais je chasse une chose qu'on ne peut pas tuer. Je chasse la honte, une honte irrationnelle et pourtant aliénante, la honte infinie de n'avoir pu te sauver.

Cette même nuit, je fis le premier rêve d'une longue série. J'étais dans la maison, mais les pièces étaient agencées comme au temps de mon père, la cuisine séparée du séjour et la grande cheminée dans ledit séjour, éclairant les lattes noires du parquet. En revanche, il n'y avait pas d'étage : quand je levais la tête, je voyais le ciel, un ciel noir lui aussi. Pourtant, il ne faisait pas nuit, je le savais. Cette obscurité n'était pas la nuit et le noir pas du ciel, c'était *autre chose* ; en fait, on aurait dit que j'évoluais à l'intérieur d'une maquette à taille humaine, mais cette maquette inachevée aurait elle-même été posée à l'intérieur d'une boîte plus grande, tel un immense blockhaus. Les meubles étaient disposés en fer à cheval au milieu du salon, comme pour une réunion, les quatre fauteuils, le canapé au centre, la table basse à l'extrême droite, le vaisselier à l'extrême gauche, d'une manière proprement illogique. Lise était assise au milieu du sofa, immobile, tandis que maman, les jumeaux et toi, Cora, étiez entassés sur un seul des fauteuils, la bergère Louis XVI en velours rouge ;

vous sembliez trouver cette position tout à fait confortable. Je ne parvenais pas à me situer dans la scène mais j'étais là, terrorisé, persuadé qu'il allait se produire de façon imminente un fait abominable. Lise commença à bouger la tête, de très lents mouvements qui la faisaient craquer de toutes parts, comme si ses os étaient des brindilles, mais des brindilles vivantes. Tout à coup, sa face se transfigura – je dis *sa face* et non *son visage*, car cela n'avait plus rien d'un visage, c'était une masse de chair jaune déformée par des tumeurs, qui semblaient se mouvoir, autonomes, sous sa peau, sous la cuirasse qui lui servait de peau. Et, bien qu'elle ne bougeât pas d'un millimètre, ne fît pas le moindre geste offensif dans votre direction, je savais que le Diable était entré en elle, qu'à travers cette disposition insolite du mobilier se dessinaient les contours d'un conciliabule, que Satan s'apprêtait à tenir conseil, ici, chez nous. Mais vous, tous autant que vous étiez, ne réagissiez pas, calés dans votre unique fauteuil, je crois même que vous buviez du vin, un vin sombre et liquoreux, et tu riais, Cora, les enfants voulaient goûter le vin, je tentai de les en empêcher, de vous empêcher, maman et toi, de leur donner à boire cette sinistre mixture, mais je n'étais pas vraiment là, je n'avais aucune prise, impuissant comme je l'avais été, le jour de la naissance des jumeaux.

Puis il y eut une sorte de saut temporel, séquences mal montées par un incompétent.

La maquette était toujours en place, mais on eût dit que la porte du grand blockhaus avait été ouverte : le salon se trouvait maintenant baigné d'une lumière orangée, solaire, qui ne dégageait pourtant pas la moindre chaleur. Les meubles étaient disposés comme à l'ordinaire – à l'ordinaire de cette époque-là, du temps de mon père –, le canapé contre le mur, les fauteuils répartis autour de la table basse en verre fumé, le vaisselier près de la porte qui donnait sur la cuisine. Les sept meubles étaient à leur place, et je bloquai sur ce chiffre – *sept* meubles, dans une maison à *sept* pièces. Maman était assise au centre du canapé, à l'ancienne place de Lise, un jumeau de chaque côté, Soline à sa droite, Colin à sa gauche. Ma sœur, debout près du vaisselier, grillait une cigarette, laquelle se consumait à une vitesse folle, longue tige de cendre rigidifiée dans l'air. Quant à toi, Cora, tu avais disparu ; personne ne s'inquiétait de toi, c'était comme si tu n'avais jamais existé. J'avais envie de hurler : *Cora, bon sang ! Où est Cora ?* Mais je savais que c'était inutile, qu'ils ne comprendraient pas même ce que je voulais dire. J'étais assis dans l'un des fauteuils, à mon tour le Louis XVI en velours rouge, marmonnant des choses comme *Il est venu, le Diable est venu, Lise, tu étais le Diable*, mais personne n'en faisait cas, j'avais l'impression de parler d'une tarte trop cuite, d'un incident insignifiant. Ils m'entendaient, étaient conscients de ce qui venait de se passer, pas de problème sur la véracité des faits, mais tous semblaient trouver l'événement dérisoire. Lise, comme dans la réalité, me traita de « chochotte » en soufflant des ronds parfaits dans l'espace ouvert aux reflets mandarine, et les jumeaux continuaient tranquillement de jouer aux Sept Familles – *sept*, encore *sept*, répétais-je sans pouvoir m'arrêter... Alors je m'éveillai, souffle coupé, cœur tachycarde, me cognant violemment la tête contre le cadre de lit ; j'ai crié, je crois, mais j'étais ensuqué, un pied dans ce rêve qui refusait de me quitter avec l'éveil.

Jamais je n'avais fait un cauchemar pareil, à ce point *véritable*. J'allumai le chevet pour récupérer le réel, ma chambre, la réalité de ma chambre, les murs tapissés de motifs géométriques violets évoquant les circuits d'une carte à puce, nos enfants qui me fixaient avec de grands yeux ronds, dressés sur leur séant, Soline à ma droite, Colin à ma gauche. Le silence bourdonnait, réacteur de bœing, assommant. Je scrutai face à moi l'empreinte de l'armoire à linge, le papier peint plus vif à l'endroit où elle se trouvait – le spectre de l'armoire à linge découpé sur le mur.

— Elle est bizarre cette nuit, hein, p'pa ? chuchota-t-on à ma droite.

Je ne pus répondre. Ma gorge était asséchée comme si j'avais traversé un désert ; le mot « géhenne » me vint à l'esprit. Je passai le bras au-dessus de Soline pour prendre la bouteille d'eau, l'engloutis d'un trait, tout entière, cinquante centilitres d'un trait. Ensuite, je commençai à reprendre mes esprits. Je regardai ma montre – cinq heures et sept minutes – un hasard bien sûr, mais j'avais encore ce chiffre gravé dans les entrailles, moi né en 1977, maman le 7 mars 1947, Lise le 17 juillet 1970, les jumeaux en 2005, 2 + 5 = 7, le 7 février à 7 minutes d'intervalle, toi décédée à 17 h 30 ce même jour à l'âge de 34 ans, 3 + 4 = 7.

— Bon sang…

— Tu sais, p'a, murmura Colin en me frottant la tête d'un geste apaisant, comme je l'avais fait pour lui quelques heures plus tôt, les cauchemars, c'est juste des images qu'on fabrique dans sa tête. Mais après, quand on est réveillé, elles s'en vont, pareil que quand on éteint la télé. Elles existent toujours, sauf qu'on ne peut plus les voir.

— Tu crois… ? Tu crois qu'elles existent toujours ? demandai-je dans un souffle – et ce n'était pas une question rhétorique.

Il ne répondit pas. Au lieu de ça, il regarda sa sœur, cherchant dans ses yeux ce qu'il devait me dire, une vérité ou un mensonge, s'il fallait me rassurer ou me traiter en « grande personne », ce que j'étais, après tout.

— Oui, p'pa. Elles existent toujours, déclara Soline avec un sérieux qui me glaça le sang. Une fois qu'elles sont formées à l'intérieur, elles peuvent se rallumer n'importe quand. Mais on ne va pas toute la vie arrêter de dormir.

Cette nuit-là – du moins, ce qu'il en restait – je m'employai pourtant à cela : *arrêter de dormir*. Rester éveillé, coûte que coûte ; sans quoi, inexorablement, je retomberais dans la maquette. C'était une certitude. Absolue. Mathématique. Et cette certitude m'était intolérable.

Grâce Marie Bataille,
5 avril 1981, secrétaire de la chambre,
22 h 34 selon le radio-réveil.

La gamine a voulu récupérer la machine à écrire, la vieille Remington qui dormait au grenier. J'ai dû courir tout Villefranche pour dégotter un ruban qui fonctionne sur cette antiquité. Elle dit que c'est pour écrire à sa mère, parce que le téléphone coûte trop cher – tu parles, j'ai bien vu les factures ! D'ailleurs, ça m'embêtait de calculer chaque fois, alors je lui ai demandé d'utiliser la cabine publique. Elle devra prévoir de la monnaie, qu'importe, c'est son problème. Nous entendant débattre de ce point, Nathan lui a donné sa tirelire, celle en forme de robot, tu sais, ce machin que tu avais rapporté de Tokyo ? C'est gentil de sa part ; ça m'a énervée, mais c'est gentil de sa part. Notre fils est un ange. Comme il a senti que j'étais contrariée par cette histoire de tirelire, il m'a fait un dessin, mettant en scène la fameuse tirelire, posée sur le petit guéridon de l'entrée. Ce gosse est vraiment doué, on dirait qu'il a déjà le sens des perspectives. J'ai ressorti les dessins de Lise au même âge, la différence est abyssale. Elle faisait des bonhommes allumettes, un rond pour la tête, deux pour les mains, deux pour les pieds. Nathan, lui, a dessiné le robot avec tous les détails, le guéridon présente des lignes de fuite évoquant l'ombre portée du meuble sur le parquet à l'heure où il a fait le croquis, comme s'il envisageait déjà l'espace en trois dimensions, y compris ses distorsions, ses angles morts. Du coup, j'ai regardé de plus près l'ensemble de sa production récente – tu sais combien il dessine, une vraie locomotive ; crois-moi, c'est impressionnant. Effrayant, même, pour tout dire. Je m'étonne que sa maîtresse ne m'en ait pas parlé. À défaut, j'en ai discuté avec la gamine. Elle a fait « Oh ! Oui, vraiment fort », avec son foutu accent de Polack, puis m'a montré un portrait d'elle, réalisé la semaine dernière : je t'assure, Thomas, tout y est. Il l'a représentée debout, en train de danser. Si le visage est rudimentaire, on sent le vent dans ses cheveux, il a même réussi à rendre leur couleur de feuilles mortes en mélangeant de l'orange et du brun ; quant au mouvement de sa jupe, il semble quasi scientifique. Chéri : nous avons enfanté un monstre. Avec ce fichu croque-gaufres, je ne t'ai parlé de rien, et tu es reparti, nous avons fait l'amour, une fois en dix jours, merci bien, tu es reparti et j'en ai oublié de te parler de ça – Nathan, la décoration et, maintenant, ces dessins bizarres. Tu me diras, ce serait plutôt s'il ne dessinait pas qu'il faudrait s'inquiéter. Va savoir, notre fils sera peut-être le Picasso du XXIe siècle ? Je me demande si l'autre aurait été comme lui… tu sais… son frère. Je me demande si l'autre aurait été le même ou l'opposé, miroir ou copie. Je ne veux pas me poser ce genre de questions mais quelquefois, tout de même, je me les pose.

Avec cette affaire de machine à écrire, les enfants ont retrouvé la grande maison de poupée, réplique parfaite de la vraie, avec toutes les pièces, cuisine, salon, la chambre parentale – notre chambre – et la chambre de Lise ; à l'étage celle de Nathan, celle de la gamine et enfin les combles, petite pyramide traversée de poutrelles. Je l'avais complètement oubliée, là-haut sous une bâche depuis près de vingt ans. Mon père me l'avait fabriquée une année pour Noël. Ma mère racontait qu'il y avait passé des mois, caché dans la cabane du jardin dès qu'il ne bossait pas (à l'époque, il y avait une grange à outils à l'orée de la route, près du cèdre bleu. Un jour, il a tellement grêlé que ça l'a démolie. J'en avais été malade ; j'étais grande pourtant, presque majeure. Je suppose qu'elle représentait mon enfance et que mon enfance, dès lors, était terminée. Parfois, je songe que nous devrions la reconstruire, pour les gosses. J'ai roulé ma première pelle, dans cette cabane ! Au père Fargeot… Bien sûr, aujourd'hui, c'est « le père Fargeot » ; mais à quinze ans, je l'appelais Frédéric et lui trouvais des airs à la James Dean. Son fils aîné lui ressemble, d'ailleurs.).

Avec force Ajax, nous avons donc nettoyé la maison de poupée. Nathan pleurnichait que c'était plein de bêtes, Lise écrasait les bêtes à grands coups de talons en se fichant de lui. J'ai bien tenté de lui expliquer que ce n'était pas gentil de traiter son frère de « chochotte » mais c'en est une, que veux-tu.

La gamine était très impressionnée : son père aurait trouvé cette maison épatante. Elle l'a dit avec ce vocabulaire-là, « épatante ». Les étrangers utilisent toujours des termes insolites… Un jour, Joseph lui avait fabriqué un cheval à bascule, mais jamais rien d'aussi beau, d'aussi minutieux, alors que lui, c'était son métier, tandis que mon père n'était qu'un simple agent immobilier. Ça lui a collé le cafard : elle est partie s'enfermer dans ses quartiers. « Gros bébé », j'ai pensé. Malgré ses nichons, ce n'est rien d'autre qu'un gros bébé, comme celui qui, jadis, chialait pour la démolition céleste d'une cabane en pin.

Impossible de remettre la main sur les meubles. Je me souviens, maintenant : j'avais toute une collection de petits meubles en bâtons d'esquimaux, que je confectionnais avec ma mère le dimanche après la messe. C'était bien ma seule motivation pour supporter le sermon, que je n'écoutais pas. Je pensais à ce que nous allions fabriquer – fauteuil, berceau, table de salon ? Dans ma tête, je me les représentais dans les moindres détails, j'en imaginais les plans, combien de bâtons nécessiteraient leur construction… Ils sont sans doute brisés depuis longtemps, aujourd'hui. Lise et Nathan y font vivre leurs Playmobil, ça va aussi bien. Cette maison d'un mètre carré les aura occupés tout l'après-midi. Un dimanche après-midi de pluie, un dimanche de pluie sans toi, un dimanche de plus.

L'horloge sonne, en bas. Longtemps. Onze fois. Alors, j'allume ma cigarette. J'ai recommencé. Tu ne le sais pas, mais ça fait plusieurs mois que chaque soir à vingt-trois heures précises, je fume une cigarette, seule et unique, même quand tu es présent ; je vais dans le parc et tu ne vois rien, ne sens rien, bonbecs à la menthe, doigts rincés au savon – je fume et je me demande comment va le poumon du président Reagan. Heureusement que Georges n'est plus là pour voir ça, l'attentat de lundi dernier, la violence des Hommes, boucherie sans cesse réactualisée dans le petit écran. Je fume et je pense à l'expression de Nathan, lorsqu'il regardait sa sœur broyer les araignées sous la semelle noire de ses ballerines vernies… Une boucherie de poupée. Je fume et je pense à notre fille, cette tueuse minuscule, son extase vénéneuse dans l'extermination systématique d'une vermine à huit pattes.

Je fume et, toujours à voix basse, *Lise est ma préférée.*

Au petit déjeuner, nous étions tous plus proches du zombie anesthésié que du joyeux lutin. Maman arborait des cernes comme tracés au fusain, je bâillais sous la bosse enflée au milieu de mon front, Lise gobait café sur café en fumant clope sur clope. Je voyais maintenant ce qui avait pu m'inspirer ce rêve, sa peau jaunie par la fumée, asphyxiée. Je me félicitai d'avoir arrêté même si, ce matin-là, j'aurais tué pour une bouffée. Je me contrôlais tant bien que mal pour ne pas sombrer dans l'appétissant étui blanc et or, lequel semblait me faire de l'œil telle une strip-teaseuse en costume lamé. J'étais gêné par l'image de l'ancien salon qui, sans cesse, se superposait à celle du nouveau, mais mal, comme à travers l'œilleton d'un appareil photo qui ne parviendrait pas à faire le point. Au sol, la pierre écarlate avait remplacé le chêne noir, le poêle en fonte la cheminée, le canapé et les fauteuils étaient différents, la table basse n'était plus en verre mais en métal, la bergère Louis XVI siégeait aujourd'hui dans la chambre de ma mère, la cloison avait été abattue pour créer une cuisine ouverte sur le séjour, séparée par un bar en béton ciré dont le plateau fut jadis en noyer et qui, sur mes conseils, était désormais en médium laqué rouge. Quoi qu'il en soit, la disposition de cette pièce était la même depuis trois décennies. Celle dont j'avais rêvé aurait dû rester ensevelie au fond de ma mémoire, ma mémoire de quatre ans. Sans doute le retour du Père avait-il déclenché ces réminiscences ; c'était logique après tout, un vrai choc. Pour autant, cette explication ne suffisait pas à me calmer, et je jouais frénétiquement avec le zip de mon gilet – une autre de mes nombreuses manies pour m'occuper les mains.

Sans avoir fermé l'œil, terrorisé à l'idée de replonger dans les griffes du cauchemar, je fus tiré du lit par les jumeaux aux alentours de huit heures. J'eus à peine le temps d'un « les pantoufles, mettez les pantoufles » qu'ils étaient lancés dans l'escalier comme deux bombes, cavalcade minuscule. Puis, traditionnellement, cris de joie, silence, cris de joie, chuchotis, silence. Je savais qu'ils attendaient le feu vert pour se jeter sur les paquets, aussi enfilai-je mes propres pantoufles et descendis les rejoindre. Je me sentais fébrile, nauséeux. Mes deux heures d'insomnie forcée avaient été occupées à ressasser les événements nocturnes, les boulets de charbon, le bref reflet rouge des cheveux de ma sœur, la brisure de verre sous le derme de son pied – et ce rêve, cet abominable rêve, le plus abominable dont je pusse me souvenir, même dans l'enfance. La respiration double des jumeaux m'avait un peu rassuré, mais j'espérais le jour, tant qu'il me semblait qu'à force, je finirais par le faire survenir plus tôt, mon désir capable de défier les lois de la nature. Quand les petits se levèrent, l'aube naissait à peine. Leurs murmures excités me tirèrent de l'angoisse, comme si la vie reprenait sa place, sa juste place, centrale et bruissante, une place qu'elle n'aurait jamais dû quitter.

En passant devant la chambre de Lise, j'entendis des ablutions, les bruits caractéristiques d'un brossage de dents en bonne et due forme. Dans la cuisine, maman était levée aussi, pantalon gris et pull irlandais, l'élégance au placard, exhortant les enfants à l'office de Noël. *On attend papa…* Je souris en moi-même. Lorsque j'apparus, ils se tournèrent vers moi comme un seul homme, les yeux brillants ; le réel fit sens à nouveau, la joie, les présents que nous avions disposés Lise et moi, avec amour et précision en dépit de l'étrange nouvelle du retour de Thomas Bataille. Je donnai le « top » d'un hochement de tête, *pif*, *paf*, *scritch*, *scratch*, déchirures, *ahhh*, *oh*, *ohhhh* et *ah* encore, pop-ups, mini-poupées, mini-piano, planche de skate-board, Monopoly, papillotes à pétards (très important, *à pétards*, et très difficile à trouver de nos jours).

— J'ai tout raté ? demanda Lise en arrivant, étrangement vêtue d'une robe qui ne lui ressemblait guère et dont le rouge vif jurait avec ses cheveux.

— Y a des cadeaux pour toi ! cria Colin.

— Et pour p'pa aussi ! Et pour mamie !

— Très bien, très bien. On arrive…

Nous déballâmes nos paquets, sous le regard curieux des jumeaux. Travaillant au rayon parfumerie, Lise m'avait offert comme chaque année une eau de toilette, *Bleu* de Chanel ; maman, un très beau livre sur le design scandinave des années 1950. Ma sœur ouvrit à son tour ses cadeaux, une écharpe en cachemire d'une marque à la mode, le mien, et comme toujours selon ses vœux, un chèque de ma mère. Cette dernière, justement, reniflait le présent de Lise, un lait corporel à la figue, en me jetant des coups d'œil surpris. Intrigué par son manège, je finis par réaliser que le collier que je lui avais choisi n'était pas dans le lot.

— Un petit étui en cuir noir… Non ?

Elle secoua la tête. Soline et Colin commencèrent à fouiller dans les papiers froissés, éparpillés multicolores sur le carrelage. Tous ensemble, nous entreprîmes de remuer chaque feuille, puis de la mettre à la poubelle. Mais le sol fut entièrement nettoyé et, de petit étui noir, point du tout. Nulle part. Je l'avais pourtant soigneusement posé sur le paquet de Lise, brisant les logos de son grand magasin.

— C'est bizarre, dis-je, perplexe. On va le retrouver…

— Oui, sans doute. Ça ne fait rien, mon chéri. Petit-déjeunons, voulez-vous ? On ne peut pas bien jouer avec le ventre vide.

Nos enfants avaient donc déjeuné à toute vitesse et, le ventre plein, jouaient maintenant dans ma chambre à l'étage, la leur étant impraticable. Je fixai une seconde les cigarettes de Lise, FUMER TUE, puis replongeai le nez dans mon bol de thé ; j'ai arrêté le café le matin, tu sais, habitude de junkie… Je me demandais bien où avait pu passer ce satané collier. Il m'avait fallu des heures pour le choisir, moi qui abhorre le shopping, tant faire plaisir à Grâce était difficile.

25 décembre, 2 + 5 = 7, je secouai la tête, *ridicule*, les sept péchés capitaux, les sept jours de la création, sept niveaux du Mental selon les bouddhistes, sept demeures du château de l'âme selon Thérèse d'Avila, sept pièces dans la maison… Je m'interrompis. *Non, six pièces, une cloison abattue. Maintenant, six pièces.* Mais je suis bien placé pour savoir qu'en termes immobiliers, la cuisine n'entre pas dans le calcul ; je recommençai donc. Cette maison avait déjà six pièces au départ – le séjour, les quatre chambres,

les combles aménagés. Pas sept, six, cette maison n'avait jamais eu *que* six pièces. Malgré moi, mon esprit troublé se mit alors à fonctionner sur un autre mode. Mes parents s'étaient mariés en 69, maman avait soixante-trois ans, les jumeaux bientôt six, 666, six boulets dans les vitres, une maison à six pièces, un rendez-vous avec un spectre le 26 décembre, moi trente-trois ans, 3 + 3 = 6. Ma cervelle tournait à ce point en roue libre que sans m'en rendre compte, je déclarai tout haut :

— N'importe quoi.

— Quoi, n'importe quoi ? demanda Lise en fronçant les sourcils. Qu'est-ce qui t'arrive ?

Je haussai les épaules.

— Rien, j'ai fait un rêve bizarre… Tu sais, ces cauchemars dont on a du mal à se défaire des heures après l'éveil, même quand il fait grand jour ?

— Ouais, ricana-t-elle. On appelle ça le boulot.

Je soupirai. Lise détestait son travail ; pour autant, elle ne cherchait pas à en changer. Au fond, elle n'aimait pas grand-chose. C'était d'ailleurs ce que tu lui reprochais, de ne s'intéresser à rien. Tu étais passionnée, Cora. Pour toi, vivre dans pareille platitude, pareille inertie, avec une telle absence de curiosité et d'enthousiasme, confinait forcément à une forme de bêtise. Navrant. Voilà ce que tu disais : « Parfois, Nath', ta sœur est navrante. » Je n'ai jamais été aussi dur avec elle. Elle n'était pas douée pour l'école et n'a pas eu la chance d'aimer, comme nous, réellement quelque chose, d'aimer à la folie – moi, l'architecture, toi, le design. Personne ne l'a jamais aimée, non plus ; j'entends, aimée comme je t'ai aimée. Ma grande sœur, spécialiste des relations chaotiques avec de sombres crétins, vendeurs de hot-dogs, VRP en climatiseurs, comédiens ratés sévèrement alcooliques. La passion est un don ; certains en sont dotés, d'autres pas. Lise, en ce sens, me faisait surtout de la peine.

— Au fait, maman, demandai-je pour détourner la conversation des méandres odieux des Galeries Lafayette, on peut savoir pourquoi tu as changé l'armoire de place ? Regarde mon front ! En plus, ça fait une trace sur le mur.

Elle blêmit, geste interrompu, la tartine qu'elle beurrait suspendue dans les airs. Elle nous fixa un instant, Lise et moi, puis baissa les yeux.

— Ce n'était pas la première fois.

Je ne compris pas ce qu'elle voulait dire.

— Ce qui s'est passé cette nuit… Ce n'était pas la première fois. Depuis une semaine, il se passe tout un tas de choses bizarres. J'avais peur que quelqu'un n'entre par le toit, c'est la seule issue possible… Du coup, j'ai bloqué la trappe.

J'étais abasourdi. Ma sœur plongea la main dans son paquet de Marlboro light et, si j'avais osé, je l'aurais imitée. Maman était certes livide, mais sa voix sonnait calme, résignée.

— T'as appelé les flics ?

— Évidemment, Lili chérie. Ils sont venus par deux fois constater les dégâts. J'ai même appelé Ed… Vous savez, Édouard Francannet, notre ancien voisin ? Il est en poste à Lyon, maintenant.

Lise hocha la tête. Pour ma part, je ne me souvenais absolument pas d'Édouard Francannet. En revanche, je me rappelais très bien qu'un imbécile avait manqué assommer nos enfants en jouant au casse-briques à une heure du matin, et il n'était pas question que cela se reproduise.

— Maman… Je ne comprends pas. Que s'est-il passé, exactement ?

Elle se lança alors dans un drôle de récit qui, hélas, ne me rassura guère.

Grâce Marie Bataille,
14 avril 1981, secrétaire de la chambre,
09 h 34 selon le radio-réveil.

Jour de congé, mardi, merveilleux mardi, jour sans seringue, sans blouse, sans pleur et sans bassin.

Je vais déjeuner à Lyon avec Julie, puis nous ferons les boutiques. En réalité, je vais surtout faire les boutiques. Depuis ton départ, j'ai perdu trois kilos. Demain soir en rentrant, tu le remarqueras. J'espère que tu le remarqueras. Ensuite, je passerai voir maman. Elle n'a pas l'air en forme, ces temps-ci. Depuis la mort de papa, vraiment, elle n'est pas en grande forme ; mais avec l'anniversaire de son décès, les choses ont empiré.

Je me demande ce que je deviendrais, si tu mourais.

Je suis habituée à ton absence, mais ce n'est pas pareil.

Aujourd'hui, le président Reagan a réintégré la Maison-Blanche, en pleine santé. Ça m'a fait penser à Georges. Je ne sais pas pourquoi je pense encore à Georges ; quatre patients sont morts cette semaine et ça ne me fait ni chaud ni froid. J'exagère, bien sûr ; tu vois ce que je veux dire. J'imagine qu'il me rappelait mon père… Les pères et leur fille ! Je menais le mien par le bout du nez, certes ; mais quelquefois, on dirait que Lise te *drague*. Elle se fait belle pour ton retour, du haut de ses dix ans minaude, pire que la gamine. Demain, elle va me demander de lui faire des boucles au fer, si sa robe « à paillettes » est prête, l'après-midi entier devant la glace à répéter le sourire. Je t'assure, Thomas, tu ne connais pas ta fille. Elle passe sa vie en jean, pull-over râpé, les baskets toutes crottées à courir dans le parc – et surtout pas moyen de lui faire prendre un bain. Mais quand tu rentres, c'est Princesse, Madame la Princesse, et que je veux du sent-bon, et ma robe repassée, et mes souliers vernis. Une teigne, te dis-je. Une adorable teigne… Quand bien même.

Au fond, je suis comme elle. Aujourd'hui, mon but : quelque chose de sobre, délicat, qui ne frappe pas d'emblée, vois-tu, rien d'ostentatoire, une tenue qui mette mon corps en valeur sans que ce soit notable consciemment, une tenue pour susciter le désir de façon *subliminale,* comme ce que portait Jane Birkin sur la couverture de *Elle* la semaine dernière, une marinière rayée rouge, des dormeuses en diamants. Me démarquer de la gamine, avec ses jupes trop vastes, ses pulls trop grands, sa frange trop longue. Être une femme, une vraie. Pas cette petite chose maladroite et butée, les cheveux dans la figure.

Oh, je sais : dans quelques années, cette fille sera une merveille. D'ici là, je m'en serai débarrassée. Je lui cherche une remplaçante, si tu veux tout savoir. Je traque d'ores et déjà le profil idéal, vieille, laide et coincée, anglaise si possible. Tu veux de l'ouverture sur d'autres cultures ? Très bien ! Et parler anglais, chéri, c'est tout de même autrement plus intéressant que de parler polonais. Moi je dis ça, c'est pour leur avenir – l'avenir de nos enfants.

Il fait beau, chaud, le profil de l'été. Les gosses sont en vacances, ils passent leur temps dehors. La gamine organise des « chasses au trésor », ils adorent ça, même si Lise fait tourner son frère en bourrique, à ne jamais le laisser découvrir quoi que ce soit. Comme sa mère, elle est mauvaise joueuse.

Elle n'aime pas perdre.

J'enfile une robe fluide et j'admire sur mon ventre les trois kilos de moins. J'aimerais que tu me voies ainsi, dans cette jolie robe rouge pareille aux coquelicots qui depuis quelque temps recouvrent l'univers, étrangement en avance. Je me fais belle, même si tu n'es pas là. Je m'entraîne pour ton retour ; chaque jour que Dieu fait, je m'entraîne. L'entraînement est vain, peut-être, mais je refuse d'abandonner.

Le capitaine laisse faire les sbires, désormais. Les sbires excluent toute capitulation.

Ciel oppressant, air vif, sévère comme un coup de trique. Le parc blanc et, au-delà, les vignes prises dans les glaces, les ceps sortant de neige comme des mains qui voudraient désespérément attraper quelque chose – *quoi,* me demandai-je, *qu'y a-t-il donc à attraper ici, à part la mort ?*

Pieds au sec dans des boots de chantier, je marchais d'un bon pas, dévalais le léger dénivelé jusqu'à la route, à l'orée de la propriété. Arrivé là, au point de non-retour, à la barrière bordée de peupliers, de leurs restes calcinés par l'hiver, je m'arrêtai. Je me tournai vers la maison, cette bâtisse en pierres dorées typiques de la région, qui avait abrité mon enfance, une enfance un peu plate, un peu terne, surtout après le déménagement de Lise pour Lyon – elle s'est taillée à dix-huit ans, dès que la loi l'y a autorisée ; à l'époque, j'en avais onze et, bien qu'elle me torturât pour l'essentiel, sa présence m'avait manqué presque instantanément. Je fixai la maison, à me demander si c'était de ce même point que mon père l'avait fixée quelques jours plus tôt, lorsqu'il « errait tel un rapace », revenu d'on ne sait où pour on ne sait quelle raison. Je baissai les yeux, jouai avec la neige au bout de ma chaussure, comme s'il y avait là quelque chose à déterrer, un trésor, une marque ; mais lorsqu'on grattait le beau vernis bleuté, on ne trouvait rien d'autre qu'une terre crissante, gelée, boueuse par endroits, et les vestiges d'un gazon brun dont on doutait qu'il pût, un jour, repartir.

J'avais envie de hurler.

Je devais hurler, pour ma santé mentale. J'essayais, mais n'y parvenais pas. C'était un petit cri rauque, faiblard, un cri de chochotte coincé sous le sternum, qui n'osait pas sortir, trop bien élevé, trop policé, un grotesque cri de citadin. Au fond, crier me semblait indécent, comme si je risquais de devenir une bête. Crier n'était pas *convenable*. Les seuls voisins étaient pourtant loin derrière notre maison et, de ce côté-ci, il n'y avait pour m'entendre que la départementale vide et les vignes en sommeil. De l'ordre de la survie, ce cri fut difficile. Je me ramassai en moi-même, compacte pelote de nerfs, pensai à toi, Cora, à tous ces cris que je n'avais pu pousser, cris muets entassés en moi depuis si longtemps ; alors je criai, sans tout à fait m'en rendre compte au départ, hurlai au soleil pâle comme un loup à la lune. Je criai longtemps, sans m'arrêter, de plus en plus fort, avec une ampleur qui me surprit moi-même ; tout mon corps en tremblait. Une rangée de corbeaux sur un fil électrique s'envola, croassements saccadés, le bruissement des ailes noires aux reflets métalliques parasitant ma voix, une voix gutturale que je ne reconnus pas. Au loin sur la route, j'aperçus un éclat rouge et brillant, qui disparut ensuite tel le reflet du crâne de Lise dans le miroir doré, puis réapparut quelques secondes plus tard – les lacets de Bayère. J'arrêtai brusquement de crier, comme lorsque la maîtresse refermait le poing pour que, tous ensemble, nous cessions de chanter.

Silence.

Seul le vent, qui soulevait dans l'espace des paillettes de glace.

La voiture rouge passa, vrombissante. Je la suivis des yeux, jusqu'à ce qu'elle disparaisse dans un nouveau lacet.

— Tout a commencé dimanche dernier, le 19. Il devait être seize heures, je faisais la sieste. J'avais mal dormi, une insomnie – depuis que j'ai revu Thomas, j'en fais beaucoup, de l'insomnie. J'ai été réveillée par un bruit, un genre de grattement, ou de glissement, juste au-dessus de moi, comme s'il y avait eu quelqu'un dans la chambre des bébés. Je suis habituée au bruit, vous savez. Nous sommes habitués aux bruits, ici. Les grincements, les fenêtres qui claquent… Mais ce bruit-là était si singulier… ! Je me suis tout de suite dit que c'était un bruit *vivant,* ça m'a fait froid dans le dos. Je me suis levée et je suis montée voir. Là haut, tout semblait calme, normal… sauf que les rideaux étaient grands ouverts.

— Les rideaux étaient ouverts, répétai-je, perplexe.

— Nathan, en cette saison, les rideaux des chambres inoccupées sont toujours fermés. Ça isole, vois-tu ?

— Tu as pu les ouvrir pour aérer, puis oublier…

— Je ne suis pas encore gâteuse, mon chéri. Et personne ne m'a rendu visite. Personne depuis Mona, qui est passée faire le ménage mercredi, comme tous les mercredis depuis dix ans. Et comme tous les mercredis depuis dix ans, Mona a fermé les rideaux, parce qu'elle sait ce qu'il faut faire en hiver, depuis le temps.

— O.K., fit Lise, les rideaux étaient ouverts. Et puis quoi ?

— Et puis rien, je les ai refermés. Quand bien même, c'était bizarre. Ce bruit que j'avais entendu, à la réflexion, ressemblait à celui des anneaux coulissants sur la tringle. Bref, ça m'a turlupinée mais j'ai laissé courir. Ce soir-là, j'ai dîné chez les Fargeot, ils m'avaient invitée. Nous avons beaucoup bu, comme toujours avec eux. Je suis rentrée en faisant attention, j'étais pompette et ça verglaçait. Je me douche, je me couche. La nuit passe, je dors bien, c'est l'avantage d'être pompette…

— M'man, souffla Lise, on n'a pas besoin de connaître tous les détails.

— Oui, bon. Au matin, je me lève, je fais du café. Et là, j'entends un grand *bam* à l'étage. Je me précipite, j'ouvre la chambre, la chambre des bébés : une vitre était cassée. Enfin, pas complètement, juste un impact, avec du sang. C'était un oiseau. Un oiseau s'était écrasé contre la vitre. J'ai ouvert la fenêtre et je l'ai vu en bas, raide et noir sur la neige. Une corneille… Les corneilles ne font pas ça. Il aurait fallu qu'elle soit attirée par quelque chose, un miroitement, je ne sais pas… Elle était peut-être malade, c'est ce que je me suis dit, c'était sans doute un oiseau malade. J'ai appelé Sagnier, il m'a changé la vitre. Quand je lui ai raconté, lui aussi a dit que la corneille était sûrement malade, elle n'avait plus les yeux en face des trous, pauvre bête, voilà ce qu'il a dit. Mine de rien, tout ça commençait à me tracasser, parce que c'était encore dans la même chambre, la chambre qui sert le moins, vu que vous ne venez jamais…

J'encaissai le reproche sans broncher. C'était vrai, les enfants et moi venions rarement. Pour Noël, quelques jours en été. Je travaillais beaucoup, les petits avaient école, notre vie était à Paris. Et puis, la vraie raison : je détestais cette maison. L'avais toujours détestée. Plutôt belle pourtant, avec ce jardin démesuré pour elle, deux hectares contre deux cents mètres carrés. Ce fut d'ailleurs ce parc qui poussa mes grands-parents à l'acquérir, un terrain exceptionnel entouré de vignobles, offrant une vue spectaculaire sur les vallons du Beaujolais. Eugène, que je connus à peine, était agent immobilier ; il savait à quel point ce type de biens se raréfiait. Quoi qu'il en soit, je ne m'y suis jamais senti à l'aise, et l'absence du père n'était pas seule en cause. Il existe cette sorte de lieux : dès que vous y pénétrez, une bouffée d'effroi vous retourne les tripes sans raison apparente. Cette impression est variable selon les gens, certains y sont plus sensibles que d'autres, Dieu merci. Dans le cas contraire, quelques appartements que je connais n'auraient jamais trouvé preneur. Un, surtout, Faubourg-Saint-Denis ; j'en avais supervisé la rénovation et avais passé trois des pires mois de ma carrière. Son défaut objectif résidait dans le manque de lumière – un deuxième étage sur cour – mais le problème était ailleurs. Je n'avais pas cherché à en savoir plus, persuadé que cet appartement avait été le théâtre d'une barbarie telle que je préférais l'ignorer. Les propriétaires, eux, le trouvaient « charmant ». Pour ma part, j'angoissais dès que j'en passais le seuil ; c'était une réaction viscérale, épidermique, comme une allergie, une crise d'urticaire. D'une certaine manière, la maison familiale me faisait le même effet.

— Puis la nuit suivante, de lundi à mardi, ça a recommencé, vers deux heures du matin. Cette fois, c'était des cailloux… Un désordre semblable à celui de cette nuit, sauf qu'au lieu du charbon, c'était des cailloux, des morceaux d'ocre jaune comme les pierres de la maison. Rebelote, j'ai appelé Sagnier, mais j'ai aussi appelé la police.

— Qu'est-ce qu'ils ont dit ?

— Ce qu'on imagine. Que des petits malins avaient joué à la fronde… Ce ne serait pas la première fois.

Ma mère me jeta un coup d'œil narquois, je lui renvoyai un rictus assassin ; difficile d'oublier la raclée dont elle me gratifia après cette histoire – la honte, la honte dans le village, *mon fils est un voyou !*

— Ils ont quand même pris ma déposition, m'ont demandé si j'avais des problèmes de voisinage… Ne me regardez pas comme ça, je n'ai aucun problème de voisinage, je n'en ai jamais eu ! Enfin, je connais pratiquement tout le monde…

— Et après ? demanda Lise en se levant d'un coup, comme prise d'un besoin urgent de se dégourdir les jambes. Parce que jusqu'ici, pas de quoi en faire un fromage… Sans te vexer, m'man.

Je bloquai, une fois de plus, sur sa robe. Une robe en soie carmin, élégante et fragile, dans laquelle elle devait frissonner. C'était vraiment une drôle d'idée, cette tenue de soirée un samedi matin. Elle entreprit d'ailleurs de brasser le charbon pour relancer le poêle, attrapant le tisonnier et soulevant le couvercle d'un index expert. Grâce semblait partager mon avis au sujet de cette robe, mais elle était trop concentrée sur son histoire pour en faire la remarque. Cette fois, je me servis un café. J'avais froid, moi aussi.

— Mais c'est la nuit suivante qu'il se produisit quelque chose que… que je ne peux pas du tout expliquer. Quelque chose qui m'a vraiment fait peur, je vous assure, quelque chose de… de…

Sa voix s'enraya. Je lui remplis une tasse de thé, elle me remercia d'un maigre sourire. Le tisonnier raclait les parois du poêle ; le bruit était désagréable, stressant, comme des ongles sur un tableau noir.

— J'ai dormi. J'avoue, j'avais pris des cachets, parce que je n'arrêtais pas de penser à ces événements, aux factures du vitrier, à la possibilité de changer les serrures, même si celles-ci vont très bien. Bref. J'ai dormi tout mon soûl mais quand j'ai ouvert les yeux, il y avait… Dans le plafond… Dans mon plafond, là, juste au-dessus du lit, juste au-dessus de moi, il y avait un couteau.

Le bruit du tisonnier contre la fonte cessa un instant, puis reprit.

— Un couteau ? Comment ça, un couteau ?

— Un couteau, Nathan, dans le plafond. Tu sais, le grand, celui qui sert à découper le gigot ? Eh bien, il était fiché dans le plafond. Tout droit. Comme si quelqu'un l'avait planté là, tu vois ? Bon Dieu, il y a presque trois mètres de hauteur ! Même avec une chaise, je ne vois pas comment diable…

Je posai ma main sur son bras d'un geste que je voulais rassurant, mais je pense qu'il ne l'était guère. Moi-même, je commençais à trouver cette affaire plutôt inquiétante. Je pensai au cauchemar, sans parvenir à l'effacer. L'odeur rêche du charbon brassé s'élevait dans la pièce, mêlée au parfum âcre des mégots froids de Lise.

— C'est donc là que tu as appelé Ed ? lui dis-je doucement. C'est ça ?

— Oui. J'ai appelé Ed, je ne savais pas qui d'autre. Ça faisait un moment que je ne l'avais pas vu mais nous étions amis dans le temps, quand il habitait là… Il est au SRPJ, maintenant, et c'est toujours mieux que les corniauds d'à côté. Il est venu, il a constaté, vérifié les portes. Il a ôté le couteau à l'aide d'un escabeau ; ça n'a pas été facile. Il l'a emporté, soi-disant pour la Scientifique, au cas où il y aurait des empreintes.

Pour finir, il m'a conseillé d'installer une alarme, ce que je vais faire, mais je n'ai pas eu le temps de m'en occuper.

— C'est tout ?

— Oui, c'est tout. Que voulais-tu qu'il fasse ? Je n'étais pas blessée, rien n'a été volé, aucune trace d'effraction… J'avais déjà porté plainte pour les vitres, alors quoi ? Je crois qu'il m'a prise pour une folle. Il a dû se dire : « La vieille Bresson, elle a pété un câble. » Sûrement qu'il pense que je l'ai planté toute seule, ce couteau… Ça m'étonnerait bien qu'il le fasse analyser.

— M'man ?

La voix de Lise était ténue, inhabituelle. Je me tournai vers elle, tandis que notre mère se levait de table pour voir ce que ma sœur tenait entre ses doigts.

Entre ses doigts, il y avait le collier. Une mince chaînette en or rose, ornée d'un pendentif figurant une aile de papillon. Le collier que je lui avais offert, celui qui avait disparu.

— Où l'as-tu trouvé… ? demandai-je, me levant à mon tour.

— Dans le poêle. Il était là, dans le poêle.

Maman saisit le collier dans la main de Lise, cette main noircie, charbonneuse.

— Il est ravissant, mon chéri, nota-t-elle en le soulevant au niveau de la fenêtre pour faire jouer la lumière. Très délicat. Il faut juste le nettoyer un peu…

Ce qu'elle entreprit de faire, saisissant un torchon comme s'il n'y avait dans cet incident aucun aspect hors norme. Je mis le nez dans le poêle, regardai chatoyer les braises incandescentes.

— C'était peut-être du toc, rigola Lise, et maintenant, on l'a changé en or !

— C'est ça, Lili, marre-toi. Les blagues d'alchimiste, ça commence à bien faire.

— Le Vieux Mec Rouge existe peut-être, finalement…

Sur ce, elle se lava les mains puis alluma une clope. Maman avait attaché son collier et s'étudiait dans le miroir du hall, la tête à droite, la tête à gauche, relevant ses cheveux mi-longs teints en blond cendré, son brushing parfait éternellement semblable.

— Très joli, chéri. Vraiment très joli.

J'avais le sentiment d'être dans mon rêve – *le Diable, le Diable est entré* –, elles faisant comme si de rien n'était, événement dérisoire.

J'enfilai ma parka, et je sortis hurler.

Grâce Marie Bataille,
14 avril 1981, cuisine,
22 h 44 selon la grande horloge.

Tout est calme et endormi, pierre parmi les pierres.

J'écris un peu pour attendre ma cigarette – j'en ai envie, ce soir, tellement envie.

Je porte la blouse que j'ai achetée cet après-midi, une blouse couleur poudre émaillée de bleu vif, des galons en passementerie au col et aux poignets. Ravissant. Cher, chair – et ravissant. Fragile, aussi. Le genre de choses que tu aimes ; que la pisseuse ne porte pas.

Julie, dans la boutique, disait que j'avais l'air d'une fée. Lise a dit la même chose. Nathan, lui, a dit « un ange ». La gamine s'est contentée de rire – un rire de convoitise.

J'ai fait le ménage dans l'appartement de ma mère. Seigneur, je ne sais pas comment elle a pu entretenir cette maison pendant vingt ans – impeccable, toujours si parfaitement *impeccable* – pour vivre aujourd'hui dans un capharnaüm pareil. On dirait que depuis la mort de mon père, elle cherche à combler le vide en entassant des choses à tort et à travers. Elle meuble le silence, littéralement. Cet appartement était coquet, tu te souviens ? Quand ils l'ont acheté pour nous laisser la maison, tout était neuf, l'immeuble et le reste, *Les Terrasses Lumière.* Maman avait tellement trimé ici que tout ce qu'elle voulait, c'était du citadin, du pratique, du moderne, les commerçants au coin et puis l'ascenseur, « soixante-dix mètres carrés, c'est bien suffisant », carrelage, murs lavables, cuisinière électrique, chauffage central. Je la comprends, quelquefois… Je dois avouer que sur ce point, la gamine me soulage. Elle range beaucoup, nettoie beaucoup ; sans que je le lui demande, elle le fait, je crois qu'elle y trouve du plaisir, aussi bizarre que ça paraisse. Elle dit que c'est une chance d'avoir une si belle maison, qu'il faut en prendre soin, comme d'un bijou précieux, la lustrer, la faire briller. Je ne vais pas m'en plaindre surtout si, désormais, je dois jouer les bonniches chez Louise Bresson !

Ma mère n'est pas en train de devenir folle, non, je ne pense pas. Mais sa déprime prend cette forme-ci, l'entassement ; en particulier l'entassement, disons, « chlorophyllien ». Ces derniers mois, elle a accumulé tant de plantes vertes qu'on se croirait dans une serre. J'ai bien tenté de lui expliquer que ce n'était pas bon, toute cette verdure dans un si petit espace, que les plantes respirent, comme les gens, que son oxygène allait être bouffé par cette parodie de forêt tropicale. « Maman chérie, tu veux mourir étouffée par tes plantes vertes, après avoir vécu dans un parc de deux hectares ? Ce serait le comble, non ?! » Je plaisantais mais du coup, je me suis demandé si je n'avais pas soulevé un lièvre, si la maison ne lui manquait pas, si elle ne rejetait pas la ville, maintenant qu'elle y était seule, sans Eugène. L'anonymat, le bruit, la pollution, que sais-je ? Je la questionnai à ce propos, mais sa réponse fut plus que limpide, et d'une ahurissante spontanéité. Quelque chose comme « Grands dieux, Grâce ! Plutôt mourir dans l'instant que de retourner là-bas ».

J'ai toujours pensé qu'elle aimait cette maison, vois-tu ? Qu'elle l'aimait autant que je l'aime, même si, c'est vrai, la campagne n'est pas facile à vivre. Encore, de nos jours, nous bénéficions d'un confort honorable – merci, chéri, merci aux presse-agrumes et aux fours micro-ondes et à tout ce que tu nous rapportes, merci infiniment ! Mais lorsqu'ils l'ont achetée, quand j'étais petite, je me souviens combien ma mère s'y épuisait.

N'empêche, cette réaction m'a salement perturbée. En fait, je ne m'y attendais pas.

Ding-dong.

Attends, je fume : il est vingt-trois heures pile.

Le temps n'est qu'un repère mais j'ai besoin de repères, tant notre existence passée me semble aujourd'hui une infime trace sombre sur le bout d'une gomme. Sans doute est-ce la raison pour laquelle j'ai repris la cigarette ; pour réintroduire un rite dans cette vie qui s'effondre, se délite chaque seconde un peu plus, chaque nuit plus noire que la précédente, cette vie dépourvue de signification, depuis…

J'allais écrire « depuis la gamine », mais c'est autre chose que je pense. Je pense : « Depuis qu'il ne m'aime plus. »

C'est dit. Je crois, Thomas, que tu ne m'aimes plus.

Et, chaque fois que tu pars en voyage, je me demande si tu vas revenir. J'essaie de te parler, mais toujours je renonce.

J'ai peur que tu dises ce que je ne peux entendre.

Chut.
Je fume.
Laisse-moi tranquille.

En remontant du cri, je croisai Lise, sa parka vert kaki sur le dos, ses cheveux roux dépassant de la capuche festonnée de fourrure, sa robe ondoyant au bas, éclat sanglant sous la veste militaire. Elle portait l'écharpe que je lui avais offerte, cela me fit plaisir.

— Alors grand, ça va mieux ?

Je me demandai si elle m'avait entendu jouer les loups-garous, mais je me raisonnai : c'était impossible.

— Le bon air, c'est salutaire.

Elle ricana.

— Tu parles ! Cette baraque, tu ne l'aimes pas plus que moi. Grandir à la campagne a fait de nous des citadins, à la vie, à la mort.

Avec un vif mouvement du menton, elle ajouta :

— À son grand dam…

Elle voulait parler de notre mère, bien sûr. Lise, depuis des années, lui suggérait de vendre la maison ; mais Grâce s'y refusait obstinément et nous savions tous les deux qu'elle mourrait entre ces murs.

— Quoique. Si maintenant on trouve de l'or dans les poêles à charbon, je vais peut-être réviser mon jugement !

Ma sœur triturait la poche de sa veste, le bout de ses doigts échappés de mitaines en laine noire. Cela aussi, habitude de fumeur ; on ne peut pas fumer avec des gants. J'hésitai à faire une remarque au sujet du collier mais je me ravisai, comme si n'en point parler allait faire disparaître les derniers événements.

— Où tu vas ?

— Chercher des clopes, jouer au Loto. *Les Pierres* ferme à midi. Tu viens ?

— Non, je vais voir les enfants.

— Ils n'ont pas l'air tellement traumatisés par cette nuit, si c'est ce qui t'inquiète. Ça piaille, ça rigole, et Colin tape sur son piano comme si c'était les grandes orgues. Ça rend maman cinglée.

Sur ce, elle me jeta un de ses sourires bizarres et fit volte-face. Je la regardai descendre l'allée d'un pas lent, nonchalant. Le ciel était couleur de cendres. Elle dérapa sur une plaque de verglas dans l'escalier de pierre, oscilla dans ses bottes, se retint à la rambarde. J'étouffai un fou rire ; Lise se retourna et me tira la langue. Puis, dignement, elle reprit sa descente.

Quand je rentrai, la table était dressée, nappe blanche et empesée brodée aux initiales de la famille – *E.L.B.*, Eugène et Louise Bresson –, bougies dorées fichées dans les candélabres, tu sais, ceux en régule que tu aimais tant ? Tu ne convoitais pas grand-chose ici mais ces pièces Art nouveau te faisaient envie au point que j'imaginais maman te les offrir, tôt ou tard. Peut-être les envisageait-elle comme cadeau de naissance… Deux bougeoirs, pour deux bébés. Je ne sais pas, ne veux pas le savoir. Je les ai toujours trouvés effrayants, leurs socles griffus en forme d'écrevisses et ces feuilles grimpantes qui semblaient plutôt dévorer les cierges que les maintenir debout.

Les jumeaux étaient déjà installés, chacun à un bout de la table comme le Roi et la Reine. Ils avaient poussé leurs assiettes et dessinaient – le Vieux Mec Rouge avait apporté une magnifique boîte de pastels, si toutefois tu parviens à m'imaginer vieux et rouge. Maman tenait les fourneaux, achevant la confection d'un gratin de fruits de mer.

— Ah, Nathan ! Où étais-tu donc passé ?

— P'pa, intervint Soline en levant les yeux de son ouvrage, on peut faire un bonhomme ?

— On va bientôt manger.

— Mais, en attendant… ?

La supplique dans les yeux de notre fille n'est pas une chose à laquelle je peux résister. C'est mal, je sais. Mais les yeux de notre fille, ce sont exactement les mêmes que les tiens, verts avec des paillettes de noisette à l'intérieur, des yeux couleur gourmandise. Ceux de Colin sont plus foncés, verts aussi mais tirant sur le brun – davantage comme les miens.

— Habillez-vous, il fait moins mille.

Colin rigola.

— Au bas mot !

Notre fils utilise souvent des expressions de grande personne, depuis qu'il sait parler. Chaque fois, cela me surprend, cette fois comme toutes les autres.

— Je suis sérieux, Coco. Gants, chapka, doudoune, écharpe.

Soline partit la première, son frère sur les talons. Maman me demanda d'ouvrir les huîtres et je m'exécutai, bon fils une fois l'an. Torchon, couteau, papier aluminium crissant sur les grandes assiettes à poisson décorées de truites jaillissantes. Depuis que Lise l'avait brassé, le poêle tirait à plein régime et une chaleur bestiale ondulait dans la pièce ; après quatre huîtres, j'étais en sueur.

— Maman, dis-je en ôtant mon gilet, qui est-ce, selon toi ? Je veux dire, tout ça, tous ces embêtements ?

Elle leva la tête. Son regard était voilé de brume, comme enfumé.

— Ce n'est pas ce que tu penses, chéri.

— Et comment saurais-tu ce que je pense ? Il n'y a que moi pour savoir ce que je pense. Moi, à l'intérieur de moi.

Grâce soupira, enfourna son gratin sur la grille centrale. Elle referma la porte du four, programma la machine, thermostat sept, trente minutes. Je fixai le collier autour de son cou, cette aile de papillon, minuscule. Je fixai aussi les plis de sa peau, les petites taches brunâtres dans son décolleté, la poudre laiteuse de son maquillage accrochée au fin duvet de ses maxillaires. Ma mère avait toujours eu si peur de vieillir… J'ai grandi dans un monde peuplé de miroirs, dans lesquels ma solitude se démultipliait.

L'horloge sonna les douze coups de midi.

Nous écoutâmes les douze coups de midi, sans rien dire, attendant qu'ils cessent, simplement.

— Ce n'est pas ton père, chuchota-t-elle quand le silence revint, plus bruyant que l'horloge. Je ne veux pas que tu puisses une seconde envisager une telle chose.

— Tu ne trouves pas la coïncidence étrange ? Il se pointe comme une fleur après trois décennies et tout à coup, on vandalise la maison ?

— Ce n'est pas lui, Nathan. Point final. Sors-toi cette idée de la tête. Tu as compris ?

Je ne dis rien, main crispée sur le couteau à huîtres, ce couteau dont le manche m'évoquait toujours une épée de mousquetaire et avec lequel on m'empêchait de jouer.

— Tu as compris ? répéta-t-elle, soudain dure, la brume dans ses yeux dissipée pour faire place au gris froid, métallique, qui leur était ordinaire.

La porte s'ouvrit avec fracas. *Putain de temps, y a bien que les mômes pour rester dehors à brasser cette foutue neige ! Eh, m'man, tu sais que le père Pignon s'est suicidé ? Avant-hier ! C'est dingue tout ce qu'on apprend en buvant un pastis…* Lise quitta sa parka, puis ses bottes. Elle entreprit de faire sécher ses collants, qu'elle suspendit au petit étendage au-dessus du poêle. Ils flottaient dans l'espace telles deux mues de serpents.

— C'est quoi ces têtes ? On dirait que vous avez vu un fantôme.

— Tu bois des pastis un 25 décembre ?

— Ils ne boivent que ça ici, qu'est-ce que j'y peux ? J'ai croisé Sagnier, il a voulu m'offrir un verre. Mais vu la dose, je te jure, ça n'a rien d'estival.

Pieds nus sur le carrelage rouge, ma sœur vint faire ce qu'elle faisait tous les ans, à savoir piquer le bord des huîtres avec la pointe d'un couteau pour qu'elles se rétractent.

— Je lui ai raconté le coup de cette nuit. Il viendra lundi pour les vitres. Selon lui, on est victimes de la loi de Murphy.

Loi de Murphy ou, comme le dit Lise pour préciser sa pensée :

— Loi de l'emmerdement maximum.

— La malchance n'a rien à voir là-dedans, Lili. Je pencherais plutôt pour du mal intentionné.

— Si tu le dis, grand. N'empêche que la corneille s'est écrasée toute seule.

— Et le collier de maman ? Il y est arrivé tout seul, dans le poêle ? Et le couteau dans le plafond ? Tout seul aussi ?

— T'as jamais vu *Poltergeist* ?

— Arrêtez. S'il vous plaît, arrêtez…

Blanche comme la nappe, maman se tenait la poitrine. Elle se dirigea, un peu titubante, vers la banquette.

— Ça va ?

Lise et moi approchâmes, inquiets. Elle avait eu peu avant une forte crise d'angine de poitrine et nous la savions fragile de ce côté-là ; mon grand-père est mort d'un infarctus après un simple jogging.

— Chérie, tu veux me donner mes cachets ? Dans mon sac à main… ?

Lise s'exécuta, fouilla le sac de notre mère, brandit la plaquette de bêtabloquants comme un trophée sportif. J'allai remplir un verre d'eau, Grâce avala ses pilules.

— Tu te fais trop de soucis, m'man. Tu devrais partir en vacances.

— Je n'ai pas envie de partir où que ce soit. Je suis chez moi, et je suis très bien. Ça me prend de temps en temps, puis ça passe. Mais j'aimerais assez que vous cessiez de parler de poltergeist.

— Oui, bon, c'était pour rire. En plus, je ne vois vraiment pas qui, à part toi, voudrait hanter cette foutue baraque !

Je lançai à ma sœur un regard meurtrier.

— O.K., O.K., j'arrête. Je vais chercher à boire.

— Tu me récupères les enfants ?

Lise acquiesça, puis remit ses bottes directement sur ses jambes nues. Elle sortit en claquant la porte un peu trop fort, ce qui eut pour effet de briser définitivement le carreau fendu.

Notre mère, recroquevillée sur la banquette, semblait avoir cent ans. Je compris alors l'expression que j'avais vue en arrivant, la veille au soir, sans parvenir à la définir. En un sens, Lise avait raison ; le visage de Grâce était plein de fantômes.

Grâce Marie Bataille,
15 avril 1981, chambre,
22 h 07 selon le radio-réveil.

Columbia est revenue sur terre sans encombre. Pas toi.

On vient de m'appeler, accident de voiture. Rien de grave, m'assure-t-on, « rien de grave, madame Bataille, juste en observation, il téléphonera demain ». Tu n'es pas à Grange-Blanche, tu n'es pas à mon hôpital, sinon j'aurais pris l'Ami 8 et je serais venue. Tu es trop loin, comme toujours ; même allongé avec je ne sais quel traumatisme, tu es ailleurs. Cannes – notre Californie à nous.

Columbia s'est posée avec *précision et panache* sur la piste de la base Edwards. Selon les journaux, « l'exceptionnel est entré dans le quotidien ». C'est également ce que je ressens. Au téléphone, j'ai demandé à quelle heure avait eu lieu l'accident. L'infirmière n'en savait rien, elle va se renseigner.

J'attends. Ça fait déjà trois quarts d'heure.

À propos de la navette spatiale, les journalistes ont parlé de suspense, un suspense qui a duré une heure, « les soixante minutes les plus longues et les plus glorieuses de l'histoire de l'aéronautique ». Je me sens comme un contrôleur de la Nasa, la gloire en moins.

Je m'inquiète pour toi, bien sûr, mais mon esprit est tendu vers autre chose – une preuve, la preuve que j'attendais, la preuve que mes rides nouvelles ne sont pas des rides, que la tristesse chronique qui m'accable n'est pas chronique, que mes cernes noirs ne sont pas des cernes noirs, mais bien le fait de la gamine.

On dira ce qu'on voudra pour faire plus joli, couleur de feuilles d'automne, couleur de pain d'épice, mais cette fille est rousse, voilà, rousse comme le feu et comme les enfers, c'est tout de même la première chose qui frappe lorsqu'on la regarde, bien avant sa beauté, ce sont ces cheveux que le soleil même ne peut égaler, le soleil de midi en plein cœur de l'été.

Sorcière. Sorcière. Sorcière.

L'idée est ridicule ? Oh ! Elle m'a longtemps semblé ridicule, à moi aussi. Tu me connais, Thomas, je suis rationnelle, scientifique à mon maigre niveau, athée depuis le catéchisme où j'ai vu à l'œuvre la méchanceté des Autres. J'étais toujours toute seule assise dans un coin, on ne me parlait pas à cause de la maison, soi-disant cette maison et son mauvais karma – *Aime ton prochain comme toi-même* –, je n'ai rien vu de toutes ces bonnes paroles, là-bas, je n'ai vu qu'une bande de petites garces qui se moquaient de moi et me laissaient en plan, les brimades, les rumeurs infondées, et ces péchés qu'il fallait inventer pour le confessionnal, moi qui étais si sage, docile, toujours obéissante pour soulager ma mère, moi, il fallait que j'invente des péchés sinon le curé me traitait de menteuse. Après ma communion, mes parents m'ont fichu la paix avec ça, et plus jamais je n'ai prié, plus jamais je n'ai cru en autre chose qu'en moi-même. Je jouais à retourner le crucifix au-dessus du lit de ma mère pour faire « sataniste » ; je le remettais toujours en place avant de quitter la pièce, pauvre maman, ça l'aurait tuée. Mais ça me faisait du bien, vois-tu ? Pour une fois, je commettais un péché que je n'étais pas obligée d'inventer.

Puis j'ai grandi, et j'ai complètement oublié Dieu, Dieu et le reste, enfer et damnation.

Attends, ça sonne. Le téléphone sonne.

Dix-neuf heures trente. Environ dix-neuf heures trente, ton accident. Le ciel me tombe sur la tête.

Je le savais. Je le *savais*, Thomas, parce qu'à dix-neuf heures trente, juste avant le gong de l'horloge, la gamine a débarqué dans la cuisine. Sa peau était encore plus pâle que d'ordinaire, on voyait le réseau de ses veines en transparence, partout, sur son visage, dans l'échancrure de son tee-shirt, à la naissance de ses seins. La gamine n'était plus blanche, elle était bleue. Elle a débarqué avec cette tête-là, tandis que j'étais occupée à trier le courrier. Je lui ai demandé ce qu'elle voulait, s'il y avait un problème avec les enfants. Elle a semblé sur le point de parler, sa bouche s'est entrouverte – ses lèvres mêmes étaient décolorées – mais rien n'est sorti. J'ai été plus ferme, j'ai répété « Bon Dieu, Christina, que se passe-t-il ? » Elle a regardé l'horloge ; juste à cet instant, la demie a sonné. Alors elle a dit : « Grâce, pardon, j'ai un mauvais sentiment. » Je n'ai pas compris, questionné davantage. « Un mauvais sentiment pour Monsieur Thomas. Comme s'il arrivait quelque chose. Je crois que quelque chose de mal arrive à Monsieur Thomas. »

Cette façon qu'elle a de dire « M. Thomas », je t'assure, ça m'exaspère, on dirait une soubrette dans un film érotique.

J'ai haussé les épaules, évidemment. Je l'ai envoyée donner le bain à Nathan, je l'ai renvoyée en disant que tu allais très bien, que tu allais rentrer d'ici une heure ou deux et qu'il serait bon qu'à ce moment-là, les gosses soient couchés. Elle a tenté un vague « mais », mais rien du tout, elle a tourné les talons et elle a obéi.

Alors ose, maintenant, monsieur Thomas Bataille.

Ose me dire qu'elle *n'est pas* ce que je crois qu'elle est.

Je pensais savoir parler de solitude. Je pensais la comprendre, en avoir fait le tour, mille fois, la maîtriser, comme un cheval fou dompté au fil du temps, qui n'était plus rien qu'un âne docile dont je me moquais et dont, quoi qu'il arrive, je n'aurais plus jamais peur.

Je suis né avec un sentiment de perte, d'abandon, d'injustice. J'ai longtemps été effrayé par cette sensation paradoxale, ténue mais sans cesse présente, d'être à la fois profondément seul et toujours observé. Cette sensation disparut avec toi, Cora, un soir de novembre 2000 – tu m'étais le grand bug à retardement. Elle disparut pendant plus de quatre ans.

Je sais aujourd'hui que tu l'avais simplement endormie, d'un baiser de princesse.

En te perdant, j'ai tout perdu. Pendant quelques minutes, j'ai tout perdu, absolument tout. Je suis mort, d'une certaine façon, oui, j'ai connu la mort. J'ai tout perdu puis, presque simultanément, j'ai gagné deux enfants. On m'a forcé à ressusciter, les médecins d'abord, *Nous avons tout tenté mais c'était trop tard, elle perdait trop de sang, les nourrissons étaient en détresse respiratoire, il fallait les sortir, sans cela ils seraient morts, ils seraient morts aussi*, puis les jumeaux m'y ont obligé, Cora, créatures abrégées de 2 000 grammes chacune – qu'allais-je faire seul avec tout ça ? Qu'allais-je bien pouvoir faire d'eux ?

Quand nous avons appris que ta grossesse était gémellaire, tu me l'as mise sur le dos. Tu prétextais que c'était ma faute, moi, le « jeunot », mes spermatozoïdes trop en forme, caïds olympiques ou une bêtise du genre. C'est vrai, nous avions près de cinq ans d'écart, trente-trois contre vingt-huit à ce moment-là, mais je me sentais bien plus adulte que tu ne l'étais, ma belle. Trente-trois ans, peut-être – à tout prendre, tu en faisais vingt-cinq, c'était si facile d'imaginer la fillette que tu avais été, inutile de voir les photos, brunette malingre la frange devant les yeux, des yeux trop grands qui te mangeaient la figure, *deux yeux, un nez, une bouche*, c'est ainsi que je te décrivais, que je te décris toujours, comme si le reste de ton visage n'existait pas vraiment, que cette structure osseuse n'avait d'autre but que de soutenir cela, *deux yeux, un nez, une bouche*, du rose, du vert, et rien autour.

Si tu le voyais aujourd'hui, ton « jeunot »… Tout poivre et sel, barbe comprise. Plus poivre que sel, mais quand même. Ta copine Sarah, toujours si mignonne, trouve que ça me donne un air hollywoodien.

Il n'y avait pas de jumeaux dans nos familles, pas que nous sachions ; nous remontâmes haut dans nos généalogies mais non, point de multiples nulle part – nous étions des « pionniers », voilà ce que tu disais, *Chou, nous sommes des pionniers, notre amour est si grand que nous doublons la mise.*

La mise fut doublée, faites vos jeux, tapis vert et dés pipés, plus de chemise, plus de peau, plus de cœur, rien que du vide poisseux, le souffle des couveuses et les pilules miracles.

Je me suis longtemps senti la moitié de moi-même, manque insondable tapi entre les os, trou noir rebondissant dans la cage thoracique, squash vertébral.

Bien sûr, mon père était parti. Je vivais sans mon père, mon père était une ombre sans face et sans revers.

C'était cela, le trou noir, à ne s'y point tromper.

Puis je t'ai rencontrée, deux yeux, un nez, une bouche, tu as comblé la brèche, petit à petit, tu étais si pleine, si pleine de formes, si pleine de vie, si pleine de tout que pour le vide, il n'y avait plus de place, tu as mâché ma solitude comme du bubble-gum, tu en as fait une bulle, la bulle a éclaté.

C'est rare, de plus en plus rare, mais ça peut arriver. Ça peut toujours *arriver.*

Un dérivé de la véritable loi de Murphy (« Si, en suivant une méthode, une mauvaise manipulation est possible, alors quelqu'un fera tôt ou tard cette mauvaise manipulation »), appelée loi de Finagle, s'énonce souvent de la sorte :

« Ce qui est susceptible de mal tourner tournera nécessairement mal. »

J'ai appris avec toi, Cora, qu'en effet, tout est toujours susceptible de mal tourner. Ceci est encore plus vrai lorsqu'on s'y attend.

Grâce Marie Bataille,
27 avril 1981, chambre,
01 h 07 selon le radio-réveil.

Hier, nous sommes allés voter.

Nos deux bulletins dans l'urne, Bataille Grâce, née Bresson, Bataille Thomas, a voté.

François Mitterrand.

Nos deux bulletins n'y ont pas suffi. 28,02 pour Giscard, 26,15 pour le challenger. Mais comme tu dis si bien, à l'instar du Général, « nous avons perdu une bataille, pas la guerre ». Ce n'est que le premier tour.

Je te regarde dormir, et c'est aussi ce que je pense. Les sbires pensent la même chose. PAS LA GUERRE. Ce n'est que le premier tour. Premier round.

Oh, Thomas… Tu me manques même quand tu es ici, perdu dans quelque rêve, terriblement ailleurs. Je voudrais te détruire le sommeil.

J'ose ma paume sur ta joue, ta joue est rêche, mal rasée, elle me chatouille – tu es en arrêt maladie depuis le crash, je t'ai à demeure, je te soigne, tu n'as pas grand-chose mais je te soigne, choc cervical, si attendrissant avec ta minerve qui te gratte et t'agace. Notre belle Lancia bleue, à la casse. Un chien mort, aussi, un fichu berger allemand au milieu de la route ; c'est sans doute cette mort qui t'a le plus blessé. Tu n'aimes pas les chiens, stupides et dépendants, tu aimes encore moins ceux qui aiment les chiens. Lise avait réclamé, elle a vite compris. N'empêche : avoir tué te rend malade.

J'entends le cliquetis de la machine à écrire, au-dessus de nous. Je me demande ce qu'elle peut bien raconter à sa mère à une heure pareille. Parle-t-elle de moi ? Dit-elle du mal de moi ? Au moins, le stylo, ça ne fait pas de bruit.

Je soulève le drap, je regarde ton corps, svelte, sec, musculeux – à ce point masculin.

Je te désire. Aimerais te réveiller.

Envie de hurler – *Baise-moi.* Me retiens. Me censure. Effleure ton sexe, tout de même, ce bouquetin assoupi aux flancs de la forêt.

Tu ne bronches pas.

J'ai moins besoin d'écrire lorsque tu es présent ; autre chose à faire, te regarder vivre par exemple, vivre avec nos enfants – et écouter ta voix, je ne m'en lasserai jamais.

Par la fenêtre de la cuisine, t'observer tondre la pelouse, torse nu, en sueur. Le sourire sur mon visage, en secret.

Je voudrais me mettre en arrêt maladie, moi aussi. Je déteste te laisser seul avec la gamine des journées entières pour piquer des vieux, changer des draps, voir des mômes vomir sur les plâtres blancs de leurs jambes cassées. Je me demande ce que vous faites. Si vous parlez. De quoi. N'ose pas te questionner, je ne veux pas passer pour jalouse hystérique. Oui : je suis jalouse. Le sentiment est laid, mais incontrôlable. Je ne contrôle plus rien. À cause d'elle, nous nous disputons.

Nous nous sommes disputés aujourd'hui, encore une fois. Je sais bien, tu es énervé à cause de la défaite ; ce n'est pas une raison. Nous nous sommes disputés au sujet des vacances. Tu as trois semaines de congés, en août. Tu aimerais louer une maison à l'océan, quelque part dans les Landes. *Oui. Je le veux.*

Mais toi, tu veux la gamine. Emmener la gamine.

Elle rentre chez elle au mois de juillet et, j'avoue, j'aurais préféré qu'elle ne revienne jamais. Comme son paternel, qu'elle reste là-bas et qu'elle y crève.

Je ne parviens pas à trouver de vieille dame anglaise ; c'est beaucoup plus difficile qu'il n'y paraît, vois-tu. Si nous habitions en ville… Oui, si nous habitions en ville, tout serait plus simple. Pas besoin de jeune fille au pair, une baby-sitter suffirait, une étudiante pour prendre les gosses à l'école, donner le goûter, faire la leçon. Inutile, une fille sous notre toit. Inutile de croiser un derrière post-pubère en allant aux toilettes, inutile de faire la conversation, d'éviter son reflet dans le miroir en même temps que le mien. Mais je suis attachée à cette maison comme un lierre à sa pierre. Cette maison me possède plus que je ne la possède, c'est ainsi. J'ai grandi ici, je mourrai ici. Tu aimes cet endroit, toi aussi ; sans ton jardin, ton bricolage, tu deviendrais fou. Comment éviterais-tu de penser si nous étions en ville, dis-moi ? D'ailleurs, tu n'en fais pas le souhait. Tu ne l'as même jamais évoqué. Chaque fois que tu le peux, tu te postes sous le porche la main en visière pour regarder le soleil mourir entre les vignes, perpétuellement épaté par le spectacle, toi le Lyonnais, le citadin, toi qui sillonnes la Terre plus de la moitié du temps, voiture, train, car, avion, toi dont les pieds parcourent tant de mégalopoles, de plus en plus souvent et de plus en plus loin, eh bien, c'est ici que tu regardes le jour s'achever, que tu prends le temps, enfin, d'admirer le monde.

Jamais je n'aurais dû reprendre le travail. Je m'ennuyais, c'est vrai, je souffrais de n'avoir pour interlocuteurs que les enfants, n'être qu'une machine à faire des machines, des devoirs, des vaisselles. Je suis heureuse d'avoir retrouvé un statut social, les pots de fin de journée, le salaire sur mon compte, et puis le shopping sans culpabiliser. Je sais aussi que tu es fier de moi, redevenue à tes yeux un être à part entière, avec une vie à soi et les secrets qui vont avec. Au début, tu étais même jaloux. Jaloux de Duband, mon chef de service. J'en rajoutais un peu. J'avoue, j'en rajoutais un peu. Tu te souviens, ce gros bouquet de roses rouges pour mon anniversaire, l'an dernier ? Bon. Ce n'était pas Duband.

À la rentrée, sur tes conseils, la gamine a débarqué. Une simple petite annonce, et l'équilibre précaire de notre bel univers… Aux chiottes.

Les sorts prennent du temps : ton éloignement ne fut pas immédiat. Mais je ne peux m'empêcher de l'imaginer fabriquant des poupées à mon effigie, artefacts qu'elle perce, brûle, défigure, des filtres de vieillesse dont elle truffe mon café.

Oui, c'est une parabole.

J'essaie de me raisonner. Les sorts n'existent pas, c'est une parabole. *Les sorcières, Grâce, ça n'existe pas.*

Quand bien même, elle a prédit ton accident.
Tu t'es moqué de moi. Je t'ai raconté, tu t'es moqué de moi : « Chérie, arrive-t-il souvent que tu penses à moi et que, *paf,* je téléphone ? »

Ce n'est pas la même chose, mais tu ne veux pas comprendre.

Les dessins des jumeaux traitaient du même sujet, une femme aux cheveux roux, en pied pour Colin, en portrait pour Soline. Je les débarrassai pour mettre les huîtres en place, un peu surpris qu'ils dessinent leur tante. *La magie de Noël,* me dis-je. Je calai les dessins à plat sous la corbeille d'osier, sur le bar, tandis que Lise revenait une bouteille dans chaque main, une de blanc, une de rouge, suivie par les enfants, rouges tous les deux.

— Viens voir !

Ils m'entraînèrent jusqu'à la baie vitrée pour me montrer leur œuvre en contrebas, dressée blanche dans un ciel de plus en plus noir, l'astre au plus haut et la nuit déjà, les prémices de la nuit, à une heure de l'après-midi. Je plissai le front, accommodai ma vue – deux boules de neige l'une sur l'autre, des brindilles pour la bouche, une pierre pour le nez, l'écharpe grise de Colin au milieu du tableau, claquant dans le blizzard tel un drapeau corsaire.

— Manquent les yeux, dit Soline. Il nous faut du charbon.

— Alors, expliqua son frère, ça fera comme un épouvantail. Ils ne prendront pas ses yeux pour nous les jeter dessus, hein ? Ils ne feront pas ça, ceux des blagues. Non. Ils ne feront pas ça.

Pour la première fois, je vis de la colère dans son regard, une authentique colère comme celle des adultes, comme celle que j'avais sentie chez ma mère à propos du retour de Thomas Bataille.

— Non, Coco. Ils ne feront pas ça. Lavez-vous les mains, on va passer à table.

Exécution. Leurs pas dans l'escalier pour rejoindre la salle d'eau du premier, Lise occupée avec le tire-bouchon, l'odeur des fruits de mer distillée dans la pièce.

— Alors comme ça, Pignon s'est suicidé ? demandai-je à ma sœur, davantage pour la conversation que par curiosité.

— Ouais. Pendu dans le garage. Flippant, non ? C'est son apprenti qui l'a trouvé... Pauvre gamin.

— Je ne le pensais pas malheureux à ce point, chuchota ma mère en posant le pain grillé sur le poêle pour qu'il se tienne au chaud.

— Des dettes, paraît-il. Des dettes de jeu, et sa femme l'a plaqué. Les huissiers vont prendre la fromagerie, la maison aussi. Sagnier m'en a parlé parce que je jouais au Loto. Pignon, il laissait son salaire à la Française des Jeux. Tu ne savais pas, m'man ? Toi qui connais tout le monde…

— Je savais pour sa femme, oui, bien sûr. On savait tous. Pour moi, c'est ça qui l'a tué.

— Ça quoi ?

— Ça… Les rumeurs. Rien que des rumeurs, d'horribles rumeurs. Ici, pour qu'on ne parle pas de vous, il faudrait tout bonnement ne pas exister.

— Quel genre de rumeur ? s'enquit Lise en prenant place à table, se servant du sauternes et puis s'accoudant, pleine de concupiscence, charmant petit vampire sur la nappe brodée.

Grâce haussa les épaules, entreprit de nettoyer les verres, qui étaient déjà propres. Pour ma part, je me fichais bien des ragots de village ; quant à Pignon, je le connaissais à peine.

— Tu sais, continua ma sœur après une gorgée de vin, il paraît que le responsable du rayon « bagages » fréquente des backrooms fringué en Marilyn. Et je ne te dis pas ce qui se raconte sur la chargée de com' ! Alors, tu peux y aller.

— Quelle importance ? Les rumeurs sont les rumeurs. Si mes parents avaient écouté la rumeur, je ne vivrais pas ici. Pignon était un peu… déséquilibré, voilà tout. Porté sur la bouteille, mais c'était un brave homme. Pour moi, il a toujours été un brave homme.

— Pourquoi ? demandai-je soudain. Quel est le problème, avec cette maison ? Il y a un problème avec cette maison et personne n'a jamais voulu en parler ouvertement. Au village, on disait des choses… Des choses sur ce qui s'y serait passé, pendant la guerre.

— Je… Il n'y a…

Mais les jumeaux réapparurent, stoppant net la discussion. Ma mère se tut et jamais je ne saurai si elle aurait dit quoi que ce soit de constructif. Lise affichait un air chafouin, la bouche toute chargée d'informations secrètes. Je lui avais souvent demandé ce qu'elle savait de cette histoire. C'était une vieille histoire, oubliée de notre génération ; pourtant, dans la famille, le sujet restait tabou. Il y avait bien *quelque chose* qui les turlupinait, quelque chose qui ne pouvait être du fait des Bresson, mes grands-parents n'ayant emménagé qu'en 1949. Quelque chose lié aux anciens propriétaires, probablement. Mais Lise secouait la tête : « Non, non, je ne sais rien, grand, rien du tout ! » J'en doutais. Lise savait toujours quelque chose, depuis l'enfance. Il ne se passait rien à la maison ou au village dont elle ne fut au courant. Maman l'appelait « la commère ». Exactement. Une vraie commère, une sale espionne. Mais à moi, elle ne disait rien. Ne racontait rien. Même adulte, je restais la chochotte, l'imbécile de petit frère.

Déjeuner de Noël – manger, encore manger, vider les huîtres, se remplir. Les enfants étaient à la fête, il y avait du foie gras, ils « adoooooorent » le foie gras. Lise lança quelques piques à propos de canards cirrhosés et d'animaux aquatiques qu'on gobe tout crus vivants (elle mangeait les deux, c'était juste par... *espièglerie*), je lui filai un coup de pied sous la table. Elle leva les yeux au ciel, mais cessa de gâcher la joie des jumeaux. Nous parlâmes de tout et de rien, rien qui fâche en tout cas, rien dont je me souvienne ; au dessert, son portable sonna. Elle tressaillit, jeta un coup d'œil sur l'écran puis se leva de table.

— Navrée, il faut que je décroche.

Elle s'éloigna dans le couloir.

Nous l'entendîmes chuchoter. Il y avait de longs blancs, puis un fragment de conversation, fort, énervé. Quelques instants plus tard, la porte de sa chambre claqua ; elle ne réapparut qu'un quart d'heure après, les yeux bouffis.

— Que se passe-t-il, chérie ? demanda notre mère en servant le café. Qui était-ce ?

— Rien. Personne. Une histoire de mec.

— Oh. Un nouveau fiancé ?

— Écoute, m'man, je ne veux pas en parler, O.K. ?

Grâce plissa l'œil gauche, lui remplit une tasse d'un geste vif, trop rapide, tachant de brun amer la nappe immaculée. Lise avala son café d'un trait, puis retourna s'enfermer dans sa chambre.

Sur ce, maman déclara qu'elle allait faire une sieste, et s'enferma dans la sienne.

J'avais envie de rentrer, Cora, tu n'as même pas idée. Nous étions censés repartir mardi après-midi, le 28, mais je commençai à fomenter des plans d'échange de billets. Pour autant, j'étais condamné à rester – le lendemain, ce rendez-vous avec Thomas, le Revenant du dimanche. Et puis, nos enfants semblaient s'amuser, heureux de la neige et du grand air ; du moins, quand Lise n'était pas là pour asphyxier le monde.

— P'pa, elle a quoi, tante Lili ? demanda Colin, un peu déstabilisé par la soudaine désertification de la table.

Je haussai les épaules.

— Je ne sais pas. Un problème avec un copain. Ça vous arrive aussi, non ?

— Tout le temps ! s'exclama Soline. Mais juste avec un seul !

Et, parfaitement synchrones, ils déclarèrent, un léger effroi dans la voix :

— Nelson !

Nelson, je le connaissais, cinq ans, deux fois grand comme eux, un petit bourge infect qui parlait mal, se tenait mal dans de jolies petites fringues qui devaient valoir un smic. *Nelson-ne-craint-personne.* Les autres enfants l'appelaient ainsi, puisqu'il le rabâchait. Sacré Nelson.

— Peut-être que vous devriez lui offrir vos dessins ?

— À Nelson ?!

— Mais non, pas à Nelson. À Lise.

— Ben, pourquoi ?

Je me levai pour récupérer leurs ouvrages sur le bar américain.

— Je ne sais pas, vous l'avez dessinée... Ça lui ferait sûrement plaisir.

Les jumeaux se regardèrent et j'entendis – ou plutôt, n'entendis pas – ce langage étrange, inaudible, leur code silencieux. Colin ouvrit la bouche, puis Soline, puis Colin à nouveau, mais cela ne donna rien.

— Eh bien, les gars ? Si vous ne voulez pas, vous n'êtes pas obligés... Ç'aurait été gentil, voilà tout.

— Mais, p'pa, finit par dire Soline, c'est pas tante Lise...

— Ah non ? Qui est-ce, alors ?

— C'est Tina.

Encore elle. Je n'avais pas la moindre idée de l'identité de cette fameuse Tina. Jamais entendu parler.

— O.K., c'est Tina. Et je peux savoir qui est Tina ?

— La fille de l'étage, chuchota Colin. Celle qui vit dans notre chambre.

Scié par cette déclaration, je leur demandai des explications. Ils m'emmenèrent jusqu'à la chambre incriminée, accueillante comme un iceberg. Une des bâches en plastique s'était détachée ; elle claquait au vent, translucide et rosâtre, bruissant dans les rideaux à la manière d'une aile de ptérodactyle. Je la recollai tant bien que mal, tandis que Soline sortait un papier de sous son oreiller. Elle me le tendit. C'était une photo, un morceau de photo, la partie gauche ; un vieux polaroïd déchiré, jauni, un peu collant. Il me fallut un instant pour reconnaître mon père, le père de mes quatre ans, en caleçon de bain. Il tenait une femme par la taille, mais elle était coupée et n'apparaissait pas ; on discernait seulement une mèche de cheveux roux près de son épaule – l'épaule de mon père –, un fragment de chair pâle et un éclat vert, sans doute une lanière de maillot. La photo avait été prise sur une plage, immense et trouée de baïnes, comme celles de la côte ouest, ou normande peut-être. Cette femme aurait pu être Lise ; si ce n'est qu'à l'époque, Lise était blonde et n'avait que onze ans. Je retournai le cliché. À la main, on avait écrit quelque chose à l'encre noire mais avec la déchirure, on ne pouvait plus lire que : *-tina*. Mystère résolu. Une partie du mystère, disons. Je demandai aux enfants où ils l'avaient trouvée.

— Là, expliqua Soline en me tirant par la main jusqu'à l'armoire à linge, dans le corridor. Là, par terre, juste en dessous.

Je me baissai, regardai sous l'armoire. Des moutons de poussière, rien d'autre. Je levai la tête et, une seconde, je crus apercevoir une lueur irradier par la trappe des combles ; l'effet de mon imagination, sans doute, avec l'ambiance curieuse qui régnait dans la maison depuis notre arrivée.

— Sur cette photo, leur dis-je, c'est mon papa. Mon papa il y a très longtemps. C'est votre grand-père.

— On sait.

— Ah ? O.K.

— Oui, on a vu d'autres photos. Cet été, on avait un peu… fouillé…

Colin se mordit la lèvre ; je lui fis signe de poursuivre.

— On a trouvé des albums avec plein de photos de lui, et de vous aussi quand vous étiez petits, toi et Lili.

— … sauf qu'au début, on savait pas que c'était vous.

— Mamie nous a grondés.

— Beaucoup grondés, même ! « J'aime pas les petits fouineurs », elle a dit. Elle l'a dit… tu sais… méchamment.

— Après, continua Colin, elle a expliqué que c'était notre grand-père *paternel*.

— Mais j'étais où, moi ?

— Ben, à la maison. Tu travaillais pour le restaurant de Tim… C'est quand on est restés juste avec mamie, tu sais ? En août ?

— Ah, oui, c'est vrai… Bon. Et donc, d'après

vous, cette Tina de la photo, enfin, cette fille qu'on ne voit pas, elle habite dans votre chambre ?

En chœur, ils haussèrent les épaules. Je les interrogeai davantage, en vain. Ils sont bavards, tu sais, pour quatre plutôt que pour deux ; mais s'ils se mettent au mutisme, il n'y a plus rien à faire. J'abdiquai, les laissai jouer dans ma chambre, entreprendre un Monopoly sur le tapis persan. Néanmoins, je gardai la photo.

Je descendis les escaliers pour la montrer à Lise. Juste avant de toquer, je l'entendis pleurer et renonçai aussi. Quant à notre mère, pas question de lui en parler. Si la fille déchirée était sa maîtresse – la maîtresse de Thomas Bataille ? Si maman n'avait jamais été au courant ? Elle était assez bouleversée comme ça, et j'avais peur de commettre un impair. Avec Grâce, depuis l'enfance, j'avais toujours peur de commettre un impair. Peur de lui déplaire. Ma mère m'aimait, bien sûr, mais ne le disait pas. Petit, je cherchais ses caresses, ne les trouvais jamais, comme si l'affection renfermait une part d'indécence. Elle n'était pas ainsi avec Lise. Je crois l'avoir vue plusieurs fois prendre ma sœur dans ses bras ; moi, jamais. Sauf ce soir-là – Noël 2010. Avec le recul, j'aurais dû comprendre que quelque chose clochait.

Je soupirai, rangeai le cliché dans la poche arrière de mon jean, et m'en fus dégager l'accès au grenier.

Grâce Marie Bataille,
10 mai 1981, salon,
00 h 57 selon la grande horloge.

Tu avais raison : pas la guerre !

François Mitterrand est aux fourneaux de la France, victoire à l'arrachée. Les images télévisées sont effarantes ; Paris est en liesse, la Bastille ahurie, survoltée.

Nous avons bu du champagne, beaucoup, je suis complètement ivre, j'écris mal et je vois double. La gamine aussi était pompette, d'ordinaire si réservée et d'un coup sautillante, vibrante comme un orage. Je suis sûre qu'elle va être malade, ce gros bébé. Demain, elle aura mauvaise mine. Un bouton, peut-être ? J'adorerais la voir avec un bouton, rouge et purulent, qui la défigure.

Nous avons mis de la musique, dansé jusqu'à point d'heure les enfants avec nous – *Banana split* en boucle, ils raffolent de cette fichue chanson –, qu'importe, il ne se passe pas tous les jours des choses dignes d'intérêt, n'est-ce pas ? Mais le plus important : nous avons baisé. Baisé comme au bon vieux temps, passionnés, stupre, foutre et sueur, baisé comme avant Nathan, avant que mon corps n'ait à tes yeux quelque chose d'inquiétant. Tu ne l'as jamais dit, mais je le sais. Depuis *ça*, notre intimité s'est modifiée. Il y avait le chagrin, bien sûr, la joie mêlée au chagrin, cet intense paradoxe, contre nature. Crois-tu que les choses ont été faciles pour moi, Thomas ? Imagines-tu un instant ce qu'une femme peut ressentir, en mettant au monde un bébé sans vie ? Je ne crois pas. Il n'était pas *en toi*, cet enfant. Tu ne l'as pas gardé des mois durant déjà mort dans le ventre. Et de ça, nous ne parlons pas – ou si peu. De cet Aurélien qui n'a jamais vécu, enterré pourtant avec sa petite plaque, nous ne parlons pas. Nous devrions avoir trois enfants, nous n'en avons que deux. C'est la vie. La vie est émaillée de catastrophes.

J'en parle parce que je suis saoule. J'en parle parce que cet absent quelquefois me taraude. J'oublie, je cherche à oublier, j'oublie de plus en plus souvent. Mais quelquefois, oui, je pense à ce minuscule corps dans cette minuscule tombe, et je me demande si Nathan peut ressentir cela ; si, quelque part au fond de son inconscient, il sait.

Bien sûr que non, il ne sait pas. Nous ne lui dirons jamais et c'est très bien ainsi. À quoi bon raconter à quelqu'un qu'il a grandi près d'un cadavre ? Que deux cœurs battaient mais qu'après six mois, il n'en restait qu'un seul ? À quoi bon savoir une telle chose, franchement ? À part se retrouver sur un divan d'analyste, je ne vois pas.

Mais que mon corps ait enfanté la vie en même temps que la mort t'a troublé. Après Lise, nous avions très vite retrouvé une sexualité normale ; pourtant, j'avais salement grossi. Toi, tu me trouvais « sexy », avec ma poitrine comme gonflée à l'hélium. C'était une gosse difficile, tu te souviens ? Elle dormait mal, les cauchemars, les colères, ces caprices délirants durant lesquels elle se tapait la tête contre les murs… Jamais je n'oublierai son baptême, au moment de la prière de Renonciation au mal. « Rejetez-vous Satan, qui est l'auteur du péché ? » À cet instant précis, elle s'était mise à hurler comme un chat qu'on égorge. Toute la salle avait éclaté de rire, même le curé, tant le solennel soudain devenait comique. Je ne suis pas certaine, moi, d'avoir trouvé ça drôle, mais qu'importe. De toute manière, ces baptêmes, c'était pour faire plaisir à mes parents. Ton père s'en fichait, comme il se fiche de beaucoup de choses – je lui en sais gré, d'ailleurs. Oui, Lise était difficile, ce n'est rien de le dire ; tant et si bien que l'idée d'un autre enfant se tint longtemps éloignée. N'empêche, en dépit des nuits sans sommeil, notre couple restait un modèle du genre. Quitte à ne pas dormir, nous nous occupions… En fait, les deux premières années de Lili furent particulièrement érotiques et j'en conçois, sais-tu, une grande nostalgie.

Mais ce nouvel accouchement… Les mois, les années qui suivirent, il y avait, chaque fois que tu me pénétrais, une réticence. Je le sentais ; n'osais pas t'en parler, j'avais honte. Ta réticence, Thomas, me faisait honte. Ce corps qui se retourne contre vous… ! Plusieurs fois, j'ai pensé à cette vieille légende, *vagina dentata*, le mythe du vagin denté. Tu semblais si angoissé quand nous faisions l'amour que mon esprit, malgré moi, évoquait cette histoire. Comme si mon ventre avait « mangé » Aurélien, ton fils, ton second fils ; comme si mon sexe, maintenant, risquait de manger le tien.

Depuis, je me sens vieillir. Enlaidir. Mon visage parfois me fait l'effet d'un sachet froissé qui, jamais plus, ne redeviendra lisse. Et mon cul, cartonné, et mes hanches, élargies, et ces angiomes qui, dans mon décolleté, fleurissent comme des œillets.

Mais ce soir, rien de tout cela. Pour la première fois depuis plus de quatre ans, nous nous sommes retrouvés. Ce soir, nous avons simplement baisé. Tu sais, c'est mal, mais j'ai fait du bruit exprès pour que la gamine entende. Les enfants ont dû entendre aussi… Tant pis. Je n'en suis pas très fière, mais tant pis.

Quand tu dansais avec elle montait en moi une rage défiant toute description, comme si mon sternum n'était qu'un cercle incandescent, une bague de métal en fusion nichée entre les seins, frémissante sous la soie crème de ma nouvelle blouse. Tu as dit « tiens, c'est joli », et j'étais si heureuse ! Mais en te voyant avec elle, le tissu aurait pu s'enflammer, combustion spontanée. À l'intérieur, j'avais la couleur de sa chevelure – la couleur des enfers.

Si seulement elle pouvait s'en aller ! Si seulement sa mère pouvait tomber malade, là-bas, en Pologne ! Si seulement elle était *obligée* de partir… Je voudrais, moi aussi, lui jeter un sort.

Pour l'heure, je me regarde dans le miroir du hall. Notre partie de jambes en l'air semble m'avoir rajeunie, comme s'il y avait dans l'orgasme quelque magie, de la bonne magie. Nous sommes, toi et moi, des magiciens. Nous avons un instant inversé le cours du temps.

Il devrait y avoir des élections plus souvent.

Cette satanée armoire était affreusement lourde, et je me demandai qui avait aidé ma mère à la déplacer ; Sagnier, sans doute. Tant bien que mal, je libérai la trappe d'accès, puis j'en profitai pour changer l'ampoule au plafond. À seize heures passées, la lumière du jour semblait inexistante et je me pris à rêver de plage brûlée, solaire et infinie, comme celle du polaroïd.

Par pitié, que revienne l'été !

Je dépliai l'escalier escamotable, qui tomba dans un bruit sourd sur le plancher. Les enfants accoururent, lâchant hôtels et rue de la Paix ; question curiosité, ils tiennent de leur tante. Tous ensemble, nous montâmes avec prudence comme après une échelle.

Les combles étaient aménagés en espace clair, agréable, propice aux lectures et aux siestes – crapuleuses ou non. C'était le seul endroit de la maison que j'aimais. Adolescent, j'y passais beaucoup de temps, à bouquiner, dessiner, embrasser des filles ou juste à rêvasser, car un large velux s'ouvrait sur le ciel et, de la fenêtre en œil-de-bœuf, on avait une vue magnifique. Ce n'était pas le cas ce jour-là. Une épaisse brume couleur zinc tombait sur la vallée, obturant le paysage jusqu'à la terre. Pour autant, tout était comme dans mon souvenir, identique à toutes les années qui avaient précédé ; tout, en dehors de la grande maison de poupée qui trônait au milieu de la pièce. Les enfants, bien entendu, se jetèrent dessus avec avidité. Cet objet, impressionnant par sa taille, avait appartenu à ma mère, fabriqué par mon grand-père, puis avait longtemps passionné ma sœur. Je le croyais disparu ; en tout cas, j'en avais jusqu'ici oublié l'existence. Des images me revinrent, Lise et moi faisant combattre Ken et Barbie dans le « salon », avant de nous écharper pour de vrai, grandeur nature. J'avais six ou sept ans, Lise le double, et notre activité favorite d'alors consistait à nous battre. Nous appelions ceci « La Lutte ». Nous nous empoignions l'un l'autre par les épaules et nous poussions, poussions, jusqu'à ce qu'immanquablement je me fasse mal – elle était beaucoup plus forte que moi. Je me mettais à pleurer, maman venait nous disputer si elle était présente, ou bien la baby-sitter, Élodie d'abord, puis Marisa, puis plus personne, ni pour me battre ni pour me gronder ; Lise partit, et je devins assez âgé pour me garder tout seul. Quoi qu'il en soit, ce jeu de la lutte dura plusieurs années, se terminant systématiquement de la même manière – moi en larmes, nous punis. Pourtant, je recommençais, je continuais d'accepter de « jouer », j'en redemandais même, si mes souvenirs sont bons. Lise et moi avions une telle différence d'âge que je l'admirais, tel un mentor. J'avais toujours glorifié cette grande sœur, colérique et sans peur, aussi étais-je prêt à tout pour qu'elle s'intéressât à moi, même s'il s'agissait de se faire castagner.

— P'pa…

Colin m'arracha au passé d'une voix fragile, léger bruissement à mes oreilles, venu de très loin. Je me retournai. Les jumeaux, droits comme des i, s'étaient écartés de la maison de poupée. Ils étaient blêmes, figés, semblaient eux aussi des poupées, deux poupées géantes aux cheveux pâles, aux yeux écarquillés.

— Qu'est-ce qu'il y a ?

Ils ne répondirent pas. Je fis quelques pas et approchai de la maison. Dans la réplique de chambre – celle où logeaient les enfants, excentrée au bout du corridor – était justement assise une poupée, une poupée mannequin en plein milieu de la « pièce ». Elle était vêtue de haillons, les restes d'une robe de bal en satin vert, et sa tête était rasée. Mais surtout, elle n'avait plus d'yeux. Les deux yeux avaient été découpés en cercle, comme au cutter, donnant à une simple

Barbie une allure terrifiante. Je dus moi aussi blêmir, puis je souris aux enfants.

— Elle était à tante Lise. Comme vous pouvez le constater, elle n'était pas très soigneuse !

Les jumeaux ne se déridèrent pas.

— On peut redescendre… ? demanda Colin, qui avait déjà un pied sur l'escalier.

— Oui, bien sûr. Faites attention, les marches sont raides.

Soline me lança un regard agacé – *Ça va, on sait.* C'est terrible, Cora, mais on ne peut s'empêcher de le dire : « Attention. » Une sorte de réflexe. J'essaie de ne pas imaginer l'adolescence, quand ils sortiront, prendront des cuites, rentreront en voiture avec des potes ivres morts. Risque et inconscience… Nous l'avons tous fait, n'est-ce pas ? Ils le feront aussi et dire « attention » n'y changera rien ; une autre de ces vaines pensées, vaine et mortifère, de ces pensées qu'on chasse mais qu'on ne peut pas tuer.

J'observai la poupée et secouai la tête. Ce n'était rien qu'une vieille Barbie abîmée, grotesque bout de plastique, et si son allure de cadavre pouvait impressionner des enfants de six ans, je n'étais pas chochotte à ce point. Qui l'avait mise ici était la seule question – et pourquoi avoir ressorti cette « maison » ? La miniature était identique à celle de mon rêve, celle de mon passé, une réplique à petite échelle, mais parfaite en tout point. C'était une sorte de *maquette* et cette idée, en revanche, me noua l'estomac. J'allai jeter la Barbie dans un carton plein de bric-à-brac, quand j'entendis un bruit effroyable au rez-de-chaussée. Simultanément, toute l'électricité sauta. Maman se mit à hurler. Je descendis au pas de course l'escalier rétractable, manquant me rompre le cou dans la semi-obscurité. Je suivis l'ombre double de nos enfants qui dévalaient les marches ; Lise sur mes talons, je longeai le couloir jusqu'à la chambre de Grâce.

Nous la trouvâmes debout dans sa salle de bains (les deux chambres du rez-de-chaussée jouissaient chacune d'une salle d'eau privative, tandis que l'étage se partageait une douche commune), mal enroulée dans une serviette blanche, trempée de la tête aux pieds, la peau rouge foncée malgré la pénombre ; on eût dit un Apache. Lise laissa échapper un cri de terreur. La baignoire était entièrement éclaboussée de sang – ce que je pensai sur l'instant, ce que nous avions tous pensé – *nom d'un chien, pourquoi cette baignoire est-elle pleine de sang ?* Une seconde, j'eus la vision d'une scène de crime, comme si cette salle de bains eût été le décor d'un acte monstrueux, d'un meurtre commis par une créature sauvage, maléfique. Mais ma mère, d'une voix blanche, nous ramena à la réalité.

— Le cumulus… Le cumulus s'est fendu… D'un coup, il s'est fendu, je me suis brûlée, je suis toute brûlée…

Elle tremblait. Lâcha prise, se mit à pleurer. Je réalisai qu'en effet, le ballon au-dessus de la baignoire s'était rompu, laissant échapper l'eau rouillée de son ventre. Ce n'était pas du sang qui avait éclaboussé l'émail, seulement de la rouille, d'un orange sombre, visqueuse, calcaire. Naturellement, les plombs avaient sauté – ce qui était, dans un sens, plutôt rassurant.

— O.K… Calme-toi, maman. Je vais remettre le courant. Pour commencer, je vais remettre le courant.

Je descendis à tâtons au cellier, trouvai le disjoncteur. Le fusible alimentant la chambre de ma mère avait rendu l'âme. L'installation était vétuste et je me maudis de n'avoir pas davantage insisté pour que Grâce fît les travaux de mise aux normes. Des années que je lui en parlais – *mais ça marche très bien, mon chéri, pourquoi réparer quelque chose qui n'est pas cassé ?* Comme ma sœur, elle avait le chic pour vous clouer le bec.

Après avoir changé le fusible, je remontai les étroites marches de pierre. Dans sa chambre, ma mère s'était séchée. Allongée sur le lit, Lise lui passait de la Biafine dans le dos, sous le regard incrédule des jumeaux qui, tout comme moi, semblaient se demander ce qui se passait dans cette sacrée maison. Ils étaient tous deux assis dans la bergère en velours rouge ; le *déjà-vu* me pétrifia. Brusquement, cette chambre me fit l'effet d'un trompe-l'œil, faux murs, fausses portes.

— Ce n'est rien, déclara ma sœur avec désinvolture, sans cesser de tartiner de crème blanche la peau rouge de maman. J'ai eu des coups de soleil bien pires. Santorin, vous vous souvenez ? Foutue plage de sable noir !

— C'est vrai, chuchota Grâce, se redressant légèrement et tournant la tête dans ma direction. J'ai seulement eu très peur.

— J'imagine ! Je ne vais pas te faire l'affront d'un « je te l'avais bien dit », mais tu avoueras…

Elle enfouit son visage dans l'oreiller, comme une fillette masquant ses larmes.

— Il va y avoir quelques travaux, les enfants… Oui, cette fois, je vais bien devoir m'y résoudre.

Cette perspective, visiblement, l'angoissait au plus haut point.

Grâce Marie Bataille,
14 mai 1981, table du jardin,
23 h 07 à la montre de mon père.

Décidément.

Hier, en pleine place Saint-Pierre, c'est sur Jean-Paul II qu'on a tiré. Dès qu'elle l'a appris, la gamine est descendue à la cabine téléphoner à sa mère. En Pologne, naturellement, ils sont dans tous leurs états – Karol, « leur » pape, le premier pape polonais de l'histoire, vient d'échapper à la mort.

À dix-sept heures et dix-neuf minutes, devant vingt mille fidèles et les caméras du monde entier, le dénommé Ali Agça brandissait un Browning 9 millimètres, accroupi aux genoux du souverain pontife. Trois balles dans le ventre, pendant le traditionnel bain de foule, tirées à bout portant par ce jeune Turc évadé de prison. *Bang. Bang. Bang.* Aussitôt repris.

Ma mère semble elle aussi très secouée par l'événement : « Où va le monde si désormais, on tire même sur les hommes de Dieu ?! » Je ne suis pas une grande adepte de Jean-Paul II – ses positions sur l'avortement, entre autres ; je me suis battue pour ce droit. Mais, c'est vrai, il y a dans cet acte quelque chose d'infiniment choquant. Le symbole de la Paix a été atteint, la personnification d'un contre-pouvoir blessée ; ne reste que la Violence, pouvoir originel de l'humanité que rien, jamais, ne saura enrayer. Cette violence que je sens en moi, de plus en plus forte, de plus en plus souvent… Mon père avait raison : il n'y a pas de génération sans guerre.

Nous sommes bien contents, *ouf !* Karol va s'en sortir.

Ici, tout est serein. J'ai fumé ma cigarette dans la nuit immobile, l'odeur du cèdre bleu exhalée dans le parc, intense, moirée comme un ruban.

Cette maison, paraît-il, ne fut pas toujours si sereine. À l'école, on m'avait raconté des histoires, même si mes parents ont toujours refusé d'en parler. Je ne suis pas certaine de la véracité des faits ; persiste pourtant ce mythe désagréable, transmis de génération en génération. La vieille Chapelle, rebouteuse du village, centenaire et en retraite, continue de dire à qui veut l'entendre qu'en passant devant notre maison, elle la voit toujours « entourée d'un halo noir ». Cette maison, pour moi, est entourée d'un superbe jardin, point final. Mais la vieille Chapelle, calibrée comme une cathédrale, ses yeux de marbre gris sous deux sourcils massifs et luxuriants, raconte que notre maison, MA maison, est entourée d'ombre, même en plein soleil. Une *aura* diabolique, ou une sornette du genre. Vivement qu'elle crève, celle-là aussi, ses ragots avec elle.

Il n'y a pas de fumée sans feu, dit-on… Soit. La fille des anciens propriétaires, une adolescente de seize ans prénommée Aurore, aurait frayé sous l'occupation avec un officier nazi et serait tombée enceinte de lui. La région, longtemps située en zone « libre », fut le foyer d'une résistance farouche. Au village, on soupçonnait quelque chose ; cette famille semblait bénéficier de quelques privilèges. Mais lorsque sa grossesse fut bien visible, tous tinrent la jeune fille pour une traîtresse officielle. Un soir glacé d'octobre 1944, quelques semaines après la libération de Villefranche, on la tondit en place publique. Elle se serait enfuie dans la forêt pour échapper à la vindicte populaire, seule dans la nuit noire avec son gros ventre et son crâne meurtri, les villageois à ses trousses – meute de loups écorchés, enragés par la souffrance et la soif de revanche. La battue ne donna rien, mais on la retrouva quelques jours plus tard, morte de froid ou de faim, cachée dans l'anfractuosité d'un tronc de chêne. L'histoire dit qu'elle fut retrouvée à l'*aurore*, mais cela fait sans doute partie des nombreux arrangements accordés aux légendes. Depuis, à l'aube de chaque jour, elle hanterait les bois alentours, son enfant mort jeté sur l'épaule en baluchon sanglant. Cela va de soi, je ne l'ai jamais vue, ni personne que je connaisse – racontars de chasseurs ivres accoudés au comptoir des *Pierres*, petite fable pour effrayer les gosses et leur passer le goût des fugues en forêt.

Mais tu n'aimes pas cette rumeur, Thomas. Tu avais même hésité à accepter la maison quand mes parents nous l'ont proposée. Finalement, c'est mon père qui t'a convaincu : lui, le héros de la Résistance ! Il avait choisi d'investir ces lieux en dépit de l'histoire, pourtant fraîche à l'époque. Le glorieux passé des hommes Bresson avait, en quelque sorte, lavé le bâtiment de ses éventuels péchés ; et nous y avions été, papa, maman et moi, très heureux… Du moins, croyais-je.

J'ai demandé à ma mère ce qu'elle avait soudain contre cette maison, tu sais ? Pourquoi elle avait dit cela, « plutôt mourir que de retourner là-bas ». Elle a tergiversé devant sa tasse de thé, puis fini par m'expliquer qu'ils avaient choisi cet endroit parce qu'il était idéal pour une famille. Une famille nombreuse, une auberge de jeunesse. Louise Bresson, vois-tu, m'a enfin avoué qu'elle aurait aimé quatre, cinq, six enfants, rêve réduit à néant par sa maladie. Alors, elle m'a parlé du halo noir : « Peut-être la vieille Chapelle a-t-elle raison, Grâce. Mon hystérectomie, et toi maintenant… Peut-être y a-t-il quelque chose entre ces murs, quelque chose de maudit pour les mères, une *malédiction.* » Tu te rends compte, Thomas ? Un sort, une malédiction ! Sommes-nous folles de génération en génération ? J'ai plaisanté, bien sûr, j'ai dit « Ah ! Tu vois, maman chérie, toute cette chlorophylle te monte droit au cerveau ! » Mais j'ai gardé de cette conversation une impression pénible : celle de n'avoir pas suffi. Ma présence, mon existence n'ont pas suffi à rendre ma mère heureuse.

Ma présence, mon existence ne semblent pas te suffire non plus.

Je ne crois pas que la maison ait quelque chose à voir là-dedans. Les maisons ne sont pas capables de « choses », les maisons ne se vengent pas de leurs habitants. Ce sont les gens qui se vengent.

Dieu lui-même a mis au point le principe de vengeance – ou bien les sbires de Dieu –, déluge, apocalypse, des pages et des pages de massacres, sang versé et reversé, loi du talion, œil pour œil, dent pour dent. La Bible est truffée de violence, celle des hommes, celle de Dieu plus encore ; Sa toute-puissance dirigée contre nous, Lui qui nous a créés à Son image…

Alors, quoi ? Si Dieu est bon, la vengeance serait-elle bonne ? Qu'en pense Jean-Paul II, à l'heure qu'il est ?

Et toi, Thomas, qu'en penses-tu ?

Où es-tu ?

Ce soir-là, ma sœur rentra chez elle. Je ne pouvais guère lui en vouloir ; j'aurais fait la même chose si je n'avais pas vécu à cinq cents kilomètres. J'avais oublié de lui parler du polaroïd, exhumé de ma poche une fois tarie l'aventure du chauffe-eau. J'hésitai à lui téléphoner mais finalement, je décidai de la laisser tranquille. Elle n'avait pas l'air dans son assiette avec cette énième histoire de petit copain, dont je n'osais imaginer la tare – égoïsme, infidélité, immaturité, cocaïne ? Je prévoyais de lui montrer la photo le lendemain, avant le rendez-vous avec notre père. D'une pierre, deux coups. En plein visage, la pierre, évidemment.

Les enfants avaient investi la chambre de leur tante et je me retrouvai seul au lit, à tourner dans le grège raboteux des draps en lin. Je ne savais que penser de tout cela. Aucun événement *inexplicable* ne s'était produit ; de simples coïncidences, survenues conjointement à des actes de malveillance. Quand je lui posai la question, maman dit avoir ressorti pour Soline et Colin la maison de poupée. Elle l'avait retrouvée après l'histoire du jet de pierres, en fouillant pour vérifier l'absence d'intrus entre ses murs. La Barbie, en revanche… J'envisageai un instant que ce fut un coup de Lise. Elle avait toujours eu le goût de la plaisanterie macabre ; et soigneuse, en effet, elle ne l'était guère – armées de soldats estropiés, Big Jim décapités, petits chevaux sans tête. Néanmoins, je l'imaginais mal lancer des projectiles dans les fenêtres, surtout au risque de blesser ses neveux ; ma sœur a beaucoup de défauts, mais elle aime nos enfants. Je me demandais qui pouvait nous en vouloir à ce point, à quoi rimaient ces étranges manœuvres d'intimidation. Quoi qu'en dise Grâce, je n'avais pas renoncé à l'idée que Thomas s'amuse à nos dépens. Mais au fond, ce qui m'ennuyait le plus était l'attitude des jumeaux. La succession d'incidents les avait rendus calmes, trop calmes ; et cette chose qu'ils se racontaient à propos de « Tina » qui vivrait dans leur chambre… Ce soir-là, tandis que je les bordais, ils me parlèrent de toi. Mais ils me parlèrent de toi d'une drôle de manière. Tu n'étais plus la princesse Disney, tu étais *morte*. Bien sûr, il leur était déjà arrivé, trop souvent, de devoir expliquer que leur mère était morte. Le terme, en soi, n'avait rien de nouveau dans leur bouche. L'innovation vint du fait que ce mot n'était plus utilisé comme adjectif, mais comme nom commun. *Si maman est une morte, tu crois qu'elle peut revenir ?*

— Les morts ne reviennent pas, mes choux… Mourir signifie simplement « arrêter de vivre ». Maman est quelque part ailleurs, maintenant. Ailleurs que sur la terre.

— Au ciel ?

— Au ciel, si vous voulez. Mais surtout, elle est ici.

Je posai ma main sur mon cœur, puis sur celui de notre fils, puis sur celui de notre fille.

— Maman est ici. Ici, et ici. C'est à cet endroit qu'elle habite pour toujours.

— Si maman est en nous, rétorqua Colin, elle habite sur la terre. Si elle est sur la terre, elle peut très bien revenir.

Sur le moment, je ne sus que répondre. Je réfléchis.

— En fait, maman ne peut pas revenir, parce qu'elle n'est jamais partie. Nous parlons d'elle, et nos mots la gardent en vie.

Soline pinça les lèvres.

— Moi, je crois que maman est une morte en paix, vu qu'on l'aime très fort. Les morts en paix n'ont pas besoin d'embêter les vivants, et c'est pour *ça* qu'elle reviendra jamais.

Je fixai nos enfants, sidéré. Je m'assis à leurs côtés sur le lit, songeant que Lise leur avait raconté quelque bêtise quand j'avais le dos tourné, une de ses histoires de *poltergeist*. Lorsque j'étais petit, ma sœur venait certains soirs dans ma chambre ; elle prenait une voix, une autre voix que la sienne, une grosse voix caverneuse, trafiquée, avec laquelle elle parlait dans le vide sans bouger du tout, debout au milieu de la pièce, immobile comme une statue. Je la suppliai d'arrêter, *Lise, arrête, ça me fait peur, je t'en prie, arrête de faire ça…*, mais elle n'arrêtait pas. À dix-sept ans, elle continuait de venir me foutre la trouille avec cette putain de voix. Elle n'a arrêté qu'en partant définitivement.

— Quelqu'un vous embête ? demandai-je aux jumeaux. Lise vous a raconté quelque chose, des histoires qui font peur ?

Mutisme – encore.

— Votre tante dit beaucoup de bêtises, vous savez. Il ne faut pas l'écouter.

Ils ne firent pas davantage de commentaire, s'allongèrent tous les deux, exactement en même temps, ce qui signifiait « Laisse tomber, p'pa. » Je n'avais pas envie de laisser tomber, mais je ne savais que dire. Je n'allais pas m'embarquer dans une conférence sur les fantômes, l'existence ou l'inexistence de Dieu, la subsistance ou non de l'âme – ton âme, en l'occurrence. Parce que je n'en sais rien, Cora, parce que je suis incompétent sur le sujet, parce qu'en réalité, tout le monde l'est, du scientifique au religieux, du psychiatre au médium. Je sais que ton fantôme ne flotte pas près de nous, mon amour. Je sais que ton corps est enterré au cimetière du Montparnasse et que, de ce corps, il ne reste plus grand-chose. Mais après avoir bordé nos enfants, une idée ne cessa de m'assaillir, celle que les jumeaux sont nés avec la mort. Ils en ont été plus près que n'importe qui, Colin a bien failli ne jamais respirer. Son « âme » serait-elle partie, puis revenue ? Vos êtres se seraient-ils furtivement croisés ? T'aurait-il, un bref instant, rencontrée ? Je ne connais que la matière. La matière répond à des lois physiques, soumises à l'espace et au temps. Qu'en est-il de la pensée, immatérielle, incorporelle, sans commencement ni fin ? Dans mon lit, je pensais au fait même de penser, je me demandais si la pensée pouvait avoir un effet sur la matière, comme ces yogis qui tordent des cuillères, ces chamanes qui marchent sur le feu, ces horreurs que l'inconscient fomente quand le conscient faiblit, les rêves – *ce rêve*. Je pensais à tout cela, et je n'étais pas plus avancé. Échafauder ce genre de théories revenait à tourner en rond dans l'escalier de Penrose.

Aujourd'hui, je me demande : es-tu vraiment « une morte en paix » ? Je n'ai jamais voulu pour toi autre chose, n'ai jamais espéré de toi autre chose. J'ai toujours su que tu ne pouvais pas revenir, que tu avais cessé d'exister en tant que matière. Cette substance douce, tendre et chaude dont tu étais faite n'était plus, mes mains ne la toucheraient plus, ni les mains de personne.

Alors ce soir-là, le soir du samedi 25 décembre, j'eus envie de croire nos enfants. Non, tu ne reviendras jamais. Et j'en suis heureux, car cela signifie peut-être qu'en effet, tu es en paix, que je fais ce qu'il faut – que je ne suis pas, au bout du compte, totalement impuissant. Les enfants sont là, vivants, réels. Les enfants sont là, et donnent sens à ma vie. Aujourd'hui plus que jamais, dans l'insensé, l'inconcevable, je suis conscient de cela. Sans eux, je t'aurais rejointe depuis belle lurette.

Grâce Marie Bataille,
14 juin 1981, salon,
00 h 00 selon la grande horloge.

Plus jeune, je ne pensais pas si difficile de faire marcher un couple. Mes parents fonctionnaient en tandem, ont toujours fonctionné ainsi pendant plus de trente ans, et je sais gré au destin d'avoir fait partir mon père le premier – lui, resté seul, aurait été perdu, tandis que Louise se contente d'entasser des plantes vertes. Peut-être notre union péchait-elle dès le départ. Peut-être n'ai-je pas intégré en moi certains paramètres. Peut-être, simplement, ne peut-on pas *tout* prévoir. L'amour, c'est comme la météo ; sans arrêt, on se trompe.

L'amour que j'ai pour toi, Thomas, est un fait absolu. Contre vents et marées, je t'aime. Contre ton indifférence, je t'aime. Contre notre enfant mort, je t'aime. Contre tes rides, je t'aime. Les hommes font ce genre de choses – se laisser embarquer par l'enthousiasme d'autrui. Pas nous. Pas moi. Mais vous, créatures égocentriques, êtes des proies si faciles pour ces torrents qui vous dépassent ! À vos yeux, seul le présent importe, seul le présent existe – le passé n'est plus, le futur pas encore. J'aimerais pouvoir raisonner de la sorte. Je t'envie, Thomas. Sincèrement, je t'envie. Machine à pâtes, machine à frites, nos signatures au bas d'un contrat – *ça, c'est fait.*

Et puis un jour, le grain de sable.

Machine polonaise, les fesses hautes, les cuisses fermes, les seins obus, dix-neuf ans, pas d'enfant, l'accent de l'Est, la bouche gonflée, l'esprit fragile – oh, idiote, elle ne l'est pas, juste inexpérimentée, naïve, enjôleuse –, votre instinct mâle de Pygmalion, l'admiration dans ses yeux, « Monsieur Thomas », et puis la nouveauté, cette fichue nouveauté dont vous avez besoin comme d'oxygène. C'est ton truc, n'est-ce pas, la nouveauté ? Nouvelle technologie, nouveau cul. Pas de *vagina dentata*, ici. Si ça se trouve, elle est vierge. Je ne pense pas, trop sexuée, trop ouvertement sexuée. Mais dans ton esprit de chasseur, plus vierge que moi, c'est certain ; terrain à explorer, plaine sibérienne, terre en friche – et moi, en jachère.

C'est clair, maintenant. Clair qu'il se passe quelque chose. Je ne sais pas si la chose est consommée ou seulement imminente, comme un attentat mis au point dans une cave par un jeune terroriste. Je ne sais pas si elle brûle des poupées à mon effigie, si tu brûles, toi, de la sauter, si elle glisse des philtres d'amour dans ton café, si elle m'empoisonne, je ne sais pas, je sais seulement qu'il se passe quelque chose et que cette chose-là, je ne peux pas l'arrêter.

Je n'ai aucune preuve, pas plus que je n'en ai de ses sorts, de ses capacités. Si quelqu'un lisait ces lignes, il dirait : « Il n'y a pas de sort ; il n'y a que la jeunesse. » Mais ce quelqu'un ne te connaîtrait pas, Thomas. Ce quelqu'un ne saurait pas ce que nous avons vécu. Comment peut-on ainsi passer de *tout* à *rien* ? Seule la mort peut faire ça – de l'être au néant.

Tu es vivant, oh, bien vivant ! Joyeux, même, quand elle est là.

Comment stopper le processus, dis-moi ?

Je deviens folle.

Si seulement je pouvais résoudre le problème à coups de plantes vertes… Si seulement.

Je voudrais mille mains pour l'écarter de toi.

Si tu l'aimes, Thomas Bataille, si un jour tu l'aimes, alors ce jour-là, je préfère que tu meures.

Aussitôt endormi, je repris le cauchemar où je l'avais laissé, exactement comme si j'avais fait « pause » sur un magnétoscope. Les yeux juste clos, j'étais de retour dans la maquette ; un étage dans la maquette, cette fois, à l'image de la maison de poupée. J'étais toujours assis dans le fauteuil en velours rouge, le séjour éclairé d'un énorme lustre à pampilles de cristal que je n'avais jamais vu – ou peut-être dans ta galerie, Cora, c'était le genre de pièces que tu vendais – mais dont, en tout cas, je n'avais aucun souvenir.

Maman se leva lentement du canapé. *Il va se produire un malheur,* dirent en chœur les jumeaux. Ce n'était pas une phrase dirigée contre moi, ni pour moi, ils le disaient dans le vide, semblables à Lise lorsqu'elle me faisait peur avec sa voix de caverne. Lise, justement, se plaqua au plafond en l'espace d'un éclair. Ce déplacement étrange ne me fit aucun effet. Ma sœur continuait de fumer en toute quiétude, laissant tomber ses cendres sur le parquet noir. Notre mère passa sous le corps de sa fille collé au plafond, déclarant qu'elle devait prendre un bain, qu'elle était très sale à cause des travaux, tous ces gravats, cette poussière, le béton, les briques. Il n'y avait aucune trace de travaux, mais il était censé y en avoir. Dans la cheminée contre le mur, à l'endroit où se trouvait désormais le bar américain, le feu crépitait ; des flammes longues, rouges, mouvantes comme des langues. Lise se mit soudain à rire, à rire sans s'arrêter, jusqu'à vomir en jet brutal un mélange d'eau et de pierres. Ensuite, elle recommença à fumer comme si de rien n'était. Les volutes grises s'enroulaient autour des pampilles, six pampilles, surplombées de six ampoules en forme de cierges.

Un gazouillis, pareil au chant d'un oiseau, me fit tourner la tête.

Entre les enfants se tenait maintenant une jeune fille au crâne rasé, vêtue de haillons verts, éclats d'émeraude sur peau diaphane. Elle avait toujours ses yeux, mais ils étaient blancs et laiteux comme ceux de certains aveugles, comme ceux de ma grand-mère Louise à la fin de sa vie. Malgré tout, elle était belle, extrêmement, d'une beauté à couper le souffle. Dans mon rêve, je la connaissais. Je ne la nommais pas, mais son apparition ne me perturba pas le moins du monde. Sa présence semblait naturelle, comme si cette jeune fille avait toujours été là. Elle gazouilla une chose sibylline à l'oreille des jumeaux, mais ils hochèrent la tête. Colin sortit d'on ne sait où son piano de Noël. La jeune fille le posa sur ses genoux et se mit à jouer, une musique inconnue mais triste, si triste… Je m'éveillai alors, tiré du sommeil par cette musique qui vibrait encore dans l'obscurité. Me revenait en douceur l'histoire de la Dame Blanche, une légende qui courait dans la région et qui, gamin, me donnait le frisson – une adolescente enceinte d'un nazi, que les villageois auraient tondue puis tuée au sortir de la guerre, et dont on voyait parfois le fantôme errer dans la forêt les matins de brouillard. Je doute l'avoir réellement rencontrée, mais je crus la voir plusieurs fois – les fois où je désobéissais à Grâce. Ma mère, probablement, me fichait davantage la trouille que la Dame Blanche.

Les yeux grands ouverts, j'écoutai le silence de la nuit. D'ordinaire, les angoisses nocturnes sont puissantes, irraisonnées, mais j'étais parfaitement serein. Je sentais seulement qu'il me fallait aller dans cette chambre, la chambre des « bébés ». Je me levai, enfilai un pull et un pantalon de jogging. J'évitai soigneusement l'armoire à linge, que j'avais laissée au milieu du couloir faute d'une autre paire de bras pour la transporter, puis j'ouvris la porte au bout du corridor. J'entrai, refermai derrière moi, n'allumai pas. L'hiver claquait dans les bâches en plastique, sifflait aux encoignures. Les rideaux garance bruissaient, lourds, voluptueux, comme deux corps dérivant sur les ailes du vent. Je m'assis sur le lit, dont l'édredon portait toujours les traces de charbon. Là, j'attendis. Je n'attendais rien de particulier, je pensai à ma vie, à ce qu'elle était, à ce qu'elle aurait pu être, aux espoirs de jeunesse et aux désenchantements. Je jouai aux *et si* – et si, à l'instar de Lise, j'avais décidé de rester dans la région, au lieu de déguerpir vers la capitale ; et si je m'étais lancé dans la viticulture, comme me l'avait proposé, après le bac, mon copain Philippe Chapelle, depuis perdu de vue ; et si j'avais épousé Aude, ma première vraie « fiancée » connue en archi, Corse susceptible à bouclettes auburn, Doc Marten's et franc parler, aujourd'hui femme de ministre, serre-tête et caniche nain ? Et si je ne t'avais jamais rencontrée ? Si je n'étais pas allé à cette fameuse soirée, crémaillère à laquelle, d'ailleurs, je n'avais aucune envie de me rendre – les prémices d'une grippe, j'étais crevé, je vivais au Nord et c'était au Sud, toute une ligne de métro dans le froid de novembre ? Mais j'avais promis à Tim, Tim qui venait d'emménager avec Sarah, Sarah qui avait toi pour meilleure amie. Au début, je n'ai vu que ta nuque, tes cheveux bruns épinglés en chignon de danseuse ; un lampadaire éclairait précisément cette nuque, comme un spot met en scène au musée une œuvre d'art. Dès l'instant où tu t'étais retournée, je sus que rien, jamais, ne serait comme avant.

La vie est une suite de choix plus ou moins réfléchis, de hasards heureux ou malheureux, rencontres, bifurcations, prendre à droite, prendre à gauche, mille destins différents à chaque carrefour, et puis des évidences. Tu étais, Cora, une évidence et si la vie nous a fait ce qu'elle nous a fait, jamais je n'ai regretté de t'avoir rencontrée, pas même quand je jonglais, seul et en deuil, avec deux bébés pleurant sans discontinuer, chacun à son tour – pas synchrones comme ils le sont aujourd'hui, non, ils pleuraient à tour de rôle et, à eux deux, on avait le sentiment qu'ils pleuraient *tout le temps*, ce qui n'était pas très loin de la vérité –, tu seras toujours le plus bel événement de toute mon existence. Je sais qu'un amour comme le nôtre n'arrive pas deux fois dans une vie ; pour la plupart des gens, il n'arrive même jamais. Alors, je m'estime chanceux. Malgré tout, mon ange, je suis un sacré veinard. Le châtiment est sans doute à la hauteur du bonheur qui nous fut brièvement accordé.

Je restai sur le lit à penser à tout cela, jusqu'à ce que l'aurore glisse derrière les vitres de plastique, déformant les premiers rayons comme un kaléidoscope.

Rien n'avait troublé le calme de la nuit, ni jets d'aucune sorte, ni bruits incongrus. Pourtant, toutes ces heures, j'avais eu le sentiment que la pièce, glacée et noire, était bondée, pleine de gens silencieux dont la présence n'était en rien menaçante ; seulement des gens qui, eux aussi, pensaient à leurs vies, à ce qu'elles avaient été, auraient pu être, auraient dû être, ces vies court-circuitées, mauvaise bifurcation, à droite plutôt qu'à gauche, ou l'inverse.

L'aube s'ouvrait sur la vallée. Il était trop tôt pour savoir quel temps il allait faire – mauvais, certainement. Nous étions dimanche, le jour du quiz des enfants, le jour du rendez-vous avec mon père. Nous étions dimanche 26 décembre, et le jour des fantômes venait de se lever.

Grâce Marie Bataille,
27 juin 1981, salon,
07 h 10 selon la grande horloge.

Elle est enfin partie, a bouclé ses valises, embrassé les gosses. Tu l'as emmenée à l'aéroport hier en fin de journée et à l'heure qu'il est, la gamine vagabonde dans son foutu pays.

Tu es reparti, toi aussi. Très tôt ce matin, au volant de ta nouvelle voiture, une Alpha Roméo rouge tomate plutôt m'as-tu-vu ; mais c'est ta boîte qui paye, je n'ai rien à dire. Moi, je me fiche des voitures. L'Ami 8 est ancestrale, laide, rouillée, jadis blanche, aujourd'hui beigeasse, mais elle roule très bien et c'est tout ce que je lui demande.

Nous sommes samedi, je travaille, de garde jusqu'à minuit. Maman vient s'occuper de Lise et Nathan ; ça lui fera du bien de revoir la verdure, peut-être réalisera-t-elle que sa jungle en cache-pots est une aberration. Je suis de bonne humeur, libérée, comme si le rhinocéros assis sur ma poitrine venait de se lever pour courir la savane. J'ai plus de quatre semaines pour te reconquérir. Tu as beaucoup de travail, de nombreux déplacements. Mais à chacun de tes retours, nous nous retrouverons, *sans elle*, seulement toi et moi, les petits chez ton père à Chamonix, puis en colonie jusqu'à la fin juillet. Pour notre anniversaire de mariage, j'ai prévu en secret un week-end d'amoureux. Barcelone. C'est là-bas que, très probablement, nous avons conçu Lise, tu te souviens ? Il y a une éternité… Plus d'une décennie, nous n'étions mariés que depuis quelques mois. N'empêche, j'ai l'impression que c'était hier.

Ensuite, en août, les Landes, Contis, sorte de bout du monde, grande cabane sur la plage au sommet d'une dune – les photos de la brochure sont à tomber par terre. Mais au sommet de la dune, il y aura la gamine. Je ne suis pas parvenue à te faire changer d'avis, tous tes grands arguments de commercial expert, ton impérieux besoin de vacances, *vraies vacances*, calme et solitude, respirer l'océan sans gosses dans les pattes, le sport, le vélo, les balades en forêt. Tu m'as prise par les sentiments, « nous pourrons sortir, dîner au restaurant, je jouerai les jeunes hommes, je n'ai pas quarante ans, t'embrasserai sous la lune, ce sera amusant ». Je ne suis pas dupe : tu me manipules. Mais sache-le, chéri-chéri, je n'ai pas capitulé. D'ici quelques semaines, nous verrons bien. Je vais tâcher, moi aussi, de te prendre par les sentiments ; par les sentiments, j'entends par la queue. Le diable par la queue, Môssssieur Thomas Bataille. Tout bien considéré, je ne crois pas qu'il se soit passé quoi que ce soit avec la gamine. Pourtant, je sais que tu y as pensé. J'ai lu dans tes yeux, dans vos yeux à tous les deux – et c'est là, précisément, que réside l'horreur –, que vous y avez pensé.

Ami, entends-tu le vol noir des corbeaux sur nos plaines… ?

Les sbires n'ont pas dit leur dernier mot, Thomas. Dans le monde en floraison, ils bruissent en moi, de plus en plus nombreux, chaque jour et chaque nuit, je vois leurs frères obscurs empilés sur les fils électriques au-dessus de la route, nombreux au point de fragmenter l'horizon, au ciel leur masse noire, si compacte, parfaitement synchronisée, changeant de direction dans d'étranges vols choréiformes, comme s'ils communiquaient entre eux à une vitesse inimaginable, par télépathie ou quelque chose comme ça, et les immenses V qu'ils dessinent parfois au-dessus de nos têtes – je comprends le message, le V de la Victoire.

La gamine, bientôt, ne sera plus qu'un souvenir amer, juste bon à enterrer sous des pelletées d'amour.

Lyon était close tel un poing de nourrisson, déserte, quelques âmes errantes sur l'asphalte glacé de la rue Victor-Hugo, désœuvrées. Un dimanche d'après Noël, avec cette ambiance si particulière à la province où le week-end signifie encore quelque chose. C'est justement ce que j'aime à Paris, l'effervescence permanente, cité jamais au repos, toujours quelque part grouillante, même le dimanche – surtout le dimanche. Plus jeune, j'avais les dimanches en horreur. À la maison bien sûr, mais même lorsque je louais un studio place Carnot, près de la gare Perrache. Histoire de l'art à l'université, hérésie culturelle durant laquelle je n'ai cessé de m'alcooliser en séchant allègrement toutes les matinées ; je séchais également beaucoup d'après-midi, pour aller au musée ou au cinéma. Cette année-là, l'année 1996, je me contentais de profiter de la vie, enfin sorti de ma campagne, cherchant à passer du bouseux au dandy avec plus ou moins de bonheur – bottines Harley, tee-shirt moulant, 501 savamment choisi dans les friperies du quartier Saint-Jean. Période glorieuse de boîtes techno où nous dansions en cage dans des sous-sols enfumés, aux entrailles desquels circulaient des pilules magiques, où mon lit se parait çà et là de jeunes filles en collants résilles, mes nuits de DJ descendant au milieu des pistes dans des sphères de Plexiglas, fiers et bigarrés comme des matadors. Néanmoins, je fus rapidement convaincu que je perdais mon temps, certes très agréablement mais quand même, et « montais » l'année suivante faire l'école d'architecture de La Villette.

Paris fut un choc ; ses multiples quartiers, cœurs battants empilés les uns sur les autres en cubes multicolores, ses ponts magiques et ses lumières, Paris, sa beauté tentaculaire, capitale, ses néons, ses bas-fonds, ses stars et sa misère, si loin de mon village – j'avais l'impression d'arpenter un livre d'Henri Miller. Malgré les appâts de cette nouvelle vie, je devins élève modèle, longue période studieuse égayée par les bouclettes d'Aude Casanova (ça ne s'invente pas et, à sa place, jamais je ne me serais marié(e) pour conserver intact un tel patronyme !). J'ai terminé mes études, quitté Aude ; Paris, jamais, comme si j'avais enfin trouvé ma patrie. Patrie imparfaite, stressante et hors de prix, mais patrie tout de même.

Je sillonnai donc le centre de Lyon, pareil aux badauds disséminés sous la féerie factice des décorations municipales – *après toutes ces agapes, faisons donc « en ville » une balade digestive !* Au temps pour moi, il faisait exceptionnellement beau ; le ciel était d'un bleu de névé, d'une pureté irréelle. J'étais d'humeur mélancolique, abattu par cette jeunesse qui me semblait avoir été celle de quelqu'un d'autre. Ton décès, Cora, fut une telle épreuve que ma jeunesse y resta – la personne que j'étais *avant* y resta. J'avais vieilli. J'étais un adulte, avec tout ce que cela suppose. C'était ainsi, je l'acceptais, mais dans cette ville qui incarnait l'insouciance de mes dix-neuf ans, j'avais le cœur serré. Je battais le pavé sans but, la semelle de mes boots en échos frappés entre les monuments, la place Bellecour, l'hôtel de ville, l'opéra. Le jour déclinait. Je cherchai un bar où boire une bière en attendant le rendez-vous. Il était seize heures et des poussières, j'avais près de deux heures à tuer. J'étais descendu par le car et n'avais guère eu le choix des horaires. J'aurais pu téléphoner à Lise, passer chez elle. Pourtant – ces fameux choix instinctifs, irraisonnés, mais lourds de conséquences –, j'avais préféré faire un tour, me mettre en condition ou, simplement, profiter d'un répit. Seul avec deux enfants et un emploi prenant, le répit est une chose que je connais mal. Et puis, j'étais vraiment dans un drôle d'état. Le ciel n'était pas à mes yeux la seule chose irréelle : je me sentais déconnecté du monde. Un fil avait cassé quelque part, la ville autour de moi faisait décor de théâtre, les passants acteurs, les odeurs mêmes – gaz, nourriture, défécation – semblaient avoir été fabriquées en laboratoire, puis projetées dans les rues grâce à d'invisibles diffuseurs cachés dans les arbres. J'avais l'impression non pas de me *sentir* marcher, mais de me *regarder* marcher, comme si je n'étais pas là, comme si la réalité autour de moi, peu à peu, se disloquait. Suspendu dans l'air, un vent mauvais, parfum funeste de « tout est possible », attentat, déluge, invasion extraterrestre. Angoissé par cette sensation, j'entrai finalement dans un pub de la rue Sainte-Catherine.

Ce ne fut pas instantané.

Je pris place sur l'un des hauts tabourets recouverts de Skaï rouge, regardai clignoter le vert vif de l'enseigne Heineken. La barmaid se retourna et demanda ce que je désirais, d'une voix lasse, monocorde. Je tendis un pouce en direction de l'enseigne lumineuse. Elle sourit et saisit un verre. Alors, je la reconnus. En fait, je reconnus ses mains. Elle avait des mains très particulières, extrêmement fines, les attaches graciles mais de longs doigts de pianiste terminés d'ongles naturellement en amande, aux cuticules hautes, majestueuses. L'intérieur de son poignet droit présentait une tache de naissance atypique, en forme d'éclair.

Dans mon souvenir, elle était toujours restée « la fille aux mains ». Bien entendu, j'avais complètement oublié son prénom. Elle posa un sous-bock sur le bois fauve du comptoir, puis la bière par dessus.

— On se connaît, lui dis-je.

Elle me fixa, interloquée. J'avais un souvenir vague de son visage, je n'aurais su dire si elle avait changé, un peu, beaucoup. Elle avait à peu près mon âge, trente-cinq ans, facile – et elle les faisait. Dans ses yeux, d'un brun chaud et changeant, flottait une résignation qui me fit penser aux miens. En dehors de ses mains, elle n'avait rien de particulier, ni belle ni laide, à la manière de Lise, si ce n'est qu'elle dégageait une douceur paradoxale, brusque, désenchantée. Les réclames au néon derrière le bar distordaient les couleurs, rendant sa chevelure de nuance indistincte ; dans ma jeunesse, elle était blonde. Très blonde.

— Ah ? Si vous le dites.

Elle se détourna pour lancer des cafés sous le percolateur, indifférente à moi, en mode automatique. Je me creusai la cervelle pour tenter de retrouver son prénom ; peine perdue. C'était l'une des filles à résilles, l'une des filles de mes dix-neuf ans. Si j'avais oublié la plupart d'entre elles, ces mains avaient imprimé ma mémoire, à la manière d'un tatouage dans le dos. On ne le voit jamais, sauf à faire des acrobaties devant la glace ; on finit même par négliger son existence, jusqu'à ce qu'un tiers vous la rappelle – *qu'as-tu là sur la peau, qu'est-ce que cela signifie* ? Cette fille avait, au creux des reins, une minuscule étoile tatouée à l'encre bleue, comme une étrange annexe à l'éclair sur son bras.

— Vous avez à la naissance des fesses une petite étoile. Une toute petite étoile, si petite qu'il faut y regarder à deux fois pour ne pas la prendre pour un grain de beauté.

Elle fronça les sourcils, lâcha ses cafés devant trois vieux Arabes juchés à côté de moi.

— Qui es-tu ?

— Nathan. Je m'appelle Nathan. On a couché ensemble… Il y a très, très longtemps.

— Tu ne m'as pas beaucoup marquée, fit-elle avec une moue taquine, ses lèvres partant de biais sur le côté droit comme tirées par un fil.

À ce moment-là, je réalisai qu'elle était jolie. Jolie à sa manière. Je compris ce que j'avais pu lui trouver, même si, à l'époque, j'embarquais tout ce qui avait un derrière correctement calibré et semblait assez saoul pour m'accompagner sans poser de questions.

— Alors ? Que deviens-tu ?

Je haussai les épaules. Elle demandait cela par politesse, ou par défi, je ne sus pas trop. Une réaction adéquate aurait donné quelque chose de cet ordre : « Je vais bien, je suis architecte d'intérieur, je vis à Paris, de passage pour les fêtes, et toi, miss, qu'est-ce que tu deviens ? » Mais ce que je répondis fut très différent.

— Je ne sais pas. J'ai deux enfants, leur mère est morte. Je fais ce que je peux.

Je la sentis jeter un coup d'œil à mes mains, à mon annulaire où brillait encore le cercle de notre amour. Ses mains à elle étaient vierges de tout.

— Nathan, tu dis... ?

Elle me dévisagea, sourcils froncés. Ses sourcils étaient si blonds qu'ils existaient à peine. Depuis un moment, deux types dans la salle lui faisaient de grands signes ; l'un d'eux beugla qu'il voulait « la même ». Elle lui offrit son majeur en guise de réponse, ce que je trouvai, étrangement, plutôt mignon.

— Nathan. Le *Factory*... Tu vivais à Perrache, c'est ça ? Un studio biscornu avec un long couloir ?

— C'est ça.

— Tu ne sais plus comment je m'appelle, hein ?

Elle le dit sans agressivité, avec un demi-sourire juste désabusé – *sans rancune*. Je me tus.

— Claire. Je m'appelle Claire. C'est tellement commun, je ne peux pas t'en vouloir.

Claire. Évidemment. « Les mains claires. » J'avais écrit une nouvelle qui portait ce titre ; j'écrivais beaucoup, à l'époque.

— Eh bien, je suis content de te revoir, Claire.

Les deux gars à la table du fond, verres de whisky vides, continuaient de gesticuler à son attention. Elle soupira et entreprit de les servir. Je la regardai faire, ses longs doigts s'agitant autour des bouteilles, ouvrant des frigos, cassant des glaçons. C'est idiot, Cora, et je m'en excuse, mais je pensai à quelque chose de l'ordre du destin. Pourquoi avais-je choisi ce bar plutôt qu'un autre ? Pourquoi avais-je oublié toutes ces filles, sauf les « mains claires », et me voilà tombant sur elle, ce jour précis où mon passé allait réapparaître, enfoui si profond mais qui, par le retour de Thomas Bataille, ressurgissait de terre tel le bras d'un zombie dans un film d'épouvante ? *Tout est possible*... Une bande de jeunes gens entra, investit la plus grande table, rire bruyant, verbe haut, fringues colorées. Claire s'affaira, je bus ma bière. Je gardai longtemps les paumes autour du verre pour les rafraîchir ; il faisait froid, même dans le café, mais je me sentais brûlant. Sans en avoir conscience, la congère de mes entrailles commençait à fondre, créant d'étranges remous à l'orée de mon ventre. À la table des jeunes, un garçon replet avec une casquette de travers parlait à l'oreille d'une brune aux cheveux d'un raide surnaturel, et la fille gloussait de temps à autre au-dessus d'un tee-shirt à l'effigie des Strokes. J'étais de plus en plus oppressé. Mon cœur battait trop vite, j'avais des sueurs froides et du mal à respirer. Je savais de quoi il s'agissait et mon sentiment de déréalisation en avait été le signe annonciateur : attaque de panique. Après ton décès, j'en fis beaucoup, à tel point que le médecin me prescrivit du Xanax à haute dose. Certains jours, je ne pouvais même plus me déplacer. Il me fallait descendre des bus (je ne prenais plus le métro, dont il est trop difficile de s'extraire rapidement) car une bulle d'angoisse se formait sous mon plexus solaire, mes jambes devenaient liquides, mes bras fourmillaient comme si mon sang entrait en ébullition. Mon corps me lâchait, il fallait que je sorte, *de l'air, de l'air, de l'air.* Cela faisait des années qu'une telle chose ne m'était plus arrivée. Je ne sus si cette crise était liée à Claire, au rendez-vous avec mon père, à ma nostalgie, aux événements dans la maison – le tout, certainement, s'étant cristallisé jusqu'au point de fusion.

Je sortis du bar aussi vite que possible, mû par le même désarroi qui me faisait jadis descendre des bus. Dehors, je tentai la respiration abdominale, comme le psy me l'avait enseigné. *Ça va passer, ça passe toujours, tu le sais, souviens-toi, ça passe toujours* ; mais la rue Sainte-Catherine en soi est claustrophobique, étroite, ses immeubles hauts, décrépis, son enfilade de pubs irlandais aux enseignes agressives, sillon pierreux et mal famé de petits truands, dealers, simples gamins portés sur la bagarre, prêts à cracher leur rage au nez du premier venu. La nuit tombait. Il faisait sombre à nouveau, ciel dépressionnaire, conglomérat de nuages noirs, amoncelés. En une demi-heure, tout avait changé ; c'était un autre monde, un autre pays. Je respirais à peine, noyé debout, mince filet d'air vicié comme têté à la paille. J'avais envie de partir en courant, mais je n'avais pas réglé ma bière. Je suis ce genre de personne honnête jusqu'à la mœlle. L'idée même de voler m'est intolérable, sans doute à cause d'un mauvais souvenir d'enfance où ma mère, sans le faire exprès, avait laissé tomber une paire de chaussons de gymnastique sur la roue de son Caddie. À la sortie du Prisunic, tandis que nous rejoignions la voiture, un vigile nous avait alpagués, traitant Grâce de voleuse, nous traînant littéralement dans les couloirs du magasin jusqu'au bureau du directeur, moi en larmes ne comprenant rien, maman livide tentant d'expliquer qu'il s'agissait d'une erreur, que le Caddie avait dû agripper les chaussons par inadvertance, des chaussons qui, de surcroît, n'étaient à la pointure de personne. Cet épisode sans gravité m'a fortement marqué, car je vis ma mère humiliée et, à cet instant, vers six ans, je compris ce qu'était l'injustice. Si je retrouvais ce vigile, cet imbécile bouché, je lui casserais la gueule. Quoi qu'il en soit, je devais absolument régler ma bière, mais je ne parvenais pas à me calmer – détresse en avalanche, sensation vertigineuse de gouffre, déséquilibre de l'univers, angoisse de ne pas payer mon demi, angoisse d'angoisser davantage si je rentrais dans le bar… J'étais à deux doigts du malaise vagal, quand Claire sortit fumer une cigarette.

— Ah, tu es là ? dit-elle en frottant la pierre de son briquet, flamme vacillante et jaune embrasant l'éclair au creux de son poignet. J'ai cru que tu m'avais fait une bière-basket.

Elle n'était plus femme-tronc derrière un comptoir, elle était là entière, carré blond, jean étroit, ballerines vernies de jeune fille, l'éclat blanc de ses chevilles nues, graciles comme ses poignets.

— Non, je suis désolé. Il fallait juste que je prenne l'air, je vais…

Je commençai à fouiller mes poches pour trouver de l'argent mais je tremblais trop, m'énervais sur le zip de ma poche intérieure. Je devais sembler à ce point misérable qu'elle posa doucement sa main sur mon bras, sa superbe main pâle sur le noir de ma parka.

— Tu sais quoi, Nathan ? C'est pour moi.

— Non, il n'y a pas de raison, c'est…

— Tais-toi. Je t'invite. De toute façon, j'ai déjà comblé le trou dans la caisse.

— Alors, je te dois la pareille. Je suis encore là demain, on pourrait dîner ensemble ? Si tu veux, enfin, si tu ne travailles pas ?

— Pour quoi faire ?

— Je ne sais pas… Parler ? Parler du passé, prendre des nouvelles ?

Elle me regarda fixement, et je sus alors combien la vie l'avait brisée, combien les hommes l'avaient heurtée, dont moi peut-être, une monumentale tristesse dans le brun profond, mêlée à une dureté impitoyable – Claire était un mur, devenue un mur, une barricade. Dans mon souvenir, elle était fraîche, drôle et pleine d'espoir. Certains détails me revinrent de l'unique nuit passée avec elle. Elle faisait les Beaux-Arts et m'avait montré un carnet de croquis qu'elle gardait dans son sac, une série de monstres étranges à l'encre de Chine. Je dessinais aussi, et j'avais jugé son travail plutôt sidérant.

— Je suis désolé, dis-je sans trop savoir pourquoi.

— Moi aussi, répondit-elle, je suis désolée.

Elle me sourit, un sourire de porcelaine, écrasa sa cigarette à peine consumée. Elle se détourna et disparut dans le bar. À cause des ballerines, elle marchait comme on danse. Je fermai les yeux, très fort, les rouvris ; l'attaque de panique était terminée. Je sentais poindre en moi une lueur de déception. Claire venait de me dire non et, si je n'en avais pas tout à fait conscience, pour la première fois depuis ta mort, Cora, j'aurais aimé un oui.

Je me dirigeai alors vers le point de rendez-vous, tête basse mais bien réel.

Grâce Marie Bataille,
14 juillet 1981, salon,
01 h 50 selon la grande horloge.

Nous avons fait un saut au bal du village, voir le feu d'artifices tiré au-dessus de l'église. Il y avait un spectacle musical, dans lequel Frédéric Fargeot jouait de l'accordéon – quel costume, Thomas, ce costume en velours rose qu'il portait, incroyable ! Nous avons ri, tant ri, nous avons bu, dansé et, sous les lumignons en papier tricolore, je remerciais le ciel, je remerciais la vie, je remerciais la France – on t'a rendu à moi ! Je te serrais si fort, chéri, agrippée à tes épaules, tes bras, tes mains, tu m'as fait valser, sauter, je fermais les yeux et j'avais vingt ans, je venais de te rencontrer, j'étais au sortir de la plage dans cette robe jaune canari, robe qui tourne comme celles qu'adore Lise. Nous parlions avec les gens, les voisins, Édouard, les Chapelle, Estelle Fargeot, Pignon et les autres, je me foutais de ce qu'ils racontaient mais de temps en temps, tu me prenais par la taille, ça faisait si longtemps que tu n'avais eu ces gestes, naturels et gratuits, ces gestes de tendresse…

Alors ce soir, je songe : « Quelle idiote, mais quelle sacrée idiote j'ai été ! » Se rendre malade ainsi pour une petite fille !

Peut-être avons-nous enfin surmonté le deuil. Peut-être la gamine, au fond, nous y a-t-elle aidés. Son excès de vie a fait revenir la vie. Le désir que tu as pu avoir à son égard fut peut-être le premier pas, le bon pas, la réactivation d'une mécanique grippée. C'est étrange : je n'ai plus de colère. Ni envers elle ni envers toi… Ni envers moi.

Cette rage contre moi, matérialisée par le rhinocéros assis sur ma poitrine, peau dure, grise, défenses, cornes, cocue.

Naturellement, je préférerais qu'elle ne revienne jamais ; il ne faut pas exagérer. N'empêche, mon esprit a changé d'orientation. J'arrive désormais à concevoir Christina comme un médicament, amer sur le coup, qui vous rend malade, malade à en crever, mais finalement vous soigne, vous guérit et vous sauve. Ses hypothétiques potions étaient peut-être des philtres à effet retard… ? L'histoire de son père, cette histoire de loyauté infinie, lui aurait-elle donné foi en l'Amour ?

Alors, au lieu de voler le nôtre, elle nous l'a restitué.

Dans la douceur de cette nuit d'été, je ressens les choses ainsi, parfums d'herbe coupée dans l'atmosphère, brassés magnifiques par la fenêtre ouverte – et ce noir sidéral qui, tel un écrin, nous protège du monde.

Dans ton sommeil, tu souris.

Vrai, un léger sourire marche sur ton visage comme une majorette, un sourire d'enfant que je ne t'avais plus vu depuis si longtemps – un sourire obsolète depuis Aurélien.

Toi aussi, tu as rajeuni ; les miracles du sexe, lifting pour pas un rond.

Je ne suis pas jalouse, cette fois. Je ne suis pas jalouse de tes rêves.

Après-demain, nous partons pour Barcelone. Le ferions-nous, ce troisième bébé… ? Serions-nous prêts ? Je me sens prête. Prête à grossir de nouveau pour une cause supérieure. Les gosses grandissent si vite… Je n'ai pas profité de Nathan. Je n'ai pas pu, pas su profiter de lui.

J'avais oublié la sérénité. Certains sentiments, lorsqu'ils s'en vont, deviennent des mythes. On n'en garde pas trace, ni souvenir palpable ni sensation physique ; et l'on finit par croire qu'ils ne sont que des mots, créations de langue inutiles, sans substance, signifiants sans signifiés.

Certains sentiments n'existent qu'au présent. Mais, dès lors qu'ils réapparaissent, tout réapparaît avec eux.

Sérénité... Si difficile à obtenir, si difficile à garder.

Mais le capitaine a repris le pouvoir, Thomas. La sérénité fait réapparaître celle que je suis, celle que tu as aimée, celle que tu aimes.

Car tu l'as dit, cette nuit. « Je t'aime. »

Tu l'as dit.

Oui, l'amour, c'est comme la météo. Sans arrêt, on se trompe.

Lise était déjà arrivée au Grand Café, tordant nerveusement une serviette en papier. Devant elle, un verre de vin blanc.

Thomas Bataille avait vingt-neuf ans de retard mais nous étions, ma sœur et moi, tous les deux en avance. Je m'assis face à elle. Un barman, costumé Pie-qui-Chante, débarqua aussitôt.

— La même chose, s'il vous plaît.

Le barman repartit, dans un empressement brusque.

— Qu'est-ce que c'est, au fait ? demandai-je à ma sœur, bien qu'il fût trop tard.

Elle haussa les épaules.

— Le vin, moi, ça ne m'intéresse pas. Tout ce qui m'intéresse, c'est de le boire.

Lise et moi nous fixâmes un moment sans rien dire. Nous redoutions cette rencontre, ne savions à quoi nous attendre, mal à l'aise de nous retrouver ainsi en tête à tête, ce qui arrivait rarement. Les grands miroirs dorés reflétaient les visages, fripés pour la plupart, les corps las, les lourdes tentures. Je sentais la peur se reformer en moi, ces rôles à jouer, formes truquées d'enfant, fille, fils, scène de petit théâtre dans un théâtre plus grand. Pour divertir l'angoisse, je sortis de ma poche le polaroïd déchiré, le glissai sur la table. Lise s'en saisit, y jeta un coup d'œil.

— Quoi ? Où tu veux en venir, avec ce vieux machin ?

— La fille… Celle qu'on ne voit pas… Qui ça peut bien être ?

— C'est Christina, dit-elle en haussant les épaules, comme si c'était l'évidence même.

Elle but une gorgée de chardonnay ; le mien arriva, posé sur un napperon en crépon blanc – ce que Lise avait trituré au point de le mettre en pièces.

— Tu ne te souviens pas ?

Je secouai la tête.

— C'était une fille au pair… C'est vrai, tu étais petit. Elle est restée chez nous un an, quelque chose comme ça, quand maman a recommencé à bosser à Grange-Blanche. Un beau jour, elle est partie, et on n'en a plus jamais entendu parler.

Je me rappelais Élodie, une adolescente du village, la fille d'un voisin un peu simplette mais adorable, qui s'occupa de nous pendant près de cinq ans, avant de se marier et de descendre au Sud rejoindre son époux. Je me rappelais Marisa quand j'avais une dizaine d'années, Portugaise haute en couleurs, les hanches arrondies comme un fût de chêne. Mais elle, *Christina,* ne me disait absolument rien.

— Tu l'adorais. Tu passais ton temps à la dessiner. Déjà à l'époque, tu dessinais très bien. Trop bien, c'était limite flippant, ce gosse minuscule qui dessinait comme une grande personne… Ça faisait un peu singe savant… sans t'offenser, hein !

— J'ai l'habitude, avec toi.

Elle sourit, me colla une chiquenaude.

— Elle ressemblait à ce tableau, tu sais, *La Jeune Fille à la perle* ? Mais bon, tu n'avais que quatre ans. C'est normal que tu l'aies oubliée.

— Tu l'aimais bien, toi ?

Lise se gratta la tête, l'arrière de la tête. Elle avait tressé ses cheveux roux, les avait relevés en chignon, une coiffure inhabituelle qui la rajeunissait. Pour le reste, elle était vêtue comme d'ordinaire lorsqu'elle voulait être élégante, Levi's brut, chemise à motifs floraux et blazer noir. Point d'étrange robe en soie rouge ; Lise était Lise, le poulain-étalon.

— Au début, oui, je crois. Elle était tellement jolie, on aurait dit qu'elle sortait d'un livre d'images. Elle venait d'Europe de l'Est, elle avait un accent marrant. Mais après, j'ai senti que maman ne l'aimait pas.

— Et tu t'es rangée du côté de maman.

Lise but une gorgée de vin, ostensiblement pour ne pas relever ma pique. Ma sœur se rangeait toujours du côté de notre mère ; leur seul point de discorde était la maison, qu'elle jugeait trop grande et trop fatigante pour elle, cette maison qui valait une petite fortune et que Lise cherchait à lui faire vendre depuis des lustres sans y parvenir. L'argent, chez ma sœur, avait toujours été un problème, pour ne pas dire une obsession.

— Range cette photo, dit-elle soudain en la poussant sur la table.

J'obéis et me retournai, le cœur accéléré. Un homme venait de passer les portes battantes ; je ne le reconnus pas mais Lise, elle, sut immédiatement de qui il s'agissait. Elle leva le bras, lui fit un signe. L'homme s'approcha de notre table, dans l'atmosphère feutrée du Grand Café. L'univers sembla ralentir. Le brouhaha se feutra lui aussi, comme si je portais soudain des bouchons d'oreilles. Lorsqu'il arriva à notre hauteur, Lise se leva, à la manière d'une élève, ou d'une accusée au tribunal. Pas moi. Je ne sais pas très bien ce que je ressentais, mais certainement pas l'envie de me lever, d'accueillir proprement cet homme qui nous avait abandonnés.

— Lise… murmura-t-il – et par sa voix, cette fameuse voix grave et sophistiquée, ma petite enfance se rouvrit au silex, plaie jamais suturée.

Ma sœur ne répondit pas. Thomas ne savait visiblement pas quoi faire et, finalement, se pencha vers elle pour lui donner une bise ; cette bise me parut obscène. Au frisson qui parcourut l'échine de ma sœur, je compris qu'elle la choqua aussi. Thomas se tourna vers moi, moi toujours assis, lui me surplombant de cette haute stature pareille à mon souvenir, les lustres derrière lui diffusant une chaude lumière de cheminée.

— Nath'.

Il me tendit la main, je ne la saisis pas. Je n'avais pas décidé d'agir ainsi, ce n'était pas de la provocation ; simplement, je n'y parvins pas. Mon corps refusa d'obéir, de faire le geste. La main de mon père – car c'était bien de lui qu'il s'agissait, *mon père* – retomba doucement contre le tweed épais de son manteau. Lise se rassit. Il l'imita, prit place à ma gauche.

Nous étions là tous trois, dimanche 26 décembre, trois fragments de famille brisée, d'abord chiens de faïence, à nous jauger, nous observer, toutes ces pensées qui devaient défiler dans nos têtes, bruits, voix, images, charivari interne. Je me sentais rigidifié, comme un enduit en train de prendre. Ma sœur, elle, semblait redevenue l'enfant de onze ans quittée par son père, ce père à qui – Lise l'a toujours dit, à tout le monde sauf à notre mère – elle avait voué un culte sans faille.

— Vous avez bien grandi, murmura-t-il enfin.

Tu m'étonnes, connard.

Le barman arriva et, à son tour, Thomas répondit :

— La même chose, s'il vous plaît.

Père, fils, écho. Nous avons aujourd'hui des voix similaires ; ma sœur m'en ferait la remarque, plus tard. Pour ma part, je n'arrivais pas à dire quoi que ce soit. Je n'envisageais pas de le tutoyer, mais le vouvoyer eût été trop bizarre. Alors je ne dis rien et laissai faire Lise, Lise la grande gueule qui n'était plus, désormais, qu'une fillette effrayée.

— Eh bien… Qu'est-ce que… Enfin… Comment vas-tu ?

— Je vais, Lise. Je vais, merci. Et toi ? Que fais-tu ? Qu'es-tu devenue, à part une belle jeune femme ?

Elle rougit, baissa les yeux, entreprit de mettre davantage en pièces le napperon en papier.

— Ça va. Je travaille aux Galeries Lafayette. Tu sais, à la Part-Dieu ?

Thomas acquiesça, oscillation de son épaisse chevelure grise, brillante comme du zinc. Je pensai à une chose stupide, dérisoire ; je pensai que je ne serais jamais chauve, la calvitie étant le plus souvent une donnée génétique. Il était encore beau, svelte, presque maigre. Il avait près de soixante-dix ans, ne semblait pas plus jeune ;

mais oui, il était encore beau, le visage glabre, mobile, animé par son regard intense, brun tirant sur le vert – ce regard qui ressemblait au nôtre, à Colin et à moi. J'avais pourtant beaucoup de mal à le reconnaître. Sans quelques photos rescapées, échouées dans des albums aux angles racornis, j'aurais pu le croiser dans la rue sans même me retourner.

— Tu t'y plais ? Ça doit être fatigant, je connais le commerce…

— J'ai plein de parfums gratuits !

Lise se mordit la lèvre, réalisant ce qu'elle venait de dire ; c'était sorti tout seul, elle n'avait pu s'en empêcher. Elle avait eu l'air plus encore enfantine, comme ayant déclaré : « À la boulange, j'ai des bonbecs gratis ! » Mais Thomas sourit, un sourire franc, amusé.

— Ce n'est pas si mal ! D'ailleurs, tu sens très bon.

Cette fois, elle devint écarlate ; une nuée de petites plaques rouges apparut dans l'échancrure de son chemisier. Il la dévisagea un instant, puis lâcha :

— C'est prodigieux, ce que tu ressembles à ta mère.

Son ton était neutre, sans émotion. Bien qu'il s'agisse vraisemblablement d'un compliment, Lise en fut blessée ; elle fixa le pied de son verre, comme si un film à grand spectacle y était projeté. Sur ce, Thomas se tourna vers moi.

— Nathan… Tu ne dois même plus savoir qui je suis, depuis le temps.

Connard. Connard. Connard. Je lui trouvais un culot monstre.

— Je t'ai connu pendant quatre ans, rétorquai-je. Comme ma femme. Le temps est une chose très relative. Certaines années comptent plus que d'autres.

Son vin arriva. Il l'observa sans y toucher, les deux mains coincées entre ses cuisses, prisonnières d'un velours côtelé bleu marine. Le barman posa une coupelle d'olives noires et une pile de petites serviettes. Je lui en sus gré pour Lise, entourée de confettis. Instantanément, elle en saisit une entre le pouce et l'index, s'apprêtant à lui faire subir le même sort qu'au napperon.

— Je suis heureux que tu sois marié.

— Je suis veuf.

La main droite de Thomas, soudain affolée – lui qui semblait jusqu'alors si calme –, se libéra pour saisir son verre. Il le souleva, contempla le vin, le sentit. Il le sentit anormalement longtemps, comme s'il avait une absence. Je jetai un coup d'œil à ma sœur ; elle regardait à travers la baie vitrée, absente elle aussi, les doigts crispés sur son bout de serviette. *Nous sommes comme cette serviette,* pensai-je, *déchirés,* elle par la tristesse, moi par la colère.

— Je suis navré, chuchota-t-il finalement.

— Pas autant que moi. Mais en ce qui me

concerne, je suis un bon père. Si tu veux tout savoir, tu as deux petits-enfants.

J'étais agressif, trop, et Lise revint parmi nous pour me lancer un regard noir, l'air de dire « S'il te plaît, Nathan, ne fais pas ça, ne gâche pas tout ».

— Vraiment ? Garçons, filles ?

— Un de chaque. Des faux jumeaux.

Thomas pâlit. Son teint venait de s'assortir au vin, blanc cassé.

— Soline et Colin, intervint Lise, semblant vouloir reprendre les rênes de la conversation, exister de nouveau. Ils ont six ans. Enfin presque, dans quelques semaines. Ils sont très chouettes. Très rigolos.

— Je suis content, murmura notre père. Vraiment content que l'histoire ne se soit pas répétée.

— L'histoire ? demandai-je en fronçant les sourcils.

Il blêmit de plus belle, avala son verre d'un trait.

— Et toi, Lise ? Tu n'as pas d'alliance, mais tu as un ami, peut-être ?

— Je n'ai pas beaucoup de chance avec les hommes…

— Quelle histoire ?!

Thomas regarda autour de lui, l'air de vouloir s'enfuir. Quant à ma sœur, ses yeux étaient d'acier, comme si je lui volais sa place, son temps de parole. Le Grand Café des Négociants…

Quelle blague ! Nous n'étions ni soyeux ni diamantaires, mais les négociations venaient de commencer.

— Rien, Nathan, ce n'est rien. Je me suis trompé.

Mais il ne pouvait pas s'en sortir, et il le savait. Lise se serait damnée pour une cigarette – j'en étais certain car c'était aussi mon cas, même après des années d'abstinence. Silence. Un silence chargé de négativité, poisseux, pareil à celui qui avait suivi l'annonce de son retour, là-bas, à la maison.

— Je pensais que tu savais, aujourd'hui… Je pensais que tu étais au courant.

— Mais de quoi, nom d'un chien ? Tu es là pour quoi, si ce n'est pas pour nous donner des réponses ?

Je sentais la colère me submerger. J'avais envie de le frapper, de lui retourner une immense gifle qui lui ferait aussi mal que nous avait fait mal sa disparition. Il le sentit car, après un bref mouvement de recul, il se décida à parler. Sa voix fut calme, son ton posé, pour m'annoncer un fait qui allait remettre en cause toute mon identité.

— Tu aurais dû avoir un frère. Un faux jumeau lui aussi, mais un garçon. Le bébé était mort bien avant l'accouchement, tu sais. Ton frère n'a jamais réellement existé. Mais comme tu as eu toi aussi des jumeaux, j'ai pensé que ta mère te l'avait enfin dit.

Dans ma tête, il y eut un grand éclair, blanc et intense, un flash. *Je n'aurais pas dû être seul.* Ce sentiment, ce fameux sentiment de perte et d'abandon, faisait soudain sens. *Profondément seul, et toujours observé.* J'étais deux. J'aurais dû être deux. Et tu avais raison, Cora : si ta grossesse fut gémellaire, c'était peut-être ma faute, au moins en partie. Difficile de décrire ce que je ressentis, les mots manquent, si faibles tout à coup. Ce qui prima, je crois, fut du soulagement. J'avais vécu avec une chose innommable, et cette chose venait d'être nommée.

— Pardon, Nathan. Je croyais que tu savais.

— Non, je ne savais pas. C'est pour ça que tu es parti ? Ce bébé mort, ça vous a foutus en l'air ?

— Oui, ça nous a foutus en l'air. Votre mère a changé, après ça. Elle est devenue bizarre, agitée. Méchante, aussi. Et nous n'arrivions pas à parler de lui… d'Aurélien…

Aurélien. *Aurélien et Nathan. Nathan et Aurélien.*

Le regard de Lise allait de lui à moi, puis de moi à lui, papillon égaré, seule sur la banquette, père et frère face à elle, ces hommes absents, étrangers. Son visage s'était nettement durci ; l'étalon était revenu. Je me demandai alors si elle savait. Si elle avait toujours su. Après tout, à l'époque, elle avait près de sept ans. Mais sa réaction me fit penser le contraire.

— Et vous n'auriez pas pu dépasser ça ? cracha-t-elle, agressive à son tour. Tu as perdu un enfant, alors tu as décidé de larguer les deux autres ? Tu trouves ça logique ? Dis-moi, ça te paraît un comportement logique ?

Il secoua la tête, baissa les yeux. *Vieil homme*, pensai-je. *Tu n'es qu'un pauvre vieillard, Thomas Bataille*. Il but une gorgée, fit pleurer le vin aux courbes du ballon ; sa main tremblait.

— Je ne suis pas parti à cause d'Aurélien. Pas seulement. En tout cas, je ne suis pas parti à cause de vous. Au contraire, vous quitter fut le plus difficile... Je suis parti parce que je devais partir. Parce qu'il n'y avait pas pour moi d'autre solution.

— Alors, quoi ? demanda Lise, après avoir englouti son verre d'un trait, dans une sorte de hargne alcoolique. Pour quelle raison « supérieure » peut-on abandonner ses enfants ?

Le regard de Thomas se glaça. Son menton impeccablement rasé se mit à vibrer, comme si on l'accusait d'un crime qu'il n'avait pas commis.

— Je ne vous ai pas abandonnés. J'ai envoyé de l'argent à votre mère. Tous les mois, jusqu'à votre majorité. Je l'ai aidée...

— Ouais. Des virements sur son compte, de sorte qu'on sache jamais où tu étais !

— L'argent, ça ne remplace rien. Si à ton âge tu n'as pas compris, c'est vraiment grave.

— Je sais… Je sais.

Thomas hocha la tête plusieurs fois, penaud, me fit penser à ces saint-bernard de plastique à l'arrière des bagnoles.

— En fait, dit-il doucement, pour vous expliquer pourquoi je suis parti, je dois vous expliquer pourquoi je suis revenu.

LA grande question. Nous y étions.

Lise héla la Pie-qui-Chante et commanda une bouteille de vin ; les verres, certainement, n'allaient plus suffire.

Grâce Marie Bataille,
(ce qu'il en reste)
21 juillet 1981, chambre,
01 h 02 selon le radio-réveil.

Je n'ai rien à dire au sujet de Barcelone, nous n'y sommes pas allés : urgence professionnelle. Pas d'avion pour l'Espagne, tu es à Shanghai – « une nouvelle branche, cas de force majeure ». Pour notre anniversaire, tu parles Cocotte-minute à de foutus bridés.

Ne suis-je pas, moi, un cas de force majeure ?

Non, visiblement pas.

Incessamment sous peu, ma vie n'a plus de sens.

Je ferme les yeux, reconstruis Barcelone de nuit, vue d'avion. L'expérience m'avait fortement marquée. J'étais près du hublot et, longtemps, j'étais restée le nez à la vitre, ébahie par ce qui se passait en dessous, les lumières de cette ville si rectiligne qui, de là, semblait un microprocesseur. D'immenses rectangles noirs délimités par des traits de lumière, formes géométriques, topographie insensée et sublime où mon regard se perdait dans un vertige orange. J'avais joué à deviner la signification des différents foyers. Un jardin ? Une piscine ? Une rue ? Un périphérique ? Maison, immeuble, building ? Tous ces petits incendies méthodiques paraissaient indéchiffrables, aussi imbitables pour moi que des circuits intégrés. Au fur et à mesure que la cité s'éloignait, que nous prenions de l'altitude, il fit de plus en plus noir ; bientôt, il n'y eut plus derrière le hublot que de l'obscurité. À mes côtés, tu avais commandé un whisky, et je ne m'en étais même pas rendu compte.

Je me sens comme ça. Comme Barcelone la nuit vue d'avion. Comme si ma vie s'éloignait peu à peu dans mon dos, de plus en plus illisible, un sourire meurtrier accroché à la face.

Les enfants ne rentrent de colo que vendredi prochain. Toi, le lundi suivant. La gamine, quelques jours plus tard. Je me sens volée. Vide, cambriolée.

J'allume toutes les lampes, mais l'obscurité tarde à s'en aller. Pour la première fois, la maison me fait peur. Tout craque, explose, le macaron d'orage détone entre les murs. Je me fissure de l'intérieur. Je ploie, je romps.

Je suis poudrière, sans savoir encore où je vais éclater.

D'ici quelques jours, le prince Charles épousera lady Diana. Le bonheur des autres me dégoûte, je n'allume plus la télévision. Je reste dans le silence, couchée la plupart du temps – *Sommeil, abîme merveilleux !* Plus besoin de comprendre, de chercher, de retourner les choses comme des fragments de boue. N'être plus là. Arrêtée. Décapitée.

Dans ma tête, il y a une chanson, une petite chanson qui dit :

« Si je n'existais plus, tu n'existerais plus,
et le chagrin avec nous s'en irait au néant. »

J'avale les cachets, un par un, comme nos enfants avalent ces bonbons colorés qu'ils portent en parure autour de leurs cous lisses.

Si je n'existais plus, si je n'existais plus, si je n'existais plus…

J'ai dévalisé la pharmacie de l'hosto.

Lise goûta le vin, hocha la tête à l'attention du serveur, puis fixa notre père.

— Tu es mourant ?

— Non. Seule ma mémoire est en train de mourir.

— C'est-à-dire ?

— On vient de me diagnostiquer Alzheimer. Bientôt, je vous aurai oubliés. Et je vais l'oublier, elle aussi.

— Maman ?

— Votre mère, oui, en effet. Je vais tout oublier et ensuite, je mourrai pour de bon. Mais ce n'est pas d'elle que je parle, Lizzie. Je parle de Christina.

Ma sœur tiqua au surnom, « Lizzie ». Il était sans doute le seul à l'avoir jamais appelée ainsi. Pour ma part, je tiquai à « Christina ». *–tina*, encore et encore. Cette fille avait visiblement ruiné notre existence et strictement rien d'elle ne subsistait en moi.

— Vous vous souvenez ?

Lise acquiesça, je regardai le vin dans mon verre. Sous la table, ma jambe droite s'était mise à trembler, mouvement incoercible.

— Tu étais trop jeune, Nathan. Mais toi, Lise ! murmura Thomas. Tes cheveux… Pourquoi as-tu fait ça à tes cheveux ?

— Il y a quelques années, j'ai eu envie de changer de tête. Toi, ne change pas de sujet.

Notre père s'affaissa sur sa chaise, se voûta imperceptiblement, sembla plus émacié. Il se frotta la tempe et composa un sourire raté, machinal.

— Je suis ici… comme… en pèlerinage. Pour vous, pour elle. Mon départ est lié au sien et, avant de tout oublier, je devais vous voir. Vous expliquer pourquoi j'avais disparu, avant de disparaître d'une autre manière. Paraît-il qu'Alzheimer, c'est un millefeuille de glace. La mémoire fond par strates… Couche après couche, les souvenirs se désagrègent, des plus récents aux plus anciens… Ce qui est arrivé il y a trente ans me semble plus vivace que ce qui est arrivé hier. C'est bien le problème… Je voulais que quelqu'un se souvienne d'elle, puisque je ne pourrai bientôt plus me souvenir de rien.

— Je ne comprends pas un mot de ce que tu racontes, lançai-je, blessé qu'il fût revenu pour autre chose que nous.

En réalité, je commençai à comprendre. Le souvenir vibrait au-dessus de moi comme une corde – mais je n'étais pas prêt à entendre le son qu'elle produisait.

— J'étais amoureux. Je suis tombé amoureux d'elle, amoureux fou. Votre mère fut une compagne mais Christina, c'était la femme de ma vie.

Je crus que ma sœur allait s'étouffer.

— La *femme* de ta vie ?! Elle sortait à peine de l'adolescence !

— Je sais, Lise. Je n'y peux rien. Ce qui s'est passé entre nous, on aurait dit une catastrophe naturelle. Un… Un…

Il chercha le mot, ne le trouva pas. Une légère panique affecta son visage, il but une gorgée de vin ; nous attendîmes en silence.

— Un séisme ! Christina et moi, c'était un séisme. Je vais être dur, pardonnez-moi, ou pas, ça n'a plus d'importance. J'ai du mal à l'avouer, mais je ne regrette rien. J'ai abîmé votre vie, celle de votre mère… Je n'en tire pas fierté, au contraire. Déjà, à l'époque, je me regardais dans la glace et je me demandais : « Qui es-tu ?! Qu'es-tu donc devenu, pour agir de la sorte ? » À tort ou à raison, je me suis toujours considéré comme quelqu'un de bien, avec des principes, des valeurs… Du flan, tout ça. Je me haïssais, mais je n'y pouvais rien. Aucune circonstance ne m'aurait fait agir autrement, quel qu'en soit le prix. Je pourrais vous mentir, mais je vous dois au moins ça, la vérité : je n'ai aucun regret. Si c'était à refaire, je recommencerais.

Il avait les yeux rouges, comme s'il allait pleurer. Je cherchai cette gamine au fond de ma mémoire ; m'apparut alors l'image du rêve, la superbe jeune fille à la tête rasée. Cette image – un impact de balle en travers de mon crâne, explosion fragmentaire.

— J'ai lutté, vous savez… Des mois, j'ai lutté. Christina lutta aussi, mais cette bataille était perdue d'avance. Je ne sais pas si vous avez connu un amour de cet ordre… Je vous le souhaite, vraiment. La vie ne vaut pas d'être vécue sans ça. C'est con… Je sais, je parle comme un vieux con. Je suis un vieux con, et vous avez toutes les raisons de me détester. De toute façon, il est trop tard. Bientôt, je ne parlerai plus du tout, m'oublierai n'importe où comme un clébard à l'agonie. Votre vengeance, vous l'aurez… C'est juste une question de temps.

Thomas fouilla la poche de son manteau, en sortit une enveloppe. Il la garda longtemps serrée contre lui, à nous rendre jaloux. Les bords du papier étaient jaunis, témoins d'une ère passée, d'un monde révolu.

— Nous avions une cachette. Elle et moi, nous avions une cachette… Dans les combles, sous la fenêtre ronde, il y a – ou il y avait, à l'époque – une pierre mal scellée. Il était aisé de l'enlever, puis de la remettre. Christina l'avait découverte un jour en faisant du rangement. Tu as raison, Lise. En quelque sorte, c'était encore une enfant… Et comme les enfants, elle avait trouvé ça amusant. Elle avait commencé à y cacher des babioles, un de ses bracelets, une photo de ses parents, les lettres de sa mère… Son pays lui manquait. Cette cachette, elle l'appelait le « bébé-temple ». Quand notre liaison a débuté, cet été-là, l'été 1981, nous avions pris l'habitude de nous laisser des choses dans cette cachette, des symboles, des petits mots, parfois une fleur, ce genre de bêtises… Comment vous dire. Avec elle, j'étais jeune. Heureux, beau, libre, insouciant. Depuis ta naissance, Nathan, les choses étaient vraiment difficiles avec Grâce. Avant même Christina, j'envisageais de partir. Mais j'étais lâche, je n'avais pas le courage. Et puis il y avait vous, je vous aimais, croyez-le ou non, mais je vous aimais… Peu avant Noël, cette même année, j'étais en déplacement. Vous devez vous en souvenir, je voyageais beaucoup. À mon retour, Christina n'était plus là. Volatilisée. Toutes ses affaires avaient disparu. C'était si brutal, si surprenant ! Grâce m'a simplement dit qu'elle avait décidé de partir, sans préciser où ni pourquoi. J'ai d'abord pensé qu'il lui était arrivé quelque chose… mais dans notre cachette, cette cachette que nous étions seuls à connaître, il y avait une lettre. Alors, j'ai compris que c'était vrai. Elle était partie, elle m'avait quitté. Les événements qui se déroulaient en Pologne à l'époque l'avaient peut-être poussée à rentrer auprès des siens… Mais après son départ, je n'ai plus su comment vivre.

Il marqua une pause, semblant s'efforcer de trouver la meilleure formule, une formule à la hauteur de sa souffrance – mais je me fichais bien de sa souffrance.

— Oui, murmura-t-il. C'est tout à fait ça. De la vie, j'ai perdu la notice.

Ce disant, notre père fit glisser l'enveloppe sur la table. Ni Lise ni moi n'osâmes y toucher, paralysés, aphones – nos vies foutues en l'air pour une lolita… Humbert Humbert de pacotille, ce père ! Ridicule ! Infâme et ridicule ! Je bouillai de rage ; ma jambe sous la table tremblait si fort que j'agrippai ma cuisse des deux mains pour la contenir. Au bout d'un moment, ma sœur saisit l'enveloppe. Elle l'ouvrit avec précaution, sortit le papier plié en quatre. Elle lut en silence ; leva les yeux vers Thomas, puis vers moi. Son regard gris replongea dans la lettre, tapée à la machine sur un papier grège, granuleux, qui m'évoqua les draps en lin de mon lit, là-bas, à la maison.

À voix haute cette fois-ci, une voix brisée qui n'était pas la sienne, elle relut le message.

Thomas.

Je ne peux plus faire ce que nous faisons, parce que c'est mal. Grâce pense que je suis une sorcière mais toi, tu sais que c'est faux. Je suis une bonne personne.

C'est insupportable de continuer pour moi. Mon père serait malheureux de ce que je fais.

Je trahis mes Morts.

Je m'en vais. Je suis triste de quitter les enfants, mais je dois retourner dans mon pays. Vous laisser tranquilles.

Tu aimes ta famille plus que tu m'aimes moi.

Tu verras ce que je dis.

La famille est la chose la plus belle et la plus grande du monde.

Je dois retrouver la mienne. En fonder une un jour, peut-être.

Tu es trop vieux pour moi. Toi et moi, on savait que c'était pas possible.

Ne t'inquiète pas, je vais bien, je fais la bonne chose pour nous tous, la chose importante.

N'essaie pas de me retrouver. Je t'en supplie, laisse-moi partir, le cœur léger.

Merci pour le bonheur.

Christina

Grâce Marie Bataille,
16 août 1981, La Royale, table en plastique,
15 h 34 à la pendule du snack.

Je pense à ce fait divers, il y a deux mois environ. Les journaux avaient titré : « Issel Sagawa, les aveux du Japonais cannibale. » Cet homme, ce Japonais, donc, a tué l'une de ses amies, une étudiante hollandaise. Il l'a dépecée, mise en pièces, puis a jeté la majorité de son corps dans le bois de Boulogne, enfermé dans deux valises, non sans avoir conservé quelques bons morceaux au réfrigérateur. Enfin, il a ingéré sa chair. Pour toute explication, il a déclaré qu'il avait *toujours rêvé de manger une jeune fille.*

Un peu plus bas, je vous vois sur la plage. Tu cours après un ballon, la gamine court après toi, les enfants après elle. Vous ressemblez à une publicité pour le Club Méditerranée.

Mais toi, Thomas Bataille, tu m'évoques cet homme, Sagawa, le Japonais cannibale.

Bloc de colère, je suis.

Mon sang est magma, mon souffle soufre, mon ventre cratère. La poudrière explose, je suis en éruption.

Je voudrais seulement que ce sentiment s'arrête.

Cette nuit, j'ai dévalé la dune. Comme ça, en nuisette, je me suis levée, je suis sortie du cabanon et j'ai dévalé la dune. Il fallait que ça cesse, tu comprends ? J'aurais fait n'importe quoi, mais il fallait absolument que ça cesse. J'ai couru jusqu'à l'océan par un noir despotique, juste la lune pleine, pâle et froide. Je suis tombée plusieurs fois dans le sable meuble, je me suis relevée, j'ai continué de courir. Je ne pleurais pas, non, je ne pleure plus, terminé, pas d'eau dans les volcans ; je suis dévastée, il n'y a pas d'autre mot, ce mot revient sans cesse, à toute heure du jour et de la nuit – *dévastation*.

Je suis enfin arrivée aux vagues. J'y suis entrée de plein fouet, sans plonger, sans lutter, elles m'ont accueillie, avalée, je me suis laissé brasser, renverser, ballotter, j'ai bu la tasse, deux fois, trois fois, les rouleaux m'ont plaquée au fond, mon dos a raclé le sable, les pierres, une fois, deux fois, puis l'océan m'a ramenée, malgré moi m'a ramenée, ramenée au bord, brusquement si doux, et j'ai pensé à la main de Dieu dans certaines illustrations, ou à la main du Diable, ou à celle de King-Kong. Ce fut mon impression – une immense main liquide m'avait soulevée, portée jusqu'au rivage, une immense main m'avait sauvée, quelque chose de *plus grand* avait refusé que je meure.

C'est incompréhensible. Je suis si malheureuse, j'ai tant de haine, tant de vilaines pensées… Pourquoi ne m'a-t-on pas laissée partir ?

Allongée dans le sable humide, trempée, glacée jusqu'aux os, à peine capable de respirer, toussant, hoquetant, crachant de l'eau salée par la bouche et le nez, je sus que jamais plus je n'aurais le courage. Jamais plus, le courage de mourir. C'est tout ce que je veux, je n'envisage aucune alternative pour annihiler cette fureur, et je maudis la force qui m'en a empêchée.

Il s'est passé en moi une chose irréversible.

Vous arrivez au snack, publicité ambulante. Vous arrivez et je souris, tant de mois que je porte un masque, je suis une experte en bonheur trafiqué. Tu t'assois face à moi sur une chaise en plastique, les gosses et la gamine épluchent l'ardoise des glaces, tu demandes comment est mon café, je réponds « respectable ».

Je refuse de regarder mais je ne vois que ça, le derrière de cette fille, bombé et agressif sous le lycra vert de son bikini, cette jeunesse qu'elle trimballe comme si elle n'en avait cure – pire des monstruosités, ce naturel, cette désinvolture. Je rentre le ventre malgré moi sous le paréo, inutile, personne n'est dupe.

Ils reviennent tous trois avec des esquimaux, croquent, lèchent, sucent. Tu les observes, et tu souris.

Moi aussi, à son âge, je pouvais m'empiffrer sans prendre le moindre gramme. Moi aussi, j'ai eu ce cul guerrier, arrogant. Pas à ce point phénoménal, mais presque. Moi aussi, j'ai eu vingt ans ; et cette chose-là non plus, le Temps, le passage du Temps, ne cessera jamais.

Tu te lèves, toujours athlétique, torse élégant, carrure de nageur, tu lui mets une pichenette dans l'épaule en passant – l'épaule de Christina. Elle rit, petit jeu, le chat et la souris, reconnaissable entre mille. Tu t'accoudes au comptoir du snack-bar, tu commandes une bière.

Elle te regarde – et *je la vois te regarder.*

Minable vaudeville en bord de plage, mauvais Rohmer.

Si je n'existais plus…

Au fond de ma tasse, il n'y a que du noir, un noir granuleux, mélange de marc et de sucre fondu.

Dévastation.

La bouteille de chardonnay était presque vide, le Grand Café presque plein. Tintements de verres, couverts, valses de Pie-qui-Chante, odeurs de vin, de bière, de croque-monsieur, les miroirs durs, délicats et glacés.

— Noël passa, poursuivit Thomas. La mère de Christina, plusieurs fois, appela à la maison. Elle ne parlait pas un mot de français, ni même d'anglais, et nous ne comprenions rien. Apparemment, sa fille n'était pas rentrée en Pologne comme elle le disait dans sa lettre, mais je n'avais pas la moindre idée de l'endroit où la chercher. J'étais dans un état d'effondrement absolu et Grâce semblait devenue folle. Elle avait refait toute la cuisine durant mon absence, changé les sols, abattu une cloison, détruit la cheminée, monté un bar à l'américaine…

— Oui, je me souviens, acquiesça Lise. Pendant les travaux, elle nous avait laissés chez mamie. On avait même manqué l'école.

Ma sœur me jeta un coup d'œil, je lui rendis un regard vide. Je me souvenais de la transformation du salon ; pas du séjour chez Louise.

— Christina était partie, reprit Thomas, et ma propre maison ressemblait à une autre. Quant à ma femme, je ne la reconnaissais plus. Je suppose qu'elle avait compris pour Christina et moi, mais elle n'en a jamais parlé. De toute façon, nous ne parlions plus de rien, étrangers l'un à l'autre ; la perte du bébé l'avait touchée bien davantage qu'elle ne voulait le dire. Tout était froid, comme souillé. Très vite, je n'ai plus pu supporter ces murs. Ni ces murs ni sa présence à elle – à Grâce. C'était physique, physiologique. Je ne pouvais plus. Une telle passion… Et maintenant… Maintenant, cette maison peuplée d'absence, ton frère mort, Nathan, mon amour dans la nature, et votre mère… votre mère qui commandait des meubles sur catalogue, à la chaîne, vraiment, un ballet de livreurs, comme si elle voulait métamorphoser les lieux de fond en comble, faire disparaître toute trace du passé, d'Aurélien sans doute, de Christina aussi, probablement…

— C'est toi qui jettes des pierres dans les fenêtres ? l'interrompis-je brutalement. C'est toi, toutes ces conneries ?

— Pardon ?

— Depuis ton retour, il se passe des choses à la maison. Des actes de vandalisme. Je ne crois pas aux coïncidences. Mes enfants ont failli être assommés, la nuit de Noël. À quoi tu joues, bon sang ? Tu ne nous as pas fait assez de mal ?

Thomas soupira, secoua la tête.

— Je ne sais pas de quoi tu parles. Je suis navré d'apprendre que vous avez des problèmes, mais je t'assure, je n'y suis pour rien. Pourquoi irais-je faire une chose pareille ?

— Oui, pourquoi… ? chuchota Lise, presque apeurée.

— Te venger du malheur, par exemple. Faire payer Grâce.

— Grâce a suffisamment payé. Je ne vois vraiment pas ce que j'aurais à y gagner, Nathan. Franchement.

Les palpitations me reprirent, de plus en plus vives, comme rue Sainte-Catherine. À nouveau, j'eus les mains moites et du mal à respirer. Je jetai des coups d'œil à travers les vitres, vitres muées parois, l'univers scindé par elles – *le monde vrai* tout près, visible de là et pourtant inaccessible, fait d'une autre substance, tandis qu'une chape d'irréel se déversait des lustres, fondant sur moi tel un astéroïde. Bientôt, je ne sentis plus ma jambe ; je crus un instant qu'elle s'était effacée.

— File-moi une cigarette.

— Non, Nathan, c'est…

— File-moi une cigarette, Lili.

Elle fouilla son sac, s'exécuta, sortit son paquet lamé or. Je pris une cigarette, le briquet, me levai. Je marchai tant bien que mal jusqu'à la porte battante, traînant la patte. Ma jambe droite me semblait amputée ; je la tirais tel un boulet, un membre fantôme.

Dehors, sur la placette, j'allumai la clope dans un froid cinglant. Il me fallut un moment. Je tremblais et il y avait du vent, un vent d'aiguilles, bourrasques violentes à transpercer la peau. Je masquai l'air de ma main, protégeai la flamme, geste d'antan mille fois réitéré. Le goût fut monstrueux ; il me sembla aspirer un mélange de Destop et d'eau de Javel. Ensuite, une sensation d'ivresse, si différente de celle du vin – une sensation d'empoisonnement, étoiles noires devant les yeux. Pourtant, dès la troisième bouffée, mon rythme cardiaque se mit à ralentir, mes poumons se rouvrirent, profondément, comme un canyon. Je pensai à mon frère, le jumeau mort, Aurélien. Faux jumeau, mais je ne pouvais l'imaginer qu'en reflet de moi, un autre Même, un double – c'était moi, et j'étais mort. À la sixième bouffée, je jetai un coup d'œil vers la baie vitrée. Il me sembla voir Lise donner quelque chose à notre père, mais je n'en fus pas certain car un groupe passa devant leur table à ce moment-là. J'étais obsédé par la jeune fille du rêve, sans réussir à l'associer à un souvenir réel. Je me répétai *Christina, Christina, Christina*, mais il ne se passait rien ; cette histoire que Thomas venait de nous raconter paraissait étrangère à ma propre histoire, le lien impossible à faire, images non superposables. Je sais, Cora, ce qu'est le Grand Amour. Mais je ne parvenais pas à comprendre comment un homme de quarante ans pouvait s'amouracher à ce point d'une fille de vingt, d'autant que pour ma part – tu es bien placée pour le savoir – je préfère les femmes plus âgées. Je me projetai derrière les paupières le tableau de Vermeer, *La Jeune Fille à la perle*, tentai d'imaginer des cheveux roux à la place du turban mais alors, je ne voyais que Lise – *Tes cheveux… Pourquoi as-tu fait ça à tes cheveux ?* Thomas et moi étions au moins d'accord sur un point : il avait quitté une enfant d'un blond de poupée, il retrouvait une créature aux mèches d'incendie. Je la préférais blonde, mais je n'ai jamais aimé les blondes, trop duplices pour moi ; elles m'évoquaient les femmes de ma famille, cette apparente douceur pour distraire des peignées. Pensant à cela, le visage de Claire s'imposa à moi, d'une netteté exceptionnelle. Ma première et dernière blonde… Je réalisai à quel point notre brève entrevue m'avait perturbé. De ton vivant, Cora, jamais je ne t'ai été infidèle. Depuis ta mort, je n'ai guère trahi ta mémoire – quelques aventures d'une nuit, vernissages éthyliques, brunes offensives, parties de cul évaporées à la naissance du jour. « Refaire ma vie » restait impensable ; j'étais la plupart du temps un être asexué, mon corps une enveloppe pratique, fonctionnelle, sans autre but que de faire les choses à faire, dire les choses à dire. Je croyais avoir pris ma retraite du cœur… Mais ce soir-là, oui, je pensai à Claire ; peut-être parce qu'à ce point différente de toi, elle échappait à toute comparaison.

Pour chasser son visage, j'écrasai ma cigarette sur l'asphalte et rentrai dans le café. En revenant, j'eus le sentiment d'interrompre une conversation. Notre père était droit sur sa chaise, comme si un élastique s'était brusquement tendu à l'intérieur de lui. Je me rassis, Lise et Thomas burent une gorgée de vin, en même temps, presque en miroir.

— T'es vraiment con, dit ma sœur.

— Je sais, oui.

Je bus à mon tour un peu de chardonnay, pour noyer le goût de cendre plaqué dans ma poitrine.

— De quoi parliez-vous ?

— Rien, répondit-elle. Je racontais à papa les trucs dans la maison.

— *Papa*… ricanai-je.

Thomas baissa les yeux, vieillard à nouveau, après s'être animé en parlant de cette fille, brièvement plus proche de l'idée floue que je m'étais faite de lui – la force, l'aisance, la réussite.

— Et alors, *papa*, enchaînai-je, sarcastique, tu comptes rester dans le coin ? Errer dans le jardin de Grâce en attendant d'oublier complètement ta nymphette ?

— J'ai une amie. Depuis quinze ans.

— Oui ? Polonaise ? Thaïlandaise ? Majeure ?

Il sourit à ma méchanceté, résigné.

— Italienne. Rencontrée en Asie, c'est vrai, mais elle est italienne. Elle a mon âge… Un peu plus, même, figure-toi.

— Tu as d'autres enfants ? s'enquit brusquement Lise – et je crois n'avoir jamais vu une telle expression sur son visage.

— Non, Lizzie. Simona était déjà… enfin…

Ma sœur acheva sa serviette, puis la bouteille de vin.

— Tu n'as pas avec toi une photo des jumeaux ? me demanda-t-il, comme pour jouer les pères à retardement.

— À quoi bon ? De toute façon, tu ne les verras jamais.

Le silence s'étira. À force de nous taire, d'avoir vécu si longtemps séparés, nous n'avions rien à nous dire. C'était terrifiant – naturel, mais terrifiant. Cette réunion absurde confirmait que nous étions chacun les fantômes de l'autre ; nos éloignements étaient irrémédiables, nous le savions, le lisions dans nos yeux nus, circonspects.

— Nous habitons près de Rome, annonça-t-il finalement. Je repars demain. Là-bas, elle s'occupera de moi. Vous ne me reverrez plus mais maintenant, vous savez ; et quand je serai mort, elle vous téléphonera. Je lui laisse notre appartement ; en dehors de ça, je vous lègue tout ce que je possède, c'est-à-dire pas grand-chose. La crise est passée par moi, j'ai joué en bourse, beaucoup perdu, et j'en suis désolé.

Qu'est-ce qu'une vie ? À quoi ça rime ? Le mauvais jeton dans la mauvaise machine – tout est pipé d'avance, ça claque, ça brille et ça loupiote mais au final, vous êtes toujours tout seul avec la mort au bout.

— Bien, dis-je en me levant, c'était très instructif.

Lise me regarda comme si j'étais fou. Je sortis un billet de cinquante euros, le lâchai sur la table.

— Lili, tu viens ?

Ma sœur resta tétanisée. Elle me fixa longtemps depuis la banquette, puis regarda notre père. Ce dernier se leva à son tour, raide, fil de fer, quelque chose de godiche dans l'élégance déchue.

— Oui, allez-y. Ton frère a raison. Nous avons fait chacun ce que nous avions à faire, dit ce que nous avions à dire. Trop, même, sans doute.

Ce « trop » m'était destiné ; en tout cas, je le crus à l'époque. Lentement, Lise saisit son manteau, l'enfila, manche droite, manche gauche. Elle garda les yeux baissés ; elle pleurait, ou était sur le point. Attrapa son sac, glissa sur la banquette, toujours assise, comme repoussant l'instant de prendre congé, pour de bon, de ce père qui fut pour elle un père, tandis qu'il n'avait jamais été pour moi qu'une chimère. Je lui pris la main. C'était la première fois que je faisais ce geste ; je pris la main de Lise, fermement, l'entraînai vers la sortie. Elle ne releva pas les yeux, ne dit pas non plus au revoir à Thomas Bataille – *au revoir*, ça n'avait aucun sens.

Nous sortîmes ; le froid nous saisit à la gorge, gigantesque main noire gantée de givre. Nous ne nous retournâmes pas, ni l'un ni l'autre. Étrangement, Lise ne fuma pas. Sans mot dire, nous avançâmes en direction de la place Bellecour. Ma sœur semblait absente, comme si sa tête et son corps ne fonctionnaient plus ensemble. Je comprenais. Pour une fois, je la comprenais. Nous partagions cette intuition affreuse que, si nous nous retournions, nous serions changés en pierres.

Nous n'en étions, déjà, pas si loin.

Grâce Marie Bataille,
20 septembre 1981, salon,
tard.

Aujourd'hui, la peine de mort a été abolie. On peut désormais tuer sans être tué.

J'ai toujours été contre – innocents massacrés, erreurs capitales, barbarie. Mais voilà, cette ritournelle me trotte dans la tête, *on peut désormais tuer sans être tué.* La loi du talion ne fait plus force de loi. On ne tue plus les tueurs.

Civilisation.

Je viens de casser la cabine téléphonique, en bas. À coups de marteau.

Je sais qu'elle vous sert à communiquer. La gamine y descend tous les deux soirs, à heure fixe. Mais jamais quand tu es parmi nous, étrangement.

Vous me prenez pour une conne. Je ne le suis pas.

Dans le vase devant moi, il y a des digitales. *Digitalis Purpurea,* ainsi nommée car on peut enfoncer son doigt dans la fleur, comme un doigt dans un sexe. Moi aussi, je sais faire des potions, vous croyez quoi ? Un thé aux feuilles de digitales pourpres, gamine ? Tu cracheras tes tripes, et je rigolerai. Ton cœur ralentira, et je rigolerai.

Dévastation devient *Destruction.*

Quelque chose a refusé que je meure, là-bas, dans les Landes. J'ai cherché pourquoi, ces jours noirs, ces nuits sans sommeil. J'ai cherché pourquoi et maintenant, je sais.

Quelque chose pense que j'ai raison. Quelque chose pense que vous avez tort, *vous*, seulement vous. Quelque chose pense que vous faites le Mal.

Je suis une innocente. Je suis votre victime.

Je suis de la matière dont on fait les couteaux.

Lise conduisait, toujours silencieuse. Nous n'avions pas échangé un mot depuis notre départ du Grand Café. Il y avait tant à digérer que les paroles n'y pouvaient rien. Elle roulait trop vite sur les sillons verglacés et pratiquait une version plutôt particulière du Code de la route, mais je n'avais pas peur ; j'étais au-delà de la peur. La nuit défilait, les réverbères, les villages et leurs décorations, pères Noël de feutrine accrochés aux fenêtres, ersatz de magie en diodes étoilées au-dessus des ronds-points, même les pierres des maisons avaient l'air de plastique, les débris neigeux des boules de coton au creux des talus, effilochés le long des vignes. *Misérable.* Le monde paraissait misérable, en voie de pourrissement, et nous faisions, ma sœur et moi, partie de ce monde.

Je fixai l'horloge digitale sur le tableau de bord. Vingt heures quarante-six. Du grand art, vite fait bien fait – retrouvailles au scalpel. Je me demandais si Lise m'en voulait de l'avoir pressée, forcée par la main à écourter l'entrevue, à quitter cet être qui nous avait certes engendrés, mais n'avait fait que cela, en tout cas à mes yeux. Pour ma part, je n'étais pas frustré ; je me demandais seulement si cette nouvelle donne avait le pouvoir de changer quoi que ce soit, si j'avais *besoin* de savoir ce que je savais désormais. Je pensais à toi, Cora. Je me souvenais du jour où tu avais perdu les eaux, ce matin de février où nous avions imaginé l'avenir telle une immense fenêtre, cru être au bord du miracle, au bord du bonheur, sans savoir encore que nous n'allions pas plonger, mais sombrer. La rencontre avec Thomas Bataille bouclait un chapitre de mon existence, chapitre qui avait commencé avec son départ, s'était poursuivi par cette enfance lente, morne, saturée de manque, puis cette jeunesse fugace et éclatante, comme une revanche, une parenthèse ; puis enfin toi, ma belle, ta vie, ta mort, et la vie de nos enfants. Dans cette Clio grise qui roulait trop vite, serpentait entre les collines comme cherchant à nous précipiter tête la première contre un mur, je refermai mentalement quelque chose. J'étais trop désorienté pour nommer ce quelque chose mais voilà, *j'ai trente-trois ans, 3 + 3 = 6, et quelque chose vient de se clore.* Un lièvre blanc passa entre les phares, se figea un instant puis disparut sur le bas-côté. Je jetai un coup d'œil à Lise, mais elle ne semblait pas l'avoir remarqué. Elle regardait la route avec une fixité qui la rendait inhumaine, ses deux mains calées sur le volant, son bras bougeant seulement pour changer de vitesse, fonctions robotiques prédéterminées.

Enfin, nous arrivâmes près du transformateur où elle avait l'habitude de se garer. Elle coupa le contact. Le silence dans l'habitacle devint alors si dense, si constant qu'il en parut fantastique. Lise ne bougeait pas, catatonique, les yeux rivés sur la route arrêtée. Cette attitude m'évoqua la manière dont elle se tenait au milieu de ma chambre lorsqu'elle était adolescente. J'en fus saisi d'effroi, une terreur infantile, irrationnelle. Je crevais de peur, littéralement. J'eus si peur qu'elle se mît à parler avec cette voix, l'autre voix, que je me décidai, moi, à parler. Avant que les mots ne quittent ma gorge, ma bouche émit un drôle de bruit, comme l'explosion d'une bulle d'air.

— Qu'est-ce qu'on lui dit ?

Brisant l'hyper-silence, ma propre voix me sembla étrangère. Une fraction de seconde, une idée tordue me traversa l'esprit – *Aurélien, c'est Aurélien qui parle* – et pour vaincre cette idée, je répétai :

— Qu'est-ce qu'on dit à maman ?

Ma sœur bougea enfin, se tourna vers moi, seulement son visage, le torse droit face à la route. Son visage était neutre, inexpressif ; méconnaissable, presque. Quant à son timbre, on l'aurait dit mécanique, comme produit par une poupée dont on tire la ficelle dans le dos.

— Dis-lui ce que tu veux. Je ne viens pas.

— Quoi ? Tu vas refaire le trajet ?

— Je dois rentrer chez moi. Quelqu'un m'attend.

— Lili... Tu ne crois pas que nous devrions parler de tout ça ?

— Papa a raison. Tu as raison. Tout a été dit. En quelque sorte, les éléments se sont remis en place.

La tension qui m'habitait fléchit légèrement. Lise partageait mon sentiment – chapitre clos – et, en un sens, j'en fus rassuré. Ensemble, nous venions de classer un vieux dossier. Sans doute le silence surnaturel avait-il été engendré de cela : un immense carton de passé venait de quitter l'étagère de nos vies, nous allions enfin cesser de buter dedans, de nous le prendre sur le crâne à répétition, à tâtons dans la crypte d'une histoire que nous ne maîtrisions pas, n'avions jamais maîtrisée jusqu'à aujourd'hui. Le *père* avait été un homme, lâche et libidineux, un homme qui avait aimé plus que de raison, un homme que j'aurais pu comprendre en tant qu'amant, mais auquel je ne comprenais rien en tant que père. Et cet homme était désormais un vieillard près de perdre la tête, sa mémoire condamnée à se vider lentement par une bonde obstruée. C'était affreux. Pourtant, d'une certaine manière, nous en étions soulagés. S'il ne pensait plus à nous – et, tôt ou tard, ce serait très concrètement le cas –, nous pourrions peut-être cesser de penser à lui. Dans cette idée, il y avait de l'espoir, une lueur ténue aux confins des ténèbres.

— Mais s'il ne sait plus que je suis sa fille, chuchota Lise, je saurai toujours qu'il est mon père. C'est injuste, non ? Tu ne trouves pas ça totalement injuste ?

Ses émotions refirent surface, noires mais apaisantes – elle était en vie.

— Tu te souviens, quand tu venais me faire peur ?

— Quoi ?

— Des années. Ça a duré des années, Lili… Tu venais dans ma chambre et tu parlais d'une voix qui n'était pas la tienne, comme si… comme si quelqu'un avait pris ta place.

Elle secoua la tête.

— Grand, ça ne me dit absolument rien.

— Tu ne peux pas avoir oublié une blague pareille. Ce n'était pas une blague… C'était de la torture.

— Mais qu'est-ce que je disais ?

— Je ne sais pas. Ça ressemblait à une langue étrangère ; de toute façon, je me bouchais les oreilles.

— Je t'assure, Nath', je ne vois pas du tout. Maman raconte qu'à l'adolescence, je faisais des crises de somnambulisme… Il paraît qu'aujourd'hui encore, je parle en dormant. C'est ce que dit mon mec, en tout cas.

L'angoisse me nouait les veines. Je ne voulais pas en savoir plus, comme pour ce fameux appartement du Faubourg-Saint-Denis. Je regrettais même, maintenant, d'avoir évoqué cette histoire. Tout ce que je voulais, c'était partir. Quitter cette bagnole et avaler la nuit.

— Je rentre après-demain, dis-je alors à ma sœur, ne trouvant rien de plus pertinent. On va se voir, d'ici là ?

— Je ne sais pas. Je travaille. Appelle-moi. Essaie de m'appeler. Sinon, je téléphonerai bientôt.

Elle baissa les yeux.

— Embrasse les enfants.

À son intonation, je compris que je ne la reverrais pas.

— Tu sais, Lise… Tu es tellement bizarre. Je n'ai jamais réussi à te connaître. Je veux dire, réellement. Tu es ma sœur, et je ne te connais pas.

Elle releva la tête, se frotta l'aile du nez d'un ongle vernis rose. Des mèches juvéniles s'étaient échappées de son chignon tressé et, faiblement éclairés comme nous l'étions par la loupiote du plafonnier, ces mèches semblaient des flammes, feux follets autour de son visage. Elle poussa un long soupir, puis les larmes montèrent, visibles et matérielles, prêtes à déborder comme un dessin manga.

— Sang ou pas, Nathan, personne ne connaît jamais personne. De ça aussi, c'est inutile de parler. Certaines choses sont impossibles à changer.

Je restai coi un instant. Bien sûr, elle avait raison. C'était trop tard. Pour nous deux, c'était trop tard. Je me penchai, posai un bref baiser sur sa joue et, dans le même temps, ma main sur la poignée. Comme je mettais le pied à terre, elle lança :

— Dommage qu'il ne soit pas devenu riche, hein.

Je m'esclaffai, un rire en sursaut qui me surprit moi-même, à la manière d'un coup de feu dans un film au moment le plus inattendu, lorsque vous êtes bien tranquille au fond de votre fauteuil, à deux doigts de l'endormissement. Elle avait dit cela pour me faire plaisir – « Allez, grand, tu me connais tout de même un peu. » D'un ton faussement badin, je répondis :

— En effet, Lili. Ça me donne envie de chialer.

Elle sourit, et remit le contact.

Dans la nuit noire, je claquai la portière. En se refermant, elle fit un bruit de tombeau. On apercevait au loin les lumières de la maison, haut sur la colline. D'un pas lent, je marchai dans leur direction. Derrière moi, un éclat de moteur, puis les phares de la Clio s'illuminèrent, flashèrent la route froide. Mouvements de marche arrière, crissements de caoutchouc sur le bitume gelé. Cctte fois non plus, je ne me retournai pas. Je continuai d'avancer, souffle blanc cristallisé dans l'air, à me demander ce que j'allais bien pouvoir raconter à Grâce.

Plein d'appréhension, je gravis les marches de pierre. S'il se passait quoi que ce fût d'étrangc, ma mère avait pour consigne de m'appeler ; mon portable n'avait pas vibré de la journée. Je cherchai mon double de clés pour ouvrir la porte. Je sentais mes gestes anormalement lents ; à la manière de Lise au sortir du Grand Café, oubliant même de fumer, mon corps et mon esprit semblaient dissociés. *Allons bon*, me dis-je. J'inspirai très fort en observant la route en contrebas, de peur qu'une attaque de panique ne me reprît. Le ciel était d'encre, comme peint au pochoir. De ce côté-ci de la vallée, en dehors du réverbère municipal sous lequel siégeait jadis une cabine téléphonique dont j'usais parfois pour appeler mes fiancées sans être sur écoutes, le noir courait à 360 degrés. Je restai un moment à contempler les ténèbres, puis me projetai vers le présent, la réalité de la porte, et tournai la clé dans la serrure.

Immédiatement, la chaleur – écrasante. J'enlevai ma parka, mon pull, les accrochai à la patère du hall. Dans la maison flottait une forte odeur de graisse brûlée. Le carreau brisé semblait une petite fenêtre sur le séjour et, mu par une impulsion soudaine, j'y passai la main. Mon bras traversa le cadre vide, palpa l'autre côté. J'avais l'impression qu'il y avait là quelque chose à saisir, à agripper ; bien sûr, mes doigts se refermèrent sur l'air plein de friture. Le lustre s'éclaira dans la pièce et je réalisai ce que j'étais en train de faire – c'est-à-dire, n'importe quoi. Je retirai prestement mon bras, la porte du hall s'ouvrit.

— Mais enfin Nathan, qu'est-ce que tu fabriques ?!

— Je ne sais pas, dis-je en secouant la tête. J'ai eu envie de passer mon bras dans le trou, et je l'ai fait.

J'entrai, commençai à inspecter le coin cuisine pour trouver à manger. J'avais l'impression de n'avoir jamais eu aussi faim de toute ma vie ; un gouffre s'était ouvert au milieu de mon ventre.

— Tu es vraiment bizarre, murmura ma mère en fronçant les sourcils.

— C'est drôle, je viens de dire la même chose à Lise, répondis-je en engloutissant un quignon de pain. Tu as fait des enfants bizarres, que veux-tu… Aurélien aurait peut-être été bizarre, lui aussi.

Le sang lui monta brusquement au visage. Je n'avais pas prévu de parler de mon frère ainsi, de but en blanc, sans préavis. C'était sorti tout seul, contre ma volonté, exactement comme ma sœur avec ses parfums gratuits. J'essayai d'avaler mon pain, mais il resta coincé. Après avoir lâché cette bombe sur un ton si *cool*, la bouche pleine, désinvolte à tomber, ma gorge s'était asséchée. Je toussai, suffoquai ; ma mère se précipita et me tapa dans le dos. Je m'assis sur la banquette pour reprendre mon souffle, elle s'en fut à l'évier me remplir un verre d'eau.

— Ça va mieux… ?

Elle m'observait de son œil métallique, loin de moi, le corps légèrement penché en arrière, sur la défensive. Ce n'était pas ma mauvaise route alimentaire qui l'inquiétait, mais ma réaction au sujet du jumeau.

— Les enfants… ? demandai-je d'une voix étranglée.

— Ils dorment. Du moins, je crois. En tout cas, ils sont couchés depuis une bonne demi-heure.

Je hochai la tête, terminai mon verre ; je trouvai à l'eau un goût poussiéreux de papier mâché, déglutis plusieurs fois avec difficulté. Grâce ne bougeait pas, on aurait dit qu'elle avait peur de moi.

— Maman… Excuse-moi. Je ne voulais pas

le dire de cette manière. Je ne sais pas ce qui m'a pris.

Elle me fixait sans me voir, l'œil un peu opaque comme celui des noyés. Je tapotai la banquette à côté de moi, le velours vert pomme de la banquette, pour l'inciter à s'asseoir. Grâce avait toujours été dure avec moi, bien plus qu'avec Lise, à me disputer parfois sans raison, jamais de compliment, jamais d'empathie, rien que des reproches – même à ta mort. Subsistait entre nous cette distance, qu'aucun de mes efforts ne savait combler. Je comprends, aujourd'hui : mon existence même lui rappelait qu'Aurélien, lui, n'avait jamais vécu. J'avais toujours craint ma mère mais les rôles, ce soir-là, semblaient inversés. Je tapotai de nouveau la banquette, elle fit un pas dans ma direction. Deux pas, trois, quatre. Elle s'assit. Même assise, elle était raide, pareille à son ex-mari au Grand Café après ma pause cigarette. Raide et muette, les yeux baissés sur ses souliers, de superbes escarpins en cuir nacré auxquels je n'avais pas prêté attention jusqu'ici. Trente années de silence sont difficiles à briser, j'imagine.

— J'ai failli avoir un frère, d'accord, finis-je par bafouiller – et dans le même temps, je réalisai que j'étais saoul. C'est vrai, j'essaie d'imaginer Colin sans Soline, et Soline sans Colin. Mais ça va, hein. Ça va aller. Je ne te juge pas, je ne sais pas si ça aurait changé quelque chose, si j'avais su avant. On construit des ponts sur ses failles, c'est la vie. La faille aurait été ailleurs, la géographie différente ; mais au fond, il aurait bien fallu construire le pont quand même.

Grâce leva enfin les yeux, cou tendu, Sandow décharné au-dessus de son thorax. Son poing était fermé, serré contre le tissu, trahissant sa colère. Elle ne me regardait toujours pas, fixait le poêle qui dispersait en craquant son impossible chaleur. Au bout d'un moment, elle demanda :

— Quoi d'autre ?

Je me frottai la tête pour gagner un peu de temps, éviter de dire une nouvelle bêtise.

— Rien. Il a Alzheimer, c'est pour ça qu'il est venu. Une façon de faire amende honorable avant la mort, quelque chose comme ça.

— Mémoire dissolue pour un homme dissolu…

— Il t'a quittée, maman. Il t'a quittée, et il a disparu. C'est immonde, pour toi, pour nous. Mais ça ne veut pas dire que c'était un sale type. On ne peut pas toujours aimer toute la vie.

Ma mère, enfin, me regarda. Droit dans les yeux – deux fléchettes trempées dans la ciguë.

— Toi ? Toi, Nathan, tu prends sa défense ?

— Je ne défends personne. Je ne connais pas cet homme. Je l'ai vu, voilà, et le mot qui me vient à l'esprit, c'est « déception ». On sait bien à mon âge que nos parents ne sont pas des super héros… Mais quand on fantasme quelqu'un pendant près de trente ans, on finit par imaginer Clint Eastwood. Et *pof*, vous découvrez que votre père, c'est juste un homme, frêle et fatigué, qui lui aussi a construit des tonnes de ponts sur d'autres paysages que le vôtre. Tu es un viaduc, je suis un viaduc, Lise est un viaduc, et certaines choses sont impossibles à changer.

Le poing de maman se desserra. Sa main, machinale, se mit à caresser les rainures du velours. Je me levai : j'étais déjà saoul mais j'avais encore soif. En revanche, je n'avais absolument plus faim. J'ouvris le placard qui faisait office de bar, trouvai une bouteille de bourbon.

— Je t'en sers un ?

Ma mère acquiesça d'un hochement de tête. Je dégottai des glaçons dans le réfrigérateur, remplis deux verres. Je lui tendis le sien ; elle but une gorgée, grimaça.

— Pourquoi Lise n'est pas avec toi ?

Je haussai les épaules.

— Elle travaille tôt, demain. J'imagine qu'elle voulait être à pied d'œuvre.

— Comment a-t-elle été ? Je veux dire… avec lui ?

Je vidai la moitié de mon scotch avant de répondre, tergiversai en silence ; j'optai finalement pour la vérité.

— Elle avait l'air d'avoir dix ans. Toute cette affaire l'a sans doute beaucoup plus perturbée que moi.

Grâce fit tourner le liquide ambré dans son verre, avec une attention terrifiante. Elle semblait se demander si ce verre était réel ou pas. Comme pour s'en persuader, elle rebut une gorgée, refit la même grimace.

— Vous allez le revoir ?

Je secouai la tête.

— Il habite en Italie. Dans les mois qui viennent, il va perdre la boule. Quelqu'un s'occupe de lui, là-bas.

— Une femme ?

— Oui, une femme. Sois heureuse que ce ne soit pas toi, Alzheimer est l'une des pires maladies pour l'entourage.

Elle me décocha un sourire moqueur.

— Moi aussi mon chéri, je regarde la télé.

— Bon, eh bien voilà. Il va nous oublier, oublions-le. Tu devrais refaire ta vie, maman. Tu es encore belle, c'est injuste de vivre ainsi.

— L'hôpital se fout de la charité !

— J'ai rencontré quelqu'un.

Je m'abasourdis moi-même. Pourquoi affirmer une telle chose ? C'était faux, Cora ! Je te le jure ! À l'époque, du moins, c'était faux. Je ne sais si je lâchai cela pour la contredire ou parce que j'avais un pressentiment ; mais ma mère me dévisagea, l'œil vif de nouveau, ressuscité.

— Comment ça, « quelqu'un » ? Qui ? Où ?

— Non... Enfin... J'ai re-rencontré quelqu'un. Quelqu'un que j'ai connu il y a longtemps. Ce n'est pas si simple.

— Nath'... J'adorais Cora. Tu sais combien j'adorais Cora. Elle n'aimait pas ta sœur, d'accord ; ceci mis à part, j'adorais Cora. Mais tu n'es qu'un gosse, mon fils. Les filles se retournent sur toi dans la rue ! Même ici, sur trois pâtés de maisons, les filles se retournent !

— Les filles, maman, ce n'est pas vraiment le problème, dis-je en terminant mon verre, puis m'en servant un autre.

— Nathan, ça va faire six ans qu'elle est morte.

— Et toi ? Ça va faire trente ans qu'il est parti. Alors, quoi ? Tu me sembles plutôt mal placée pour les leçons de morale.

— Je voudrais que vous soyez heureux. Lise et toi, je voudrais tant que vous soyez heureux...

— Eh bien, on ne l'est pas. Tu ne peux pas tout contrôler. Papa s'est cassé, Cora est morte, mon frère aussi, et Lise se tape des losers dégénérés. Pourquoi les choses sont comme elles sont, je ne sais pas. Mais tu n'y es pour rien ; en tout cas, pas de la manière dont tu l'entends. La vie est dégueulasse et toi, maman, tu n'es pas Dieu.

Bon sang, j'étais vraiment saoul. Les mots sortaient de moi comme des balles de tennis d'un robot d'entraînement. Je me tus, m'interrompis moi-même. Ma mère ne trouva rien à dire. Dix coups sonnèrent à l'horloge. Je fermai les yeux, les comptai dans ma tête, un, deux, trois, quatre, cinq, six, sept, huit, neuf… Au dernier battement, je les rouvris.

— Mon frère est enterré quelque part ?

Grâce termina son verre, ne grimaça pas. Les glaçons tintèrent contre le cristal, clochettes macabres. J'étais adossé au bar américain, les deux coudes sur le plateau rouge. Sa réponse sembla mettre des années à venir, comme débarquant d'une autre galaxie dans une capsule spatiale. *Allez, réponds, nom d'un chien ! Vous ne l'avez pas balancé dans une benne derrière l'hosto, tout de même ? Vous n'avez pas fait ça ?!*

— À Lyon. Cimetière de la Guillotière, allée 16.

Sur ce, elle se leva et entreprit de rincer nos verres. Je ne sus si c'était pour m'empêcher de boire davantage ou simplement pour faire diversion. Elle se demandait sans doute si Thomas nous avait parlé de Christina… Je ne comptais pas, moi, aborder le sujet. Si Lise voulait s'en charger, soit ; mais assez d'histoires sordides avaient été déterrées et un adultère vieux de trente ans, aussi important eût-il été pour notre père, me paraissait un odieux brassage inutile. Alors, pour ne pas tenter le diable, je l'abandonnai à sa vaisselle.

Après lui avoir souhaité bonne nuit, j'allai dans la chambre de ma sœur vérifier le sommeil des jumeaux. Rien à signaler, en dehors du léger ronflement de Colin qui laissait présager un début de grippe. Je montai prendre une douche ; restai longtemps sous le jet d'eau chaude pour évacuer l'alcool, au moins un peu. En réalité, j'attendais d'être certain que ma mère fût endormie, car je n'avais qu'une idée en tête : trouver cette fameuse cachette, là-haut, dans les combles. J'avais passé énormément de temps dans cette pièce, sans jamais rien remarquer. Cela dit, je ne m'étais pas non plus amusé à démonter les murs ; hormis mon goût de la fronde et des vadrouilles à vélo, j'étais plutôt un garçon calme, porté sur les activités calmes – une chochotte, oui, je sais. Enfant, après la disparition de mon père, j'avais très peur que ma mère ne disparût aussi. Je souffrais beaucoup de dormir à l'étage, tandis qu'elle et Lise dormaient en bas, plus proches l'une de l'autre. Vers cinq ou six ans, je descendais souvent au milieu de la nuit, collais mon oreille à la porte de Grâce pour l'écouter respirer. J'adorais quand elle était malade car, depuis mon lit, je l'entendais tousser. Par cette toux, je savais qu'elle ne nous avait pas abandonnés ; je pouvais alors me rendormir, rassuré, sans avoir eu à affronter le froid du carrelage et la trouille du noir. Mais ce soir-là, j'étais ravi que son univers fût en bas, et le mien en haut : avec mille précautions, je tirai l'escalier rétractable pour faire le moins de bruit possible, et grimpai au sommet de la maison.

J'allumai l'unique lampe de la pièce, un lampadaire à spots années 1980 que tu trouvais affreux – je confirme, il l'est –, puis me dirigeai vers la fenêtre en œil-de-bœuf. Derrière la vitre, une nuit sans lune, insondable, un plaid d'obscurité jeté sur le monde. Je m'accroupis et commençai à étudier les pierres. Je passai ma paume dessus, fermai les yeux pour mieux sentir leur texture, leurs aspérités. À la façon d'un aveugle lisant du braille, je tentai de percevoir une anfractuosité, un défaut dans les joints. Le silence était si absolu que mon souffle semblait bruyant, rocailleux. Comme mon esprit formait ce mot, *rocailleux*, la pulpe de mes doigts décela une faille. Je recouvrai la vue, sans ôter mon index de l'endroit où je l'avais posé. Je me penchai davantage : on y voyait très mal. À tâtons, je finis par réussir à retirer la pierre. L'excitation se déchaîna entre mes tempes : *la cachette*, la cachette de Christina, je l'avais trouvée ! J'enfonçai ma main dans le petit espace. Ce faisant, je réalisai que mon geste de traverser le carreau brisé avait préfiguré celui-ci – un geste prémonitoire. Je ne pensais rien trouver, là non plus. Je pensais rencontrer la poussière et le vide. Mais il y avait quelque chose. Quelque chose de fin, raide et glissant ; avant même de l'extraire, je sus de quoi il s'agissait.

C'était le polaroïd. L'autre moitié du polaroïd.

Je me précipitai vers la lumière, frottant le cliché contre mon pyjama pour ôter la saleté. Arc-bouté sous le lampadaire, je l'étudiai. En fait, non, je ne l'étudiai pas : je tombai dedans. À voir son visage imprimé pour toujours sur la pellicule, les souvenirs affluèrent en moi, sensations-boomerangs en travers de la gueule, uppercuts en rafale.

Christina.

J'étais amoureux pour la première fois de ma vie. Je voulais l'épouser, et ça la faisait rire. Lorsqu'elle riait, sa bouche immense avalait entièrement son visage, on aurait dit un cataclysme, mais un cataclysme splendide, enthousiasmant. Christina, le séisme, la « catastrophe naturelle ». Je me demandais maintenant comment j'avais pu l'oublier : après son départ, j'avais pleuré toutes les larmes de mon corps, des jours et des nuits. Sans doute n'avais-je pas pleuré autant le départ de mon père. Et tout était lié. *Bon sang, tout est lié* ; j'eus l'impression de tomber d'une falaise. Je m'assis par terre. Il y avait le canapé, mais je m'assis par terre sur le plancher en pin, mu par le besoin d'être en contact avec une chose ferme, solide – *je touche du bois.* J'inspirai profondément, repartis en respiration abdominale. Je tâchai de me calmer, puis regardai de nouveau le pola déchiré.

Oui, elle était belle. Plus que belle : minuscule stature, superbe ossature et seins projectiles. Mais le cliché ne rendait pas tout à fait la grâce – cet instant où les jeunes filles sont devenues des femmes sans le savoir encore, miracle éphémère qui survient entre seize et vingt ans, beauté particulière d'un instant particulier. J'évoque cela avec mes mots d'adulte ; à quatre ans, je me contentais de ressentir cette magie en toute innocence, sans aucun verbe à poser dessus. Il est dit qu'on ne peut revivre un sentiment ; qu'intrinsèquement, un sentiment n'existe qu'en termes d'immédiateté. Mais là-haut, assis par terre dans les combles, il me sembla retrouver intacte cette émotion d'enfance, l'« amour » que j'avais pour cette fille, la joie invraisemblable que me procurait sa compagnie ; je sentis jusqu'à son odeur – une odeur de jasmin mâtinée d'une note plus animale, presque virile. Elle imitait à la perfection le chant des oiseaux ; elle gazouillait, littéralement. Je n'ai plus rencontré quiconque capable d'une telle prouesse.

Je restai là longtemps, comme la nuit que j'avais passée dans la chambre des jumeaux, *la chambre de Christina*. Toute notion de temporalité m'échappa ; je ne m'étais pourtant jamais senti si réel, ma conscience étendue à des niveaux jusqu'alors inconnus. J'étais capable de tout, j'étais Tout, les forces du monde s'étaient connectées à moi. C'était vertigineux et paisible à la fois ; le mot le plus juste pour décrire l'expérience serait sans doute « plénitude » mais au fond, ce que je vécus là était hors du langage.

C'est alors que je la vis.

Elle était debout derrière la maison de poupée, statique, en partie cachée par la maquette de mon grand-père. Elle était femme-tronc, pareille à Claire derrière son comptoir. Elle portait un tee-shirt lâche, du même vert que son bikini sur le polaroïd. Sa peau semblait d'un blanc extravagant ; ses lèvres, en revanche, d'un rouge à frémir. J'avais très envie de me lever, de l'approcher, mais j'étais collé au sol, incapable du moindre mouvement, solidifié jusqu'aux entrailles. Je continuai pourtant à tisser des liens – bien sûr, la fille rasée du rêve, c'était *elle,* et non la Dame Blanche. Bien sûr, l'éclat roux des cheveux de ma sœur dans le miroir doré m'avait rappelé *elle*. Mon inconscient s'était emmêlé les pinceaux, tous ces souvenirs perdus s'étaient amalgamés ; le retour de Thomas Bataille avait secoué la boîte de passé, les pièces du puzzle s'étaient répandues sur le sol et, peu à peu, cherchaient à s'agencer autour de moi, autour de nous. Je saisissais le « pourquoi-maintenant ». Mais quel était le sens fondamental de tout cela ? Le but ? Où était Christina, aujourd'hui, et que cherchait-elle ?

Que voulait-elle ? Je la regardai fixement, crus qu'elle allait dire quelque chose pour me venir en aide, même si c'était en langue des oiseaux. J'avais envie de hurler « Je veux comprendre ! » ; mais elle s'accroupit soudain et disparut derrière la maquette. Au même instant, je sentis mon corps reprendre ses droits. Je parvins à me lever et, boitant comme au Grand Café, la jambe droite pleine de fourmillements, je me traînais jusqu'au point d'apparition. Christina n'était plus là. À sa place, il y avait une petite flaque. Une flaque d'eau qui, étrangement, n'était pas absorbée par le vieux parquet, défiant toute logique physique. Une petite flaque comme une bulle, plate et ovale, posée sur les lattes en pin. Je me penchai, prêt à plonger l'index dans cette drôle de matière, mercurielle mais translucide, quand un immense hurlement me fit tourner la tête ; ma tête heurta quelque chose.

J'avais cogné l'angle de la bibliothèque. Le polaroïd était posé près de moi ; Christina me souriait depuis la photo, la plage étirée derrière elle, chevelure en flammes sur l'horizon bleu Klein. Je me frottai les yeux, me redressai. La pierre descellée gisait près de la fenêtre ronde et, juste en dessous, la cavité noire semblait me jauger d'un regard de cyclope. Je m'étais endormi, ou avais perdu connaissance. Chardonnay, scotch, émotions fortes et quignon de pain – voilà le résultat. Lentement, je tournai la tête vers la maison de poupée, terrifié à l'idée de voir réellement Christina. Bien entendu, il n'y avait personne. Je me levai pour chercher la bulle d'eau solide ; rien non plus. Tout cela était si étrange ! Je n'ai jamais beaucoup rêvé, tu sais. Du moins, je rêve, évidemment, comme tout le monde. Mais je ne me souviens jamais de quoi. En dehors de quelques cauchemars d'enfance (un, surtout, récurrent, dans lequel ma mère m'apparaissait privée de bouche, le bas du visage gommé, terrifiant), je n'ai jamais vécu le songe comme une donnée prégnante de mon existence. Et tout à coup, à la veille de mes trente-quatre ans, je m'enlisais dans des rêves d'une vivacité ahurissante, des rêves dont je me souvenais à la perfection, dans les moindres détails, des rêves qui hantaient mes jours et faisaient passer pour factice la réalité même ; des rêves qui, somme toute, s'apparentaient davantage à des hallucinations.

Je pensai au hurlement qui m'avait réveillé. Le hurlement était-il vrai ? Était-il faux ? J'écoutai la maison plongée dans le silence. Au sein du rêve, alors, qui avait crié ?

Je repris mes esprits, rangeai le polaroïd dans la poche de ma veste de pyjama – tu te moquais de ces pyjamas, Cora, tu me traitais de « grand-père » ; tu vois, je persiste ! – et j'allai replacer la pierre dans le mur, le plus soigneusement possible. Je redescendis, repliai l'échelle avec les mêmes précautions sonores. J'étais sur le point de retourner dans ma chambre, lorsqu'une sorte d'intuition me poussa au rez-de-chaussée. J'entrouvris la porte des jumeaux : ils dormaient toujours, Colin ne ronflait même plus. Tout était calme, comme en suspens. L'horloge sonna deux coups. Bon sang, j'avais passé plus de trois heures là-haut ! La faim me taraudait à nouveau, aussi poursuivis-je jusqu'au séjour. Mais, juste avant d'allumer le lustre, je sentis une présence dans la pièce.

C'était ma mère.

Elle était debout près du bar américain, dos à moi, bougeait très légèrement d'avant en arrière, tel un roseau battu par les vents. Elle murmurait. En fait, ses murmures ressemblaient davantage à des psalmodies et je m'approchai pour tenter de comprendre ce qu'elle racontait.

— Christina, si c'est toi qui fais ça, je t'en supplie, arrête.

Voilà ce qu'elle disait, en boucle, comme une prière, un psaume.

Christina, si c'est toi qui fais ça, je t'en supplie, arrête.

Je compris alors que les choses clochaient bien davantage que je ne l'imaginais.

Grâce Marie Bataille,
7 octobre 1981, salon,
21 h 50 selon la grande horloge.

Tout à l'heure, une patiente m'a raconté une drôle d'histoire. Cette dame a été victime d'un crash automobile ; son mari est mort, elle s'en sort avec une fracture du bras et une simple commotion. Elle conduisait. De façon très classique, elle culpabilise. Depuis cinq jours qu'elle est hospitalisée, elle pleure sans arrêt, parce qu'elle a tué son mari.

Ce matin, pour la première fois, je l'ai trouvée levée. Lavée. Habillée. Presque pimpante, malgré la douleur de son bras bousillé. Je lui ai fait part de ma surprise ; à vrai dire, je m'attendais plutôt à ce qu'elle nous fasse une TS. Mais elle a déclaré : « Charlie m'a pardonnée. Cette nuit, il est venu me voir, et il m'a pardonnée. » J'ai renouvelé sa perfusion, puis je me suis assise pour connaître les détails.

Elle dormait.

Elle dormait profondément, lorsqu'elle a perçu un souffle, comme si on lui agitait un éventail au-dessus du visage. Ce souffle l'a légèrement réveillée, puis elle a reçu une gifle, une immense gifle sur la joue droite ; elle dit avoir senti chaque doigt, dur et glacé, impacter sa peau. Elle s'est dressée sur son séant, a vite allumé. Elle a pris le miroir de poche sur la table de chevet : sa joue était écarlate, cinq doigts parfaitement visibles imprimés dans la chair. Elle était seule dans la chambre ; l'autre lit est vacant, en ce moment. Tout haut, elle a demandé : « Charlie, c'est toi ? Chéri, c'est toi ? » En réponse à cette question, les draps du lit se sont resserrés en étau autour d'elle ; le parfum de son mari a saturé la pièce, très net, entêtant. Les draps sont devenus à la fois solides et élastiques, comme des muscles qui se seraient opposés à elle, des muscles puissants qui l'auraient plaquée contre le matelas. La pression des draps était si forte qu'elle dut se rallonger : il lui était physiquement impossible de garder une position assise. Alors, elle a attendu. Elle dit n'avoir pas eu peur, parce qu'elle savait qu'il s'agissait de son mari et qu'il ne lui ferait aucun mal. Il l'avait giflée pour exprimer sa colère, c'était normal, c'était sain – je reprends ses propres termes. Au bout de quelques instants, elle reçut un baiser sur le front ; Charlie l'embrassait toujours sur le front. Le baiser fut intense, deux lèvres froides se posant sur sa peau. Ensuite, les draps desserrèrent leur étreinte et elle se sentit incroyablement bien. Le reste de la nuit, elle garda sur le front la marque gelée des lèvres de Charlie. Mais ce matin, toute culpabilité avait disparu. Demeure le chagrin, bien sûr… Elle aimait son époux, continuer malgré l'absence lui semble difficile. Mais voilà, Thomas : elle est désormais persuadée qu'il lui a pardonné. Elle ne pleure plus, ne s'enfonce plus. Elle a décidé de vivre.

Je suppose qu'il y a mille façons de gérer la souffrance et, quelquefois, on fait des rêves plus vivants que la vie. Cette histoire suggère une paralysie du sommeil, trouble assez fréquent quoique déconcertant, durant lequel le sujet présente une atonie musculaire parfois associée à des hallucinations. Mais je ne peux écarter l'hypothèse que son récit soit vrai. La gamine avait prédit ton accident, une main invisible m'a sauvée de l'océan, la vieille Chapelle parle d'un halo noir autour de la maison. Le monde n'est pas si minéral qu'on voudrait le croire, ni la réalité figée dans un cadre de verre. Il se passe tant de choses qu'on ne peut expliquer ! Tout s'use, s'abîme, se détraque, les objets, les corps, les machines. Mon esprit, lui, ne vieillira jamais, le Temps insupportable n'a pas de prise sur lui. Alors, pourquoi pas ? L'esprit de Charlie venant dire adieu à sa femme depuis un lieu intermédiaire, une réalité immatérielle, transitoire ? Je demeure athée, Dieu n'a rien à voir là-dedans. J'imagine seulement que des pans entiers de notre perception restent en sommeil. Si la nécessité de communiquer est assez forte de part et d'autre, alors des liens deviennent possibles entre plusieurs niveaux, comme un ascenseur desservirait plusieurs étages dans un bâtiment dépourvu d'escaliers. Mais, vois-tu, cet ascenseur ne se déclencherait qu'en cas de force majeure : une crise cardiaque au quatrième, et l'ascenseur s'ouvrirait pour laisser monter les secours ; ou bien, la nana du deuxième et le gars du sixième seraient à ce point faits l'un pour l'autre qu'ils devraient absolument se rencontrer. L'interaction est *nécessaire* : l'ascenseur se met en branle.

Jamais je ne te le dirai, mais je crois que la gamine possède ce don-là, celui de naviguer entre plusieurs niveaux, de sauter d'étages en étages. Je crois que c'est cela qui chez elle t'ensorcelle – cette fille, présente et absente, tangible et abstraite, image visible, image rêvée. C'est pourquoi Nath' la dessine, elle, exclusivement elle ces derniers mois. Parce que les enfants savent, les enfants sentent ; notre fils s'est achevé auprès d'un mort et, plus que quiconque, il est sensible à ces interstices, ces rideaux de réel qui s'ouvrent, se ferment, dans notre dos le plus souvent car nous ne regardons pas, n'écoutons pas, trop occupés à la gestion concrète d'un quotidien palpable. *Agir évite de penser.* Nathan dessine

Christina, puisque Christina est un sujet de fiction. Christina est une entité dans laquelle chacun projette sa propre vérité, son propre désir, son propre destin. Et toi, Thomas, tu es entré dans cette image. Mais tu dois en sortir, car ce n'est pas la vie.

Christina, tu m'entends, ce N'EST PAS la vie.

Christina, c'est un hologramme.

Je n'avais pas osé interrompre son étrange prière ; surtout, je n'aurais pas su comment m'y prendre : maman paraissait dans un autre monde, son comportement était celui d'une folle. J'avais l'impression qu'en signalant ma présence, elle risquait de disparaître, ou d'imploser sur place.

Je remontai dans ma chambre, abandonnant une nouvelle fois l'idée de manger. Je pensai à ce que Thomas avait dit au sujet de Grâce suite à ma naissance – *Votre mère a changé, après ça. Elle est devenue bizarre, agitée.* Bien sûr, je ne me rappelais pas cette période ; mais ces jours-ci, notre mère semblait de nouveau « bizarre et agitée ». Elle m'évoquait ma sœur adolescente, avec sa voix de caverne.

Elle m'avait fait peur.

Là-haut, je sortis de mon pyjama la jeune fille déchirée, fouillai mon jean pour récupérer l'autre moitié du polaroïd. Je les assemblai. Christina, Thomas, le ciel, la mer, les dunes. Je me demandais qui avait pris cette photo. Lise, peut-être ; ou un vacancier. Je doutais que cela pût être Grâce.

Je supposais qu'après avoir trouvé la lettre de sa maîtresse, mon père, enragé, avait déchiré le cliché et l'avait laissé dans leur cachette. En soi, c'était logique : si tu m'avais quitté du jour au lendemain, j'aurais pu agir de la même manière. Le point mystérieux restait qu'une partie du cliché se retrouvât entre les mains des enfants ; mais je n'étais plus à une bizarrerie près, d'autant qu'ils avouaient eux-mêmes avoir « un peu fouillé. »

Dans le secrétaire, je trouvai un rouleau de scotch et recollai l'image. Je lissai la déchirure de l'index, comme on masserait une cicatrice. Le tableau était complet, parfait. C'est terrible à dire, Cora, mais ils allaient bien ensemble. Je cachai la photo sous mon oreiller et, en dépit des circonstances, m'endormis telle une enclume.

Je m'éveillai à l'aube, comateux, la bouche pâteuse et le crâne bilboquet. J'étais épuisé, mais je savais qu'il me serait impossible de retrouver le sommeil. Je me levai donc, motivé par l'idée obsédante d'un thé au jasmin et d'une tartine beurrée. Il était presque sept heures ; de toute façon, les jumeaux seraient debout sous peu. Je m'habillai, me lavai le visage à l'eau fraîche, puis les dents, longuement. Ensuite, je me sentis mieux. Pas la grande forme mais, disons, apte à vivre.

Je trouvai maman allongée sur la banquette du séjour, recroquevillée, le front collé contre le mur. Inquiet de son tempérament cardiaque, j'allai poser ma main sur son épaule pour la réveiller. Ce qu'elle fit, en sursaut, se dressant d'un bond comme un diable sort de sa boîte.

— Maman ? Ça va ?

Elle se frotta les yeux ; elle eut l'air d'un panda, le maquillage qu'elle n'avait pas ôté dispersé en halos, filant dans les rigoles autour de ses paupières.

— Pourquoi tu as dormi là ?

D'une voix éraillée, elle murmura :

— Ma chambre est condamnée. Si ça continue, il n'y aura plus ici le moindre endroit où dormir.

— Condamnée ? C'est-à-dire ?

Je commençai à me diriger vers sa porte, mais elle se leva vivement, affolée.

— Non ! N'y va pas !

— Enfin, je ne comprends pas… Qu'y a-t-il, dans cette chambre ?!

— Un serpent.

— Un… *serpent* ?

— Oui. Je crois que c'est une couleuvre, mais elle est énorme.

— En cette saison, une couleuvre ? Maman, tu es certaine de ne pas avoir rêvé ?

— Voilà, ça recommence. Vous me croyez folle. Tous, vous me croyez folle.

— Mais non… Écoute, je vais aller voir. Si c'est bien une couleuvre, je ne risque rien.

— Mets des chaussures, d'accord ? Enlève ces chaussons, et mets de vraies chaussures.

J'enfilai mes boots de chantier pour me rendre dans la chambre-au-serpent. Maman me suivait de loin, stressée. Elle avait toujours eu les serpents en horreur, une sorte de phobie. Sans doute était-ce l'unique chose qui lui déplaisait, à la campagne. Les araignées, les guêpes, les limaces, les souris – tout cela ne lui faisait ni chaud ni froid. Mais alors, les serpents ! C'était sa hantise. Je tournai la poignée et me retrouvai dans un froid polaire.

— Oui, expliqua-t-elle dans mon dos, j'ai ouvert les fenêtres. Je me suis dit qu'elle sortirait peut-être toute seule…

Vu la température extérieure, j'en doutais. Une couleuvre en décembre, normalement, ça hiberne.

— Elle était où ?

— Près du lit. Près de la tête du lit.

J'avançai d'un pas ferme. Si les couleuvres peuvent atteindre une taille impressionnante, elles sont inoffensives ; j'aurais sans doute moins fait le malin avec une vipère. Je contournai le lit et bondis en arrière. En effet, une couleuvre à collier était enroulée sur le sol, semblant une grosse écharpe imprimée camouflage, longue d'au moins un mètre vingt. Je me tournai vers Grâce, coincée sur le seuil.

— Alors... ? demanda-t-elle, un frisson dans la voix.

— La bonne nouvelle, c'est que tu n'es pas folle.

Je fis demi-tour pour prendre le tisonnier, le balai et la pelle à charbon. Ainsi armé, je retournai dans la chambre. De la pointe en métal, je titillai le reptile, qui ne fit pas le moindre mouvement.

— Ce truc dort comme un loir.

— Attention, quand même...

J'entrepris de faire glisser le serpent à l'aide du balai jusque dans la pelle, comme on se débarrasserait d'un mouton de poussière. L'opération, bien que délicate, fut un franc succès. La couleuvre garda sa forme spiralée et se posa sur le métal, gigantesque étron verdâtre. Ma mère recula prestement pour me laisser passer, supplia de la mettre « loin-loin-loin ».

— Maman... Tu as crié, quand tu l'as trouvée ?

— Oui, naturellement. Tu n'aurais pas crié, à ma place ?!

J'y concédai d'un sourire puis sortis, tenant à bout de bras cet insolite fardeau. Je descendis l'escalier, allai jusqu'à la route pour abandonner la bestiole dans le ravin, de l'autre côté, « loin-loin-loin ». Au contact de la boue, le reptile s'éveilla, déploya son corps mou tel un gros hippocampe. Je grelottai de froid et le spectacle me répugnait. Je retraversai la route au pas de course, rentrai à la maison. Dans le hall, Grâce m'attendait en se tordant les mains, l'air d'une femme de marin guettant son époux par un jour de tempête.

— Voilà. Tu ne devrais pas la revoir de sitôt.

— Comment est-elle arrivée là… ?

— Comme ton collier dans le poêle. Comme les pierres dans les vitres et le couteau dans le plafond. On cherche manifestement à te faire peur.

Je mis de l'eau à chauffer, puis la cafetière en route. Ma mère tira une chaise autour de la table, s'assit. Elle posa son front sur ses deux mains jointes et poussa un soupir mélodramatique.

— Mais qui ? Pourquoi… ?

— Je ne sais pas, maman. Il faudrait rappeler les flics et, en effet, installer une alarme. Le coin est prisé, alors… Peut-être que quelqu'un veut la maison ?

— Eh bien, il en faudra un peu plus pour me déloger !

— Écoute, je ne comprends pas ce qui se passe ici, mais ça m'inquiète de te laisser seule. Je repars demain et franchement, je ne suis pas tranquille.

— J'ai contacté le plombier, Sagnier va passer pour les vitres. Je vais appeler quelqu'un pour l'alarme, tu as raison. Les choses vont rentrer dans l'ordre.

— Je l'espère.

Je versai l'eau fumante dans mon bol, y glissai un sachet de thé. Comme je portai son café à ma mère, Soline apparut, les cheveux en bataille et le pyjama de travers.

— J'ai faim !

— Salut, poupée. Ça va ?

Elle hocha la tête, s'approcha pour embrasser sa grand-mère.

— Où est ton frère ?

— Il dort encore. Il a fait la java toute la nuit, à me tirer la couette, me donner des coups et tout. Même, il a parlé.

— Ah bon ? Qu'est-ce qu'il racontait ?

— Des trucs qui voulaient rien dire, comme une autre langue… Enfin, je sais plus trop.

— Il a dû faire un cauchemar, murmurai-je en sortant le Nesquick du placard, mains tremblantes. Et puis d'après moi, il couve un rhume.

— Ohhhh, tu vois qu'on va l'avoir, la pneumonie !

Je rigolai – tentai de rigoler. Ce rire eut l'harmonie d'une décharge de gravats.

— Au pire, le père Noël est déjà passé !

Elle me sourit en s'installant à table, son sourire du tonnerre qui ressemble tant au tien, Cora. Grâce se leva, non sans me jeter un regard de biais, surprise par ma soudaine mine d'âme de purgatoire.

— Je crois qu'il me faut une douche, après cette nuit affreuse… Je vais monter, d'accord ?

— Tu es chez toi, maman.

— En effet, répliqua-t-elle d'un ton brusque. Je suis *encore* chez moi.

Cet après-midi-là, je pris le même car que la veille. J'avais rendez-vous avec un autre fantôme, allée 16 ; je ne pouvais rentrer à Paris sans avoir vu cette tombe. Quand j'étais parti, divers corps de métiers grouillaient dans la maison. Un électricien œuvrait au cellier, Sagnier et un grand costaud à l'accent polonais changeaient les vitres de la chambre. Le plombier annonça pour sa part qu'il devait commander le chauffe-eau ; la baignoire ne serait fonctionnelle que sous deux semaines, délai qui contraria ma mère de façon disproportionnée. Pour autant, ce bazar généralisé l'avait convaincue d'emmener les enfants au cinéma de Villefranche : ils étaient ravis. De mon côté, j'avais le champ libre pour mener en secret l'ultime mission que je m'étais fixée.

J'arpentai donc l'immense labyrinthe circulaire, claquant des dents au rythme de mes pas, de plus en plus rapides. Il faisait un froid infernal et j'ai les cimetières en horreur. Les cimetières, Cora, sont mes serpents personnels. Je ne te l'ai jamais dit, j'avais un peu honte car tu les adorais. Tu trouvais ces lieux paisibles, inspirants, presque enchantés comme des forêts de contes. En été, il t'arrivait souvent d'aller lire au Père-Lachaise, tocade qui me semblait d'une incongruité totale ; ces enfilades de noms sur les monuments, les fleurs à moitié crevées telles des scléroses en plaque, ces stèles de marbre et ces caveaux incarnaient à mes yeux l'inévitabilité de la mort. Les cimetières m'oppressent, car l'unique certitude de l'être humain en général – et de mon être en particulier – reste qu'il terminera dans un endroit comme celui-ci. Depuis que je vais te visiter, bien sûr, c'est encore pire. Jusqu'à toi, je n'avais eu à faire le deuil que de mes grands-parents. Je souffris chaque fois, en particulier pour Louise qui fut celle que je connus le mieux. Pour autant, sa disparition était dans l'ordre des choses. À la fin, ma grand-mère disait qu'elle était fatiguée, qu'elle en avait assez et qu'elle voulait partir. Toi, tu n'aurais pas dû mourir si tôt ; tu es morte tout de même.

Il me fallut près d'une demi-heure pour trouver l'allée 16, les joues égratignées de vent, puis un quart d'heure de plus pour dénicher mon frère. Enfin, arbres et arbustes cryogénisés autour de lui, je découvris sa tombe, dont la pierre était ornée d'un chérubin joufflu, mignon bien qu'un peu grotesque, sculpté dans du granit.

AURÉLIEN BATAILLE

12-03-1977

Puisses-tu devenir un ange,
parmi les autres anges.

L'effet que cela me fit, Cora, tu ne peux imaginer. Ma date de naissance sur cette plaque, mon patronyme sur cette plaque – c'était d'une violence ! J'eus envie de prendre mes jambes à mon cou mais je devais rester, digérer *physiquement* une information qui, jusque-là, demeurait chimérique. La plaque était là. Son nom était là, sa tombe était là. J'avais eu un jumeau, ce jumeau était mort avant même de naître. Lui donner ma date de naissance comme date de décès semblait une licence poétique ; personne, sans doute, ne put déterminer à quel instant son cœur cessa de battre.

Pour me convaincre définitivement de la réalité de la chose, je posai ma main sur le marbre de la plaque.

Au-ré-lien.

Aurélien, mon frère.

Il avait existé, d'une certaine manière. Peu de temps et sous une forme primitive, mais il avait existé. Je me demandai soudain ce qui était enterré là, concrètement. Avait-il déjà des os ?

Des ongles ? La question était si terrible que je la chassai au plus vite, sans y parvenir tout à fait. Une rafale glaciale m'avala le visage, une lanière de parka me claqua sur la peau, cinglante comme un coup de fouet. Je fis volte-face : j'en avais assez vu. Je tournai le dos à ce frère que je n'avais jamais eu, au secret, au mensonge.

Il me fallait absolument parler à quelqu'un. Oui, mais à qui ? Appeler un ami, une amie ? Qu'y comprendraient-ils ? Il faudrait raconter l'histoire depuis le début, on demanderait des détails, il y aurait des *ah*, des *oh*, des « c'est pas vrai, mais c'est dingue ! », et je ne voulais pas de tout cela. En quittant la Guillotière, fort de la conviction de ne plus jamais remettre les pieds ici, une idée saugrenue m'apparut pourtant comme l'évidence même.

Alors, au milieu de ce quartier hostile, saturé de pompes funèbres et d'immeubles seventies à demi désossés, j'attrapai le tramway sur l'avenue Berthelot pour rejoindre le centre-ville.

Grâce Marie Bataille,
11 novembre 1981, salon,
02 h 30 selon la grande horloge.

Impossible de dormir.

Dormirai plus jamais, somnambule éternelle.

Il n'y a plus de tactique, plus de stratégie. Ni espoir, ni suture – seul le présent, insoutenable.

Armistice ? Mon cul.

Ton image s'altère, Thomas. Se renverse, se distord. Ton langage même a changé de structure. Tu achèves de t'éloigner vers un autre monde, à la façon d'un ovni qui cesse de clignoter.

Je suis le spectre d'un spectre, l'ombre d'une ombre, le reflet d'un reflet.

Par quelle perversité êtes-vous parvenus à me rendre si vieille à seulement trente-quatre ans ? Je suis devenue monstre du jour au lendemain, comme si un accident m'avait défigurée.

La graisse fut belle aussi, ailleurs, en d'autres temps.

À une époque, l'âme était tout et le corps n'était rien. Aujourd'hui, le corps est tout, et l'âme n'est rien.

Dieu est mort ; et moi aussi, j'ai aidé à le tuer.

Aujourd'hui, tout doit être *évident*. Superficiel, cutané, télévisé. L'âme est incompatible avec le système productiviste.

Je me venge de la vie, j'avale le chocolat, le pain, le vin, j'engloutis. Quelle importance ? Décatir dans la joie, tant qu'à faire. Je suis harassée par les interventions continuelles de ma tête. Il faut bien éteindre quelque chose, mettre en veille.

ON OFF ON OFF ON OFF ON OFF ON OFF ON OFF ON OFF ON OFF ON OFF ON OFF ON OFF ON OFF

Je souffre de dysmorphophobie par procuration, je ne te reconnais plus, tu n'es pas mon mari mais une camisole, entrelacs de toile brute cousue sur du vide, ce nez, jamais vu, cette bouche, jamais vue, ces yeux, jamais vus.

J'étais à table avec vous, mais jamais je ne m'étais sentie si loin. Thomas, Christina, Lise, Nathan – vous êtes Constellation. Je suis sur un îlot, tout en bas du tout en bas ; je peux vous regarder, vous admirer. Mais jamais plus je ne vous rejoindrai.

Vos mots me traversent, vos voix, vos désirs. Vous m'êtes des lésions encombrées de visages.

Toi – tu as toujours vécu sans te poser de questions, *agir évite de penser*, tu entrais dans les cases, tout était pour le mieux, maison-épouse-boulot-jardin-enfant/fille-enfant/garçon et enfant mort pour la dose de drame, un peu de fantaisie dans une vie réglée comme une facture de gaz.

Tu plastronnes, tu plaisantes, oh ! tu rougis, imbécile ! De moins en moins, tu te retiens. La gamine a plus de décence que toi, mon vieux. Elle n'y arrive pas, mais elle essaie. De temps en temps, son sourire devient pénible – elle a croisé mon regard.

Culpabilise, petite. Culpabilise donc ! Tu ne perds rien pour attendre. Vois-tu le pot en faïence, là-haut sur l'étagère ? Les feuilles de digitales t'attendent, sèches et crissantes, prêtes à infuser. À vomir tes viscères, tu seras moins sexy.

Toi, Thomas, je t'avais sacrifié ma vie d'avance.

Une pisseuse plus tard, et tout est dévasté.

J'ai vécu l'amour selon l'éternité, je t'ai aimé comme on dit dans les livres qu'il faut aimer. Je pense à la Nature si odieusement bien faite, tellement ironique ! Le spermatozoïdc – une tête, une queue, flagelle combattante ; l'ovule – rond, stable, fidèle. Une chose qui navigue, une chose qui attend. Je pense au train à grande vitesse récemment inauguré par François Mitterrand, orange comme sa chevelure, cette voie que tu prendras pour t'en aller encore, plus loin, plus vite.

Rester/Partir.

J'ai passé ma vie à t'attendre, quand il aurait fallu que je ne cesse jamais d'être attendue par toi.

Sans arrêt, on se trompe.

OFF.

Grâce Marie Bataille,
8 décembre 1981, chambre,
23 h 36 selon le radio-réveil.

La gamine est malade.

N'oserais te dire que je n'y suis pour rien. N'aurais jamais pensé que cela marche aussi bien.

Elle doit être sensible, ce gros bébé… Les doses de digitaline dans une décoction maison sont assez faibles, mais je ne pouvais sortir une telle substance de l'hôpital sans risquer quelques contrôles embarrassants.

En tout cas, ma potion fonctionne. Je l'entends vomir au-dessus de moi, vomir et vomir encore – pauvre petite.

Si seulement tu étais là pour voir ça, monsieur Thomas Bataille ! Sa peau devenue cireuse, ses beaux yeux de poupée tout injectés de sang. Elle ressemble à une vieille alcoolique.

Je sais que c'est mal, attention ! Mais vous avez commencé. Œil pour œil, rien à foutre.

Terminé, la compassion de l'infirmière.

Terminé, la compréhension de l'épouse.

Terminé, la douceur de la femme.

Crevé, l'ovule. Fini d'attendre.

Vous avez dansé tout l'été ? Eh bien pleurez, maintenant !

Vous avez fait de moi ce que je suis. Vous avez multiplié les sbires, semaines après semaines, saisons après saisons. La pisseuse et toi, vous m'avez créée.

« Je crois que ce climat ne te convient pas, Christina. Je crois que tu devrais rentrer chez toi. Je ne suis pas ta mère, je ne suis pas là pour m'occuper d'une enfant malade. »

Elle boira ma tisane jusqu'à ce qu'elle applique ce conseil. À l'entonnoir, s'il le faut. Elle boira jusqu'à ce qu'elle se tire, disparaisse de nos vies ; avant ton retour, je l'espère. La gamine – une présence de passage comme un coléoptère.

Elle et toi, des adieux ? Vous faire des adieux ?! Plutôt mourir, tiens. Noël sera sans elle, je tiens le pari. Je m'offre ce cadeau, chéri, si tu permets.

Ma potion la rend vieille, sa souffrance me rend jeune. La roue tourne, dit-on…

J'ai pris un bain en l'écoutant se vider. La dernière fois qu'un bain m'a fait autant de bien, c'était le 14 juillet, quand nous avions fait l'amour, là, au milieu de la mousse, après le bal. Plus jeunes, nous baisions souvent dans cette baignoire. C'était même notre façon préférée de nous envoyer en l'air : sous l'eau.

Mais après Nathan, tout cela fut terminé.

Alors, ce 14 juillet… ! Feu d'artifices, sans artifice. Toi, moi, nous – recomposés. J'avais cru que c'était pour toujours. J'avais cru avoir gagné. La Bataille ; pas la Guerre. Ce fut, en réalité, la dernière fois que nous baisions.

Presque six mois que tu ne m'as pas touchée, Thomas.

Je ne vous laisserai pas faire.

Les sbires œuvrent au noir, je durcis l'offensive.

Quand j'arrivai au pub, vers dix-sept heures trente, je trouvai un homme-tronc derrière le comptoir. En fait, c'était un homme sans visage. Non qu'il fût défiguré, mais il disparaissait derrière une forêt tropicale de cheveux, poils, barbe, le masque achevé par une paire de lunettes de vue à large monture sombre. Si tu étais, Cora, *deux yeux, un nez, une bouche*, ce type n'était qu'un nez. Pour couronner le tout, il portait un pull à col châle tricoté de motifs péruviens criards, et je n'osais imaginer ce que je ne voyais pas – un short à carreaux et des chaussures de clown ?

Je m'installai sur le même tabouret que la veille. Il n'y avait pas un bruit. Le bar était désert, en dehors d'une femme âgée assise dans le fond tête basse, les épaules animées de bizarres soubresauts. Je réalisai qu'elle tricotait – visiblement une écharpe, une longue écharpe vert foncé qui m'évoqua la couleuvre, à moins que ce ne fut la manche d'un pull de géant. Je me demandai si elle était responsable de celui du barman. Ce dernier bouquinait un *Guide du routard* sur la Thaïlande ; il leva vaguement l'œil vers moi, un œil bleu et globuleux, grossi par le verre épais de ses lunettes.

— Je vous sers quelque chose ?

— Un demi, s'il vous plaît.

— Un demi. C'est parti.

Il se tourna vers la machine et je me triturai l'esprit pour concevoir un dialogue qui ne sonnerait pas trop psychopathique. La bière arriva devant moi, sur le même sous-bock Heineken. J'avalai une gorgée, tandis que le clown-tronc retournait à son guide. Je bus une deuxième gorgée, une troisième, regardai la mamie tricoteuse, bus une quatrième gorgée et, enfin, je me raclai la gorge.

— S'il vous plaît… ?

Le barman leva la tête, visiblement agacé d'être de nouveau interrompu.

— En fait, je venais voir Claire.

— Claire ? Vous tombez mal, elle ne bosse pas le lundi.

— Ah… Vous savez comment la contacter ? Il faut absolument que je la voie.

Son front se plissa au milieu de la forêt.

— Si vous la connaissiez, vous devriez savoir comment la joindre.

— C'est un peu compliqué. Et vraiment long à expliquer. Vous voudriez me donner son téléphone ?

Le clown-tronc me dévisagea, de plus en plus suspicieux. La vieille dame fut prise d'une quinte de toux monumentale, dont l'écho rugueux ricocha entre les murs.

— J'ai perdu son numéro, tentai-je, un peu honteux.

En même temps, ce type semblait aussi intelligent qu'un parcmètre. Il se gratta la tête, posa son guide sur le bar.

— Mouais. Ce qu'on va faire, mon gars, c'est que je vais l'appeler, moi. Et on verra bien ce qu'elle en dit.

— O.K., faites ça. Merci.

Il me jeta un regard de biais, la méfiance décuplée par ses culs de bouteille, puis empoigna le combiné. Mon rythme cardiaque s'accéléra. Qu'allait-elle *en dire*, précisément ? Elle avait été si nette dans son refus de donner suite que je me préparais à une claque programmée. Mais apparemment, elle avait décroché. Je tendis l'oreille.

— Mouais, c'est moi. Je te dérange… ? Non, nickel. Y a pas un chat, c'est trop tôt. Écoute, j'ai là un type bizarre qui dit avoir besoin de te voir… Hum ? Attends.

Il se tourna vers moi, combiné coincé entre la barbe tropicale et l'épaule péruvienne :

— Vous vous appelez comment ?

— Nathan. Dites-lui que je lui dois une bière, c'est très important.

— Nathan. Soi-disant, il te doit une bière. Ça a l'air de vachement lui tenir à cœur, hein.

J'eus envie de disparaître. Je t'assure, Cora. Si tu avais pu me voir, tu te serais étouffée de rire. Je suis un piètre dragueur mais par téléphone et personne interposée, c'était lamentable.

— D'acc. Oh, tu sais, moi... C'est ça. À demain.

Le barman reposa le combiné sur son socle. Mon regard devait être à ce point saturé de « Alors ??? » qu'il parut, par une sorte de perversité, faire volontairement durer le suspense. Il attrapa un bloc-notes sous le comptoir, griffonna quelques mots puis me tendit le papier. Ses mains aussi étaient poilues, petites et poilues ; tout l'inverse de Claire.

— Elle est chez elle. Vous pouvez passer, elle a dit.

Je contemplai l'adresse, pattes de mouches noires sur un Post-it publicitaire qui vantait les mérites d'une entreprise de dératisation. Drôle de sésame, mais sésame tout de même.

6, rue Mazard. Code : 3726 B. Sixième face.

Elle vivait aujourd'hui presque au même endroit que moi à l'époque. Lors de notre nuit, elle habitait toujours chez ses parents ; loin du centre, mais j'avais oublié le lieu exact. Encore une coïncidence. Les coïncidences devenaient si nombreuses qu'on eût dit un plan, fomenté d'on ne sait où par on ne sait qui. C'est idiot mais une seconde, j'ai pensé que ce plan était de toi. Je suis plutôt sceptique quant aux choses de l'imagination – du moins, croyais-je. Je fais détruire des cloisons, construire des cloisons, j'aménage des espaces, je conçois des structures ; je vis dans le concret, le solide, le plâtre et le parquet. Mais depuis mon arrivée dans la région, seulement quatre jours plus tôt, mon univers si stable, si cohérent était devenu mouvant, plein de sous-entendus, de signes et de coups du sort. Je terminai ma bière, remerciai le clown-tronc qui se contenta d'un hochement de tête, à nouveau absorbé par la Thaïlande.

Je quittai le pub.

Il faisait nuit noire et plus froid encore. Je passai au *Nicolas* de la place des Terreaux, achetai une bouteille de champagne. Après tout, c'était Noël. Je décidai de marcher au lieu de prendre le métro, même si ça faisait une trotte, toute la traversée du centre-ville. Je voulais réfléchir, me calmer – j'étais surexcité – et ne pas arriver trop vite non plus, ne pas lui donner l'impression de fondre sur sa porte tel un loup sur sa proie. Je me posai mille questions tordues quant à mon état. Pourquoi étais-je agité de la sorte ? J'avais couché avec cette fille quinze ans auparavant, ne l'avais jamais rappelée ; je la recroisais par hasard, lui parlais deux minutes – et j'avais un coup de foudre à retardement ? Non, vraiment, ça n'avait aucun sens. Bien sûr, je nageais en pleine confusion. Je venais de visiter la tombe d'un frère dont j'apprenais tout juste la non-existence, j'avais rencontré mon père après trente ans d'absence, ma mère parlait toute seule au milieu de la nuit et nos enfants inventaient des fantômes. Mon univers péniblement réglé depuis ta mort, Cora, volait en éclats. Je ne pouvais plus me contenter de *fonctionner*. J'avais besoin d'autre chose, sans bien savoir de quoi. La rencontre avec Thomas Bataille semblait une page tournée ; pour autant, je pressentais que je n'avais pas encore lu le dernier chapitre.

Bon sang, je n'imaginais pas à quel point.

L'échine courbée par un vent terroriste, je traversai Bellecour et m'engageai dans la rue Victor-Hugo. Les boutiques étaient ouvertes, illuminées, parées de leurs décorations de Noël. Quelques jeunes filles avec des sacs griffés évoluaient en bande – étrennes annuelles immédiatement claquées. Je me remémorai notre dernier réveillon, tête-à-tête au nid d'aigle. Enceinte jusqu'aux dents, contrainte au repos afin que les jumeaux ne naissent pas trop tôt, tu buvais une bière sans alcool, guirlande autour du cou en guise de boa, les lèvres peintes en rose vif pour te prétendre festive. Tu n'avais droit ni au foie gras, ni aux fruits de mer, ni au fromage ; je te faisais bisquer à m'enfiler des toasts, avaler du champagne direct à la bouteille, griller à la fenêtre des monceaux de cigarettes. Je te faisais bisquer et tu me détestais – *je te déteste, je te déteste tant !* – mais c'était une détestation bienveillante, taquine, une splendide détestation d'amour. Si les premiers mois, tu avais été infernale (vomissante et infernale), tu étais désormais prise d'une sorte d'euphorie, même si tu t'autotraitais de baleine, juste pour m'entendre dire que tu étais la plus belle baleine que la terre eût portée. Alors, à force de penser à toi, à nous, à tous ces réveillons que nous ne fêterons jamais, l'excitation me quitta peu à peu. À vrai dire, quand j'arrivai à hauteur de la rue Mazard, je faillis rebrousser chemin. Mais je continuai ; une sorte d'instinct me disait de continuer – *à gauche plutôt qu'à droite.*

Je trouvai la porte, tapai le code et constatai, dépité, que l'immeuble était exempt d'ascenseur. Dans le hall, une plaque brillante prévenait : *La circulation des diables dans l'escalier est interdite.* Au nid d'aigle, précisément, l'entrée portait la même mention. La première fois que nous l'avions visité, tu avais dit : « Eh bien mon cher, je crois que tu n'as pas le droit de circuler ici ! » Le cœur serré, je grimpai. À Montmartre, nous grimpions sans arrêt. Je montais sept étages avec les deux bébés, un sur chaque bras, la double poussette calée sous l'escalier, accrochée à la rampe par un antivol. Je me demande où j'ai puisé la force, jour après jour. Nous sommes bien plus forts que nous ne l'imaginons… Vraiment, Cora. Nous sommes toujours bien plus forts que nous ne l'imaginons.

J'arrivai au dernier étage, souffle court, la bouteille pesant au bout de mon bras comme jadis nos enfants. J'attendis un peu. Lorsque j'estimai ma respiration convenable, je sonnai, me demandant soudain comment j'allai rentrer. Quarante kilomètres en taxi, ce n'était pas faisable. Étrangement, je ne m'étais pas posé la question jusqu'ici. Debout sur un paillasson qui râlait « *Oh, no ! You, again ?!* », je tentai de me raisonner : il y avait un car vers neuf heures du matin, notre TGV n'était qu'à seize heures. *Je rentrerai demain. Tout va bien. Je dois juste passer un coup de fil…*

Claire n'avait fait aucun effort vestimentaire. Elle portait un grand débardeur noir et une sorte de sarouel imprimé de macaques. On eût dit qu'elle sortait du lit, mais en mieux. Disons, ce qu'il y a de mieux lorsqu'une fille sort du lit. Elle était pieds nus, ongles coquillages laqués couleur chair, et ses pieds étaient aussi spectaculaires que ses mains. *Bon sang*, me dis-je, *cette fille a d'incroyables extrémités.* Ses cils dépourvus de mascara, d'un blond translucide, faisaient émerger deux prunelles châtaigne. Quant aux petits macaques, finalement, ils semblaient sympathiques. En fond sonore, il y avait de la musique, une pop un peu triste que je ne reconnus pas.

— Eh bien, entre, dit-elle.

Cela sonna comme un ordre. J'obéis, entrai dans un petit appartement mansardé, traversé de poutres sombres.

— Un chalet en Espagne…, murmurai-je.

— Pardon ?

— Oh, rien. Chez toi, ça ressemble à la chambre de mes enfants. Ils l'appellent le « chalet en Espagne ».

Elle sourit. Je lui tendis la bouteille de champagne, enroulée dans du papier doré. Elle s'en saisit de ses doigts délicats et j'eus soudain une vision, une image pornographique tout à fait inhabituelle.

— Qu'est-ce qu'on fête ?

Je haussai les épaules d'un air flegmatique, embrasé de l'intérieur, le sexe durci sous la toile du jean.

— On trouvera bien. Les singes sur tes cuisses, par exemple.

Elle baissa les yeux sur son pantalon, puis les releva vers moi ; elle semblait se demander si c'était du lard ou du cochon. Pour briser tout malentendu, je m'empressai de clarifier ma pensée.

— Ils sont chouettes. Ce sont de super chouettes petits singes. Je suis fan.

— Si tu savais combien de pourboires m'a coûté ce pantalon, tu ne te moquerais pas.

— Je ne me moque pas. Je l'adore. Vrai de vrai.

Elle me gratifia de sa moue étrange, ses lèvres partant de biais comme tirées par un fil. Cette moue était vraiment une chose extraordinaire. Tandis que j'ôtai ma parka, elle ouvrit un placard dans le minuscule coin-cuisine.

— Je n'ai pas de flûtes, je reçois rarement. Verre à vin, ça ira, ou c'est un sacrilège ?

— Comme barmaid, tu te poses là !

— Je suis off, Nathan. C'est d'ailleurs pour ça que j'ai la phobie des verres. Dès que j'en achète, je les casse.

J'eus envie de lui dire que je pourrais boire ce champagne dans ses chaussures, son nombril ou un pot de fleurs, mais je me contentai de sourire. Me faisant violence pour la quitter déjà, je lui demandai de m'excuser un instant, portable en main. Elle désigna une porte étroite, peinte en noir.

— La salle de bains. Si tu veux être tranquille, c'est ce que j'ai de mieux à te proposer.

J'ouvris la porte en question, refermai derrière moi. Je m'assis au bord d'une baignoire sabot, minuscule comme le reste, boots sur un carrelage rétro en forme d'échiquier.

— Allô, maman ? C'est moi. Tout va bien ?

— Oui, ça va. On joue au Monopoly, ils sont en train de me plumer !

— Écoute, j'ai une sorte d'imprévu. Je suis à Lyon et je ne vais pas pouvoir rentrer. Je vais sûrement dormir à l'hôtel.

— C'est cette fille ? La fille que tu as rerencontrée ?!

La voix de ma mère était si survoltée que je n'eus pas envie de lui donner satisfaction.

— J'ai croisé un vieux copain de fac, on va dîner ensemble. Comme je ne suis pas véhiculé… Enfin, tu vois.

— D'accord. Il faut que tu t'amuses, mon fils. Je suis contente que tu t'amuses.

— O.K. Amusez-vous bien, vous aussi. Et ne t'inquiète pas, je serai de retour en milieu de matinée. Tout roule, tu es sûre ? Rien d'anormal ?

— Tout va bien, Nathan, je t'assure. Au fait, Édouard m'a rappelée. J'ai été mauvaise langue : il a fait analyser le couteau. Évidemment, il n'y avait pas d'empreintes. Même pas les miennes.

— La personne devait porter des gants…

— C'est aussi ce qu'a dit Ed.

— Et les travaux ?

— J'ai de nouvelles vitres, mais les bébés vont sans doute rester dans la chambre de ta sœur.

— Oui, c'est aussi simple… Merci, maman.

— Je t'en prie. Passe une bonne soirée, mon chéri.

Je raccrochai. Observai un instant les produits de beauté sur la tablette en verre, au-dessus du lavabo. Eux aussi m'évoquaient toi, Cora. Cela faisait longtemps qu'il n'y avait plus grand-chose sur les tablettes en verre, dans mon nouveau monde ; seules deux brosses à dents montées sur ventouses à l'effigie de *Cars,* et du dentifrice à la fraise Tagada.

Je soupirai et rangeai le téléphone.

Claire fumait, assise dans son canapé – en fait, trois petits fauteuils rouges, sans doute récupérés dans un théâtre ou un cinéma – et avait posé deux ballons de champagne sur une table basse tarabiscotée, une feuille d'aluminium pliée façon origami, probablement une création des années 1960. L'appartement, si petit fût-il, était décoré avec goût et personnalité, mix de vintage et de pièces actuelles, le tout plutôt pointu. Je ne dis pas cela pour me faire pardonner, mais tu l'aurais adoré.

— Excuse-moi. La gestion des enfants.

— C'est bien, dit-elle, d'avoir quelque chose à gérer.

Je pris place face à elle sur un siège en cuir blanc. Claire leva son verre. Je saisis le mien, nous trinquâmes. Elle but une gorgée, regarda un instant les bulles s'envoler, puis les arabesques de fumée vaporisées dans l'air.

— Que fais-tu là, Nathan ?

Je n'avais pas de réponse à cette question ; moi-même, je ne savais pas très bien. Je fixai l'immense dessin au-dessus des fauteuils rouges, un poisson qui mangeait un poisson qui mangeait un poisson qui mangeait un poisson – images en abyme, identiques, mais de plus en plus petites.

— C'est de toi ?

— Oh, ça ? fit-elle en se retournant à peine. Oui. C'est vieux.

— C'est bon. C'est très bon, même.

— Qu'est-ce que tu en sais ?

— Je m'y connais un peu. Cora... Ma femme. Elle était antiquaire et collectionneuse. Je sais quand un travail est bon, crois-moi. D'ailleurs, je me souviens de tes dessins. Ceux que tu m'avais montrés, le soir où... Enfin, tu vois.

— Non, je ne vois pas. Je te l'ai dit, je me souviens à peine de toi. À l'époque, je buvais beaucoup, je baisais beaucoup et je dessinais beaucoup. Maintenant, je me suis calmée sur tous les points. Mais la France entière ne sait pas que j'ai une étoile sur les fesses, alors...

— Pourquoi tu n'as pas continué ?

Elle n'eut pas l'air de comprendre.

— Le dessin. Tu étais douée... Vraiment. Tu aurais pu faire quelque chose.

Elle but une nouvelle gorgée – longue gorgée. La musique qui émanait de son ordinateur sembla encore plus triste. C'était en anglais, mais il était question de rues dévastées, de souvenirs perdus et d'amours avortées.

— Mes parents sont morts, j'ai dû me débrouiller. Artiste, c'est bien joli, mais sans mécène, ça ne remplit pas le frigo. J'ai fait toutes sortes de choses et finalement, j'ai trouvé ce bar. J'y suis depuis six ans. Ça ne me déplaît pas, on voit du monde, et pas seulement de vieux poivrots. C'est fatigant, c'est tout, et je ne rajeunis pas. Un jour ou l'autre, il faudra bien que j'envisage une reconversion. Vieillir derrière un comptoir, c'est tellement…

Elle ne trouva pas le mot, ou ne voulut pas le dire – *pathétique*. Elle s'interrompit, écrasa sa cigarette, termina son verre. Je terminai le mien pour être synchrone, puis je nous resservis. Claire ne vivait pas, elle fonctionnait ; cette tristesse me la rendait irrésistible. J'avais envie de la prendre dans mes bras, la serrer, la consoler, mais elle jouait ce rôle de la fille qui n'a besoin de personne, ce rôle que je jouais moi-même depuis la fin de toi. *Pourquoi prendre le risque de souffrir encore ? Ça n'en vaut pas la peine. Ça fait trop mal, ça n'en vaut pas la peine* – je pouvais lire dans ses pensées. Alors, tout haut, je dis :

— Bien sûr que si, ça en vaut la peine.

Elle ne demanda pas de quoi je parlais ; elle savait. Elle vida son champagne d'un trait, empoigna la bouteille. Je perdis mon regard dans les étagères couvertes de livres, de films et de revues – des films que j'aimais, des livres que j'aimais. Entre *L'Attrape-cœur* et *Mémoires sauvés du vent*, il y avait un drôle d'objet, une boîte ovoïde en métal bleu turquoise qui devait mesurer trente centimètres de haut, au milieu de laquelle trônait un gros bouton-poussoir rouge. On eût dit un frigo des années 1950, un élément d'*american diner* mais, là aussi, en version minuscule.

— Qu'est-ce que c'est que ce truc ?

Elle but un peu de champagne, décocha un sourire. C'était le premier vrai sourire qu'elle m'adressait ; il illumina son visage comme un lever de soleil.

— C'est ma machine à fin du monde.

Je restai sans voix mais mon regard, lui, devait être sacrément interrogateur. Elle se leva. Les singes sur son pantalon s'animèrent, ses seins nus sous le débardeur s'agitèrent.

— Tu vois, dit-elle en s'approchant de la boîte, quand j'ai passé une journée affreuse, je viens près de cette machine. Je ferme les yeux, je me concentre et j'appuie sur le bouton. Là, j'imagine que c'est la fin du monde. Derrière les velux, plus rien. Dans la rue, plus rien. Au pub, plus rien. Et demain, plus rien. Ça me fait un bien fou.

— Tu es incroyablement déprimante.

— Je ne trouve pas. Ne me dis pas que tu

n'y as jamais pensé : n'être plus là, et plus rien après toi.

— N'être plus là, oui, c'est vrai. Mais, l'apocalypse… ? Je crois que c'est à cause de mes enfants. Je ne peux pas leur souhaiter la fin du monde.

Elle haussa les épaules.

— Je comprends. Cette machine, c'est un truc de solitaire. Pour les gens qui n'ont plus rien à perdre… Mais tu remarqueras, ce soir, je n'ai pas appuyé. C'est comme la devise des croyants, tu sais ? « On ne prononce pas le nom de Dieu en vain. » Là, c'est pareil. Il ne faut pas l'utiliser à tort et à travers. Je sais que ça semble un peu dingue, mais je fais ça très sérieusement. J'ai l'impression qu'à chaque fois que je pousse le bouton, il se passe réellement quelque chose, quelque part.

Je me levai pour la rejoindre près de la boîte, effleurant sa main malgré moi.

— Claire, j'ai un deal à te proposer.

— Tu veux t'en servir ?

— En effet. Mais je voudrais m'en servir d'une façon différente ; raison pour laquelle il me faut deux fois plus ta permission.

Elle fronça les sourcils. Ses yeux devinrent marron glacé, saturés de reflets, sans doute parce qu'elle commençait à être saoule. Je la trouvais de plus en plus jolie. Pas jolie comme toi, Cora. Tu étais une vraie beauté, officielle, effrontée.

Claire, c'est autre chose ; sa beauté demande un certain apprentissage. Je dois t'avouer que j'apprenais très vite.

— Mmmh, fit-elle, langue passée sur les lèvres, comme un félin, une chatte. Jusqu'ici, personne ne l'a jamais touchée… Mais j'imagine que si quelqu'un l'utilise autrement, ça ne devrait pas remettre en cause mon utilisation personnelle.

— Ça veut dire oui ?

— Oui quoi ?

— Ça veut dire que j'ai ta permission ?

Elle se déplaça vers la gauche dans une sorte de pas chassé, puis tendit sa superbe main en guise d'invitation.

— *Be my guest.*

Je m'installai devant la boîte turquoise, fixai le bouton rouge. Quel étrange objet, tout de même. Je me demandai bien où elle l'avait trouvé et, surtout, quelle était son utilité première. Je lui poserais la question plus tard, mais elle n'en savait rien : elle l'avait acheté sur Internet et le vendeur lui-même n'en avait pas la moindre idée. Si la « machine » était idéalement placée pour elle, je dus, moi, me baisser. Claire était petite, à peine un mètre soixante et, pour être face au bouton, je devais presque me courber en deux. Je ne la voyais pas, mais je sentais dans mon dos son rire contenu. Je fermai les yeux, me concentrai. À l'origine, j'avais simplement voulu faire une plaisanterie, pour la séduire, un geste d'adolescent ; mais je me pris au jeu. J'entends, je me concentrai, moi aussi, très sérieusement. Tout à coup, ce n'était plus un jeu : je croyais à ce que j'étais en train de faire, j'étais véritablement *impliqué*. Je rouvris les yeux, enfonçai le bouton. Silence. Derrière moi, la respiration de Claire semblait avoir cessé. Finalement, je me tournai vers elle.

— Voilà, déclarai-je.

Son visage était plein d'attente, d'interrogation, d'excitation aussi, peut-être.

— Pour toi, c'est une machine à fin du monde. J'ai une autre interprétation.

Elle alla chercher son verre, en but une gorgée. Je perçus dans son attitude une pointe d'agacement, ce dont je fus très fier. J'avais le sentiment d'avoir réussi à la réveiller, comme le prince ranime enfin la Belle au bois dormant.

— Pour moi, c'est une machine à vœux.

Elle éclata de rire.

— Tu as fait un vœu ?!

— Absolument. J'ai fermé les yeux et je me suis concentré. Mais au lieu d'imaginer un désastre, j'ai imaginé la chose que je désire le plus, là, tout de suite. Ensuite, j'ai rouvert les yeux, et j'ai appuyé.

J'allai moi aussi attraper mon verre. Elle fit à nouveau le geste de trinquer, nous trinquâmes. Elle se moquait de moi, ouvertement.

— Tu as nettement amélioré ta technique, dit-elle.

— Pardon ? demandai-je dans un demi-sourire, imbécile à dessein.

— Non, sincèrement, je te félicite. Tu es devenu beaucoup plus créatif pour coucher avec les filles !

— Je croyais que tu ne te souvenais de rien.

Lèvres en biais, fil tiré. Je commençais à adorer cette moue, d'une délicieuse étrangeté. Cette moue recelait tout ce que j'espérais, tout ce qu'il me fallait savoir, tout ce que la vie pouvait encore m'offrir. Cette moue, comme une lanterne magique, contenait du miracle.

Claire se rassit dans son fauteuil rouge, celui du milieu.

— C'est bien joli, Nathan, mais il y a dans ton plan un énorme hic.

— Je t'écoute. Je suis architecte : les hics dans les plans, je ne connais que ça.

— Ah bon, tu es architecte ? C'est drôle… Enfin, drôle… Ça te va bien. Tu es le genre de type à refaire le monde sous forme d'infrastructures.

— J'ai l'air si coincé que ça ?!

— Non, pas coincé… Carré. C'est un compliment.

— D'accord.

— Je t'assure.

— D'accord, répétai-je.

Je terminai mon verre, bulles piquantes dans le gosier.

— En fait, je suis architecte d'intérieur. Je ne construis ni ponts, ni buildings. Mes structures sont de petite échelle, aussi j'ose espérer que je suis seulement un tout petit peu carré. Juste ce qu'il faut, disons.

— Si je te qualifie de parallélépipède, ça te convient ?

— Parallélépipède rectangle ?

— Vendu, dit-elle en riant.

— Très bien. Maintenant ce délicat point réglé, je pourrais connaître le hic dans mon plan ?

— Le hic dans ton plan, c'est que si je couche avec toi, tu pourrais penser que ta machine fonctionne. Or, nous savons tous les deux qu'elle ne fonctionne pas.

Une heure plus tard, je couchais avec elle.

Grâce Marie Bataille,
15 décembre 1981, chambre de Christina,
10 h 12 selon son réveil.

Chez la gamine, le général Jaruzelski a proclamé l'état de siège : les militaires ont pris le pouvoir. Terminé, les grèves. Terminé, les syndicats. Terminé, Lech Walesa. Tous les espoirs de libéralisation du régime sont anéantis. Bâillons et couvre-feux, voilà désormais le quotidien de la Pologne.

Hier, Christina chialait tellement que je l'ai laissée appeler sa mère de la maison ; ils n'ont pas encore réparé « votre » cabine… Moi, ça me donne envie d'ouvrir le champagne : l'éclatement de Solidarnosc pourrait bien être, enfin, une bonne raison pour la pisseuse de rejoindre les siens.

En étudiant la photo sur le mur de sa chambre, je réalise que Walesa a le même regard que toi. Je n'avais jamais fait le rapprochement.

Est-ce pourquoi elle est amoureuse d'un gars qui pourrait être son père ? Une sorte de complexe d'Œdipe déviant, par procuration ou quelque chose comme ça ? Et ce Jaruzelski, avec sa tête d'ampoule, son crâne dégarni, sa peau huileuse, ses lunettes démesurées – il me dégoûte. Certains ont vraiment la gueule de leur emploi. Enfin, comme tu sais, la politique ne m'intéresse pas. Déjà chez nous, j'ai du mal. Alors, à l'autre bout du monde…

Exceptionnellement, avec le car, la gamine a emmené les enfants à l'école : elle voulait se balader en ville pour se changer les idées.

J'en profite, puisque je ne travaille pas. Je fouille. J'ai honte, mais je fouille. Je ne trouve rien.

Je m'assois sur son lit, me demande combien de fois vous avez baisé ici, puis je me griffe la peau pour avoir mal ailleurs.

Il existe nécessairement des preuves tangibles de votre liaison. Des photos de vous, au moins prises cet été ; des petits mots, peut-être. Des cadeaux que tu lui aurais faits, des babioles rapportées de voyage… Mais je ne trouve rien d'autre que ses culottes, ses soutiens-gorge et toute cette dentelle que tu arraches, bouffes, lèches, que sais-je encore.

Je pense à cela, j'écris cela – tout recommence.

La haine. La brûlure.

Je ne me sens pas coupable de mes mauvaises pensées, ni de mes mauvais actes. Il y a toujours deux versions de la même histoire, mais aucune des deux n'est satisfaisante. Alors, voir midi à sa porte.

Quand elle rentrera, je préparerai une tisane.

« Tiens, petite. Ça te fera du bien. Ton pays va s'en sortir, tu verras. Ton Héros est emprisonné, certes, mais il n'est pas mort. Tant qu'il y a de la vie, il y a de l'espoir ! »

Elle séchera ses larmes et, avec nos tisanes, nous trinquerons à Lech Walesa.

Elle boira. Moi pas.

En m'éveillant ce matin-là, il me fallut un instant pour comprendre où j'étais. Je me crus d'abord à Paris, dans la chambre des enfants, avec ce Velux au-dessus du nez et l'énorme poutre brune qui barrait le plafond. Puis je vis Claire à mes côtés – la silhouette de Claire, le bas de son corps enroulé dans la couette. Quand je m'étais endormi, elle était nue et en sueur, glissante comme un poisson ; mais elle avait remis son débardeur. *Un truc de fille*, me dis-je. J'avais oublié les trucs de fille. Je m'étirai discrètement, vérifiai l'heure sur son radio-réveil : six heures cinquante-sept. Tout allait bien, j'étais parfaitement dans les temps. Il faisait encore nuit, mais sa petite lampe en forme d'ourson était restée allumée ; l'éclairage orangé baignait la pièce d'une aube factice, printanière. Claire était un tableau à elle seule, la tête posée sur ses deux bras pliés, carré blond froissé sur la taie bleu marine, mains magnifiques agrippées à l'oreiller comme la veille à mes hanches. La scène m'apparut en flashes – ses deux mains blanches accrochées à ma peau, caressant ma peau, la peau de mon visage et la peau de mon torse et la peau de mon sexe ; nos doigts enlacés, nos paumes moites, serrées, en fusion. Une seconde, j'avais cru voir scintiller l'éclair de son poignet, bleuâtre et fantastique, comme si l'Univers me confiait un message que j'étais, enfin, capable d'entendre.

Le premier contact entre deux corps s'avère généralement catastrophique, d'où l'intérêt limité de ma sexualité de jeunesse. Même avec toi, Cora, la première fois fut assez bancale ; nous étions fin saouls et tu portais cette incroyable robe à bustier lacé, aussi belle sur toi qu'infernale à ôter. Avec Claire pourtant, tout avait été fluide, simple et naturel, une baignade dans un lac à température idéale sous les cieux impeccables d'un jour d'été. Précisément, je réalisai que ce n'était pas notre première fois. Mais quinze ans avaient passé, nos corps et nos esprits s'étaient renouvelés. Nous étions aujourd'hui deux personnes différentes, enveloppes comprises. Sans bouger, je débattais en moi-même – *doit-on ou non considérer cette nuit comme une première fois ?* – quand Claire ouvrit les yeux, à croire que ma cervelle faisait un bruit de grelot, à brasser en tous sens cette question ridicule. Elle me regarda, ensommeillée.

— Hey, lui dis-je.

— Hey, répondit-elle.

Nous souriions, je crois, tels deux imbéciles. J'avançai mon visage pour embrasser le sien, posai un baiser sur ses lèvres rebondies. Claire, alors, se referma. Tout en elle se referma. Cette nuit, j'avais abattu un mur. En une seconde, il s'était reconstruit, comme si elle venait à son tour de comprendre où elle était, ce qu'elle avait fait ; et décidé que la situation ne lui plaisait pas du tout, en définitive. Elle se redressa dans le lit, fouilla par terre, trouva ses cigarettes, en alluma une. Angoissé par sa brusque métamorphose, je me redressai aussi. Manquai lui piquer une clope, me retins de justesse. Bon sang, avoir fumé une seule et unique fois avait suffi à ranimer le monstre. *Rendors-le*, me dis-je. *Pour les jumeaux, rendors-le.* Lise avait raison : je n'ai cessé que grâce à eux.

— Qu'est-ce que tu as, Claire ?

— Rien.

Elle me parut soudain enfantine, délicate et fragile comme une sculpture en biscuit. Elle se leva pour fuir la conversation, et je constatai qu'elle avait également remis son sarouel à macaques.

— Je vais lancer la cafetière, dit-elle en quittant la chambre.

Je restai un moment à me demander ce que j'avais fait de mal, si mes confidences de cette nuit l'avaient perturbée – les événements dans la maison, la rencontre avec Thomas Bataille, mon frère mort, et toi, Cora, je lui avais aussi parlé de toi. Je compris alors que j'avais énormément parlé ; beaucoup trop. J'avais tant besoin de dire que je n'avais rien demandé. Qu'avais-je fait de mal ?! Quel abruti ! J'étais exactement comme ces hommes que ma sœur condamnait. Pris de panique, je me levai, m'habillai à toute vitesse, tandis qu'un parfum de café montait dans l'appartement. Je débarquai au salon :

— Pardon.

— Pardon ?

— Pardon de t'avoir noyée. Noyée de mes morts, de mes absences, de mes problèmes. Pardonne-moi, Claire.

Elle me sourit en silence, un sourire hâve, fatigué – nous n'avions guère dormi. Elle sortit du placard deux petites tasses translucides.

— Sucre ?

Je secouai la tête. En l'observant dans cette cuisine qui n'en avait que le nom, si mince, si blonde, mon cœur s'accéléra. *Six années vécues sans cœur*, me dis-je. *Six putain d'années.* Je m'emballais, sans doute ; tout cela était trop rapide. Mais il y avait quelque chose de vertigineux à me sentir vivant. Je m'approchai pour prendre la tasse qu'elle me destinait, elle jeta un coup d'œil à la pendule tictaquant sur le mur. Le café était fort, noir et fort, à son image.

— Il faut te dépêcher, dit-elle, tu vas rater ton car.

Moi à Paris, elle à Lyon. Elle serveuse, moi architecte. Moi veuf inconsolé, elle solitaire endurcie. Elle libre comme l'air, moi père de famille. Je lisais ses pensées aussi bien que la veille : elles flottaient dans l'espace comme en trois dimensions. Il fallait que je dise quelque chose. J'avais déjà trop parlé, mais *ça*, il fallait que je le dise. Je n'étais pas certain de le penser, et alors ? De quoi peut-on jamais être certain ? J'étais ce sauteur à l'élastique qui, au bord de la falaise, se dit finalement qu'il regrettera toute sa vie de ne pas franchir le pas.

– Écoute…

Elle esquissa un geste pour me faire taire, mais je lui attrapai violemment le bras ; plus violemment que prévu, en tout cas, étouffant l'éclair au creux de son poignet. Elle se figea, surprise. Je sentis son pouls tiède cogner contre ma paume.

— Écoute-moi. Je manque d'informations, je sais. Toute mon existence est en chantier, je suis moi-même en chantier. Mais pour une raison inexplicable, je suis amoureux de toi. Je ne pensais pas que ça puisse arriver, crois-moi. Sauf que c'est arrivé. Ça repartira peut-être aussi vite que c'est venu, je ne sais pas ; pour l'instant, c'est là et je devais te le dire, parce qu'on peut tous mourir du jour au lendemain.

Une lueur narquoise passa dans ses yeux.

— Alors oui, rassure-toi, je vais prendre mon car, rentrer à Paris. Mais que ça te plaise ou non, je suis amoureux de toi. Je suis un parallélépipède rectangle, et je suis amoureux de toi.

Je lui lâchai le poignet ; il y avait la marque rouge de mes doigts sur sa peau. Libérée, elle saisit sa tasse, but son café, ralluma une cigarette. Je ne pouvais plus déchiffrer son regard, n'avais aucune idée de ce qu'elle pouvait penser. Je ne sus si j'avais de nouveau fissuré le mur ; j'étais brusquement assailli de doutes. Pour moi, cette nuit avait été merveilleuse, mais pour elle ? J'avais baisé quatre fois en six ans, je devais être un piètre amant ; Claire, à l'inverse, semblait une réclame pour le célibat.

— Tu veux un autre café ? se contenta-t-elle de demander.

Son attitude me mettait en colère, pourtant j'acquiesçai. Elle remplit ma tasse. Ses mains ne tremblaient pas – ses mains têtues comme elle.

— Tu sais, Nathan, je ne suis pas certaine que ça vaille la peine de m'attendre.

J'avalai l'expresso d'un trait, enfilai ma parka. Je sortis mon portefeuille et, du portefeuille, une carte de visite. Je posai la carte sur la table basse tarabiscotée.

— Ma vie se résume à attendre quelque chose qui n'arrive jamais. Alors, sens-toi libre. Mais si tu téléphones, je répondrai.

Elle fit sa moue fatale, esquissa un sourire. Tandis que je me dirigeai vers la porte, je désignai du menton le tableau aux poissons.

— Si tu n'appelles pas, au moins, dessine. Je t'assure, Claire, tu n'aurais jamais dû arrêter.

À ma grande surprise, elle se pencha vers moi. Nous nous embrassâmes sur le seuil, longtemps. Elle avait un goût de tabac, de sucre et de café. J'aimais son goût. Elle interrompit le baiser, trop tôt pour moi. Je sortis, m'obligeant à ne pas me retourner. La porte claqua dans mon dos. Je descendis les six étages, avec l'impression de porter sur la nuque l'ensemble des galaxies. *La circulation des diables dans l'escalier est interdite.* Je m'arrêtai. Eus une idée. Remontai. M'essoufflai.

J'attendis un instant, puis sonnai. Claire rouvrit. Ses yeux brillaient, les larmes contrariées par mon retour.

— J'ai oublié un truc, dis-je.

J'entrai, traversai le salon, me postai devant la machine. J'appuyai sur le bouton rouge.

— Moi, je parie qu'elle fonctionne.

Je fis volte-face, et partis pour de bon.

Thomas,
malgré tout,
mon amour.

Voici mes dernières pages. Je n'écrirai plus jamais. Plus un mot. Ne relirai pas ces lignes, non plus. Aucune d'entre elles.

Mais je garderai tout, absolument tout, pour ne jamais m'autoriser à croire que rien n'est arrivé ; ne jamais parer la vérité des oripeaux de la fiction.

Il s'est passé une chose que je ne peux défaire.

Une chose que je souhaitais, Thomas, si fort.

Il faut se méfier des vœux : quelquefois, ils se réalisent.

Tout à l'heure au goûter, la gamine m'a montré le pull trouvé à Villefranche, un truc en acrylique mauve avec un grand col mou, une abomination. N'empêche, cet achat semblait lui remonter le moral. Le pull moulait ses seins – j'ai refait une tisane.

Elle a bu. Moi pas.

Je suis partie à l'école chercher les enfants. Nous sommes descendus à Lyon : ils voulaient regarder les vitrines pour leur liste de Noël. Nous nous sommes promenés un long moment, le son mat de nos pas dans l'hiver, le regard goulu de Lise et Nathan, l'avidité juvénile. Il faisait froid mais les rues scintillantes, c'était joli. Les gosses profitent rarement de la ville, tu sais, sauf quand ils sont chez leur grand-mère. Cette année, nous ne sommes même pas allés aux illuminations du 8 décembre ; pourtant, ils adorent ça. Comme le reste, c'est ma faute. Je ne suis plus moi-même.

Le 8 décembre, au lieu de rendre hommage à la Vierge de Fourvière, je faisais des tisanes.

Les sbires m'ont tout pris, Thomas. Je suis noire tout entière.

Nous sommes rentrés vers vingt heures. Les enfants étaient affamés, je les ai envoyés se laver le temps de préparer quelque chose. À la rescousse, j'ai appelé Christina ; en vain.

Je l'ai cherchée partout, pestant contre elle, crachant dans ma barbe des jurons pleins de hargne. J'ai fouillé la maison, comme j'avais plus tôt fouillé sa chambre.

Cette fois-ci, j'ai trouvé.

Je l'ai trouvée dans la baignoire. Ma baignoire. Notre baignoire. La seule de la maison.

Cette baignoire – dernier lieu où, toi et moi, nous avions fait l'amour.

Elle devait être malade à cause des digitales ; en mon absence, elle s'est sûrement dit qu'un bain lui ferait du bien, qu'elle ne risquait rien, juste une demi-heure, le temps d'aller mieux.

Elle s'est noyée, Thomas.

Elle a dû perdre connaissance, et elle s'est noyée.

Je voulais la tuer de mes mains, mais je n'ai fait que déclencher sa mort. De loin, comme une sorcière. Même le meurtre, je n'ai pas réussi. Pas osé. Pas eu le courage.

J'ai vidé la baignoire, l'eau froide depuis longtemps.

J'ai tiré le rideau, fermé notre chambre à clé.

Son visage, je ne pouvais pas. Son corps nu, je ne pouvais pas. Maintenant, je voudrais la sauver. Morte, elle a l'air d'une enfant.

Ils l'ont réclamée, tu sais. J'ai raconté qu'elle avait dû partir d'urgence dans son pays, que sa maman n'allait pas bien. Je te raconterai sans doute la même histoire.

Nathan a pleuré, Lise a compris.

Je ne sais ce qu'elle a compris exactement ; qu'il s'était passé quelque chose. Elle n'a rien demandé, mais je connais ma fille.

Notre fille.

Nous avons dîné tous les trois comme si de rien n'était, filets de dinde et pommes sautées. Ce fut le plus monstrueux dîner de toute mon existence – les dîners monstrueux n'ont pourtant pas manqué, à vous regarder me trahir, la gamine et toi.

Dans sa chambre, assise sur ces draps que vous avez souillés, j'ai réfléchi la nuit entière.

La digitaline, Thomas, ça se détecte.

Sur son bureau, la vieille Remington, cette énorme blatte noire à la mâchoire d'acier.

Elle n'écrivait plus rien sans cette foutue machine.

Machine à pâtes, machine à frites.

Machine à mensonges.

Je connais son style, à force de l'entendre. De l'étudier. De la haïr. Mon père était faussaire, après tout. Tel père, telle fille.

Non : il n'y a pas de génération sans guerre.

J'ai tapé une lettre d'adieu – recommencée mille fois, encore et encore, je tapais de travers

– puis je l'ai posée sur la Remington dans une enveloppe à ton nom.

Là aussi, j'ai fermé à clé.

J'ai jeté toutes ses affaires au feu. Dans la cheminée, l'acrylique a flambé dans une odeur terrible. Mais à l'aube, d'*elle*, de Christina Raziewicz, il ne restait plus rien.

Plus rien que son corps, toujours dans la baignoire.

J'ai sorti une couverture, la plus belle, celle aux tons pastel imprimée cachemire. Pour sa mort au moins, elle sera bien habillée.

Ce matin, j'ai posé les enfants chez ma mère.

Louise : « Et l'école ? Je ne peux pas les emmener à l'école ! Grâce, enfin, tu le sais bien, je ne conduis plus ! »

Au milieu de ses plantes vertes – affolée.

Grâce : « Ils rateront l'école, quelle importance ? Les vacances sont dans trois jours. »

Louise : « Mais pourquoi, grands dieux ? Que se passe-t-il ? »

Grâce *(improvisant)* : « Je vais faire des travaux. Une surprise pour Thomas. Une surprise de Noël. Ils seront mieux avec toi, ici, au calme. »

Alors Louise aussi a compris quelque chose ; elle non plus n'a rien demandé.

Elle a fait du chocolat chaud.

Je suis debout dans notre salle de bains, face au miroir. Mon reflet n'a pas plus de signification qu'une absence de reflet.

Pas moi dans cette glace. Pas Grâce Marie Bataille.

Bataille est un nom propre ; un peu sale, en fait. Si tu me quittes – et je sais que tu vas me quitter –, je reprendrai le mien.

Bresson. Nom propre. Héroïque.

Si je n'écris pas cela, comment saurai-je que c'est la vérité ?

On dirait un cauchemar aux allures de réel.

Sur ma nuque, le blanc a réapparu.

Il attaque les tempes, se propage, s'enracine.

Je suis un cep de vigne frappé d'anthracnose.

La gamine est morte, et je vieillis toujours.

À la gare routière, j'étais en avance. Fatigué, l'esprit contorsionné, je regardais les gens, amants cherchant amantes, amantes cherchant amants – une grande cuve d'unions infiniment mouvantes, ainsi voyais-je le monde, déformé sensuel par le prisme de ma nuit.

J'arrivai à la maison vers dix heures, croisai le facteur au nez enluminé – ceci aura, hélas, son importance. Tout le trajet en car, j'avais baigné dans un état second, sans pouvoir déterminer si j'étais démentiellement heureux ou totalement abattu. Dans ma tête tournait une toupie comme celle des enfants, avec des chevaux de bois et des tentures de cirque.

Tu sais, Cora, mes aventures d'une nuit me rendirent toutes malade au réveil ; c'était différent, cette fois. Je ne me sentais ni triste ni coupable. J'étais stoïque mais mon ombre sur le trottoir dansait, libérée, pantin surexcité projeté sur l'asphalte.

L'avenir reprenait enfin la forme de l'avenir.

Sur la banquette en velours, les jumeaux jouaient aux Sept Familles – *Je voudrais la mère, J'ai pas.* Je les embrassai sur le front, tour à tour. Doux et frais, comme toujours.

— Ça va, les gars ?

— Ouep.

— Ouep.

Visiblement, je les déconcentrais.

Le lendemain, mercredi 29 décembre, j'aurais dû les conduire à Châteauroux, chez tes parents. Depuis ta mort, les choses sont décidées ainsi : Noël avec moi, Réveillon avec eux. La présence des jumeaux exfolie leur douleur ; Soline et Colin sont un peu de toi – tu n'es pas partie en vain. C'est ce que dit ta mère chaque fois qu'elle les voit : *Mon unique enfant n'est pas partie en vain.* Ton père, lui, ne s'en remettra jamais. Pour eux, cette même froideur que Grâce à mon égard, distance que rien jamais ne saura amoindrir. Je lui pardonne, tu sais. Nos enfants pardonnent aussi.

Maman, à table, terminait de déjeuner. Elle me scruta un instant, cherchant à percer le mystère de ma fugue.

— Tu as dormi à quel hôtel, mon chéri ?

— Je suis resté chez mon pote. Il a une chambre d'ami.

— Oh.

Elle lâcha un petit sourire en coin ; je n'y prêtai pas attention et me servis un café. Elle semblait fatiguée, ses yeux d'aluminium de plus en plus cernés, les traits tirés. Son brushing d'ordinaire impeccable présentait de vilains épis, son cou, des traces d'oreiller qui auraient dû disparaître depuis des heures déjà. *Détricotée.* Ce terme, impropre, fut pourtant celui qui me vint à l'esprit ; Grâce était détricotée, comme une trop longue écharpe sous les doigts noueux d'une vieille dame malade.

— Cette nuit… ? demandai-je à voix basse, tandis que les enfants continuaient de jouer.

Elle secoua la tête.

— Je crois que les choses vont se tasser. Un petit cauchemar de Noël, voilà tout… Tu as raison, on a voulu me faire peur. Mais ça n'a pas marché.

Il y avait de la fierté dans sa voix. De la colère, et de la fierté. Je posai ma main sur son épaule, lui caressai l'omoplate. Ce geste de tendresse parut l'embarrasser. Elle s'écarta, se fit dure et froide comme une viande congelée ; je la retrouvai enfin telle que je la connaissais.

— Maintenant que tu es là, Nathan, je vais chercher le courrier, d'accord ?

Je hochai la tête, terminai mon café, beurrai un quart de baguette. Tartine en main, mon regard se perdit à la fenêtre, dans la vallée enneigée par endroits, le sol rougissant à d'autres en parterres lie-de-vin, les sapins drus, les peupliers vides, le clocher de l'église colossal et pointu. Une épaisse nuée de passereaux traversa, noire, le ciel blanc.

La grande horloge sonna onze coups.

Je voudrais la grand-mère, J'ai pas.

Selon le mythe, les oiseaux passériformes sont des « passeurs », médiateurs entre deux mondes – le monde des vivants et le monde des morts. J'apprendrai plus tard, par Claire, que les corbeaux symbolisent en Suède le fantôme des personnes assassinées et, en Allemagne, l'âme des damnés. Pour ma part, je ne vis qu'une nuée d'oiseaux, spectacle habituel dans la région. Pour autant, j'avais un mauvais pressentiment : maman ne réapparaissait pas. Je décidai d'aller voir ce qu'elle fabriquait ; dix minutes pour relever la boîte aux lettres ?! J'avais constaté en rentrant que l'escalier verglaçait et j'eus peur qu'elle ne fût tombée.

— Je reviens, dis-je aux jumeaux.

Ils ne levèrent pas même les yeux ; très concentrés, décidément ! Leur autonomie est une bonne chose, bien sûr… Mais tu sais quoi, Cora ? Quelquefois, elle me vexe.

Je sortis, éminemment inquiet sans comprendre pourquoi.

Grâce gisait au bas des marches, auréolée d'enveloppes éparses. *Bon sang*, me dis-je, *elle est* vraiment *tombée !* Je me précipitai, glissai moi aussi, manquant me briser le coccyx.

— Maman !

Je ne le savais pas encore, mais c'était la dernière fois que je m'adressais à elle. Arrivé à son corps, elle ne respirait plus. Sa main droite était crispée sur un bout de papier ; sur l'instant, je n'y fis pas attention. Sur l'instant, paniqué, je sortis mon portable pour appeler les secours.

Moi, debout dans le ciel pâle, glacé jusqu'aux os, le corps de ma mère à mes pieds, sa vie stoppée net comme un film qui casse… C'était là un tableau que j'aurais regardé sans en saisir le sens, flottant sur un mur de brume dans un musée de silence. Je tapai le sol avec ma bottine pour sentir le dur, le réel. Je n'étais plus à même de discerner la vérité du déraillement ; tout était brisé à l'intérieur de moi, fragments éparpillés. J'essayai d'intégrer ce fait – *ma mère vient de mourir* – sans y parvenir. Je savais pourtant que, pompiers ou pas, rien ne la ranimerait. C'était terminé, et Grâce non plus ne reviendrait jamais. Un banc de nuages ectoplasmique passa au-dessus de nos têtes. Pareille au jour de ton décès, la réalité s'était fossilisée – oubliée, enterrée, caduque. L'air autour de moi semblait gélatineux, silencieux comme le fond des mers. Je baissai les yeux ; je remarquai alors la lettre froissée dans cette main bleue, inhumaine déjà. J'hésitai – *ma mère !* C'était ma mère, là, sur cette pierre glacée, c'était ma mère et elle était morte. Quand tout cela allait-il cesser ?

J'entendis bientôt les sirènes. Les choses à nouveau m'échappèrent – chorégraphie d'uniformes, rouge, jaune, bleu –, des gens me parlent, je ne réponds pas, n'entends pas vraiment, réagis enfin en apercevant les jumeaux en haut des marches, *Rentrez, rentrez immédiatement !*

Grâce n'avait pas glissé, c'était une crise cardiaque. Un homme arracha de sa main la feuille froissée, je me détournai durant l'opération. L'homme y jeta un coup d'œil avant de me la tendre. Après hésitation, je m'en saisis.

La lettre était tapée à la machine, sur le même papier aux bords jaunis que celle conservée par Thomas.

Mes yeux pleuraient à cause du froid, j'eus du mal à la lire.

Moje Kochanie,

Quand rentres-tu ?

Je t'écris mais nulle part où envoyer, nulle part dans ton monde sans boîte aux lettres, tes voyages, le travail je sais bien mais ce soir, il faut que je te parle. Tout à l'heure, j'ai parlé dans mon lit, je t'ai parlé comme on parle à Dieu, mais ça ne marchait pas. De toute manière, c'est bien pour moi d'écrire dans ta langue, en attendant ta langue pour de vrai. Je le fais sur la vieille machine Remington, j'adore le bruit, il va bien avec les pierres dorées de la maison ; ça résonne dedans et je me crois écrivain comme ceux des films U.S.

Je t'écris parce que j'ai un sentiment pour quelque chose à venir, un sentiment mauvais. Toujours, je sens les choses arriver. Quand j'étais enfant, j'ai su que grand-père allait mourir avant qu'il meure, juste avant, presque au moment où, j'ai senti un grand froid et comme si on m'étranglait, j'ai senti deux mains autour de mon cou aussi bien que je sens les tiennes sur ma peau quand tu vas et tu viens, je crois que j'ai su car Dziadek et moi, on était comme les doigts de la même moufle. Je ressens le froid et c'est pour moi, cette fois. Elle sait. Rien dit, rien montré, mais je suis sûre. Elle sait.

On le fera ? On le fera, partir ? On le fera ?

Ici, tout va. J'aime beaucoup tes petits, même si Lise parfois, je t'ai dit déjà, me fait peur avec ses grands yeux en pièces d'argent.

J'attends la Noël, parce que tu seras là, revenu, et je me demande si toutes ces personnes que tu vas voir à travers les routes ont besoin de toutes ces choses que tu vends à travers les routes. Chez nous, en Pologne, mon père était menuisier. Lui, les choses qu'il vendait étaient des choses qui servent. Tous, on a besoin de chaises où poser les fesses pour pas être debout tout le temps et des tables pour dîner et des garde-manger et des bancs et des chevaux à bascule aussi, on en a besoin. Il en avait fabriqué un pour mon anniversaire de six ans, avec la ficelle en forme de crin. Il avait dessiné des taches grises sur la robe alezane, mais son museau était bleu, comme pour pas que je croie que c'était un vrai cheval, comme si j'étais idiote. Un jour, mon voisin l'a cassé en montant dessus debout, c'est ce que font les garçons ; Nathan aussi parfois casse les choses de Lise et Lise pareil, sauf que Nathan c'est pas exprès mais Lise, toujours.

Ta fille et ta femme, elles se ressemblent, le blond cendre et le regard métal.

Quand rentres-tu ? Je sais, tu as téléphoné hier mais bien sûr, je n'ai pas pu demander. Si seulement elle n'avait pas été à la maison, si j'avais décroché, moi, pas elle... Depuis que la cabine est cassée, c'est comme si j'allais fondre de chagrin tous les soirs, à la place du moment où je descendais là-bas, attendre la sonnerie dans les parois de verre, et j'entendais ta voix et tu me faisais rire et après, tout était possible et joyeux jusqu'à ton vrai retour. En remplacement, j'écris. Si tout va, cette lettre, tu ne la liras pas. Mais j'écris car je perçois le froid comme pour Dziadek et je me sens malade. Si je ne suis pas ici quand tu vas revenir, alors c'est que j'ai raison, et cette lettre je la laisse dans notre cachette, tu sais où, sûrement tu penseras à aller voir, j'espère, et tu sauras que je ne t'ai pas abandonné.

Peut-être je dis n'importe quoi, peut-être je déraille comme les trains car tu me manques trop, il fait très froid et je prépare une maladie, je suis « lessivée » comme tu dis toi, ça me fait rire, je t'imagine grand drap que je tords dans mes mains pour t'égoutter et toujours, tu sais, oh, c'est bête, je pense à ça quand on le fait, quand il y a nos sueurs l'une dans l'autre, je ferme les yeux et tu deviens un drap tellement doux, alors entre mes mains j'essore, plus fort, je serre et je t'essore, et ta sueur, c'est une lessive en forme d'amour.

On le fera ? S'enfuir ?

Quand tu n'es pas là, toutes les choses dont je suis sûre quand tu es là deviennent des doutes et des ombres, des grands oiseaux noirs au-dessus de mon lit qui me piquent la figure.

Demain j'espère, tu téléphoneras encore, et je décrocherai car elle sera chez le coiffeur pour se faire belle à ton retour.

Je ne ferai rien de spécial, à ton retour. Je serai juste ici, et je t'attendrai.

Kocham cię.

C.

C.

Christina. Cora. Toi aussi, tu signais C.

Ce C. me démolit.

— Qu'est-ce que c'est ? demanda le pompier, tandis que ma mère était placée sur une civière et sous une couverture, enfournée telle une momie à l'arrière de l'ambulance.

— Je ne sais pas, dis-je sans le regarder, la lettre tremblante entre mes mains. Je ne suis pas sûr.

— Eh bien, on dirait que ça l'a tuée.

Les pompiers sauvent le monde, mais ne sont guère diplomates.

Le véhicule partit, éclat rouge sur l'asphalte, disparut dans les lacets. *Déjà-vu.* J'aurais bien eu besoin de hurler ; j'en étais tout à fait incapable. Prononcer un mot, même, me semblait inconcevable. Je repliai la lettre, en lissai les pliures, la rangeai dans ma poche. Je restai figé un instant, puis les enfants réapparurent sur le seuil ; mes jambes, automates, entreprirent de gravir les marches. Je prêtais attention à chaque pied posé, moins à cause du verglas que pour m'assurer de la réalité de ces pas – faire de cette ascension un retour au réel. Assumer, pour les jumeaux. Ils m'observaient sans rien dire, bras ballants, collés l'un à l'autre tels deux frères siamois. Pour eux, je devais récupérer ma voix, trouver et prononcer les mots les moins injustes, puisqu'en pareille situation, les mots justes n'existent pas. Finalement, ils me vinrent en aide, comme ils l'ont toujours fait.

— Mamie est morte ? demanda Soline, ses yeux verts plus intenses que jamais enfoncés dans les miens, plantés si loin en moi qu'il m'était impossible de leur échapper.

Je m'accroupis et, sans lâcher notre fille du regard, je dis :

— Oui. Son cœur était fragile depuis longtemps, vous savez. Aujourd'hui, il s'est arrêté.

— Elle a eu mal ? murmura Colin d'une voix cassée, tellement plus sensible que sa sœur.

— Non, Coco. C'est arrivé très vite, elle n'a pas dû réaliser. Comme si elle s'était endormie, tu vois ?

Il hocha la tête, fit un pas en avant et tomba dans mes bras. Quelques instants plus tard, sa sœur l'imita. Pour une fois – la première fois –, l'imitation se fit dans ce sens. Je serrai nos enfants contre moi, si minuscules encore, deux plumes collées à ma poitrine. Mais ils ne pleurèrent pas, ni l'un ni l'autre. La mort leur était familière ; ils n'avaient pas six ans que la mort, déjà, leur était familière.

Tandis que je suggérai d'aller à l'intérieur – il faisait moins de zéro et nous étions tous en bras de chemise –, Colin chuchota en s'écartant de moi :

— On te l'avait bien dit, qu'il y aurait un malheur.

Mon échine se glaça. En effet, ils me l'avaient bien dit ; mais c'était dans un rêve. Dès lors, je ne sus plus discerner ce qui était vrai de ce qui ne l'était pas.

— Allô ?

À l'autre bout du fil, un vrombissement.

— Lise ? Qu'est-ce que c'est que ce bruit ?

— Je rase mon pull.

— Pardon ?

— Aux Galeries, on a un petit appareil génial qui s'appelle un « rase-bouloches ». C'est comme le rasoir électrique avec lequel tu quittes ta barbe ; sauf que là, c'est pour la laine. Ça fait trois ans que je fais durer le cachemire que tu m'as offert – tu sais, le bleu marine ?

Je ne sus que dire. L'annonce que j'allais faire s'assortissait mal avec un tel début de conversation.

— Grand ? Tu es avec moi ?

— Lise…

— Accouche ! Je suis en fin de pause, là.

— Maman est morte.

Le vrombissement continua dans le vide un instant, puis cessa. Le silence changea de bord.

— Qu'est-ce qui s'est passé… ?

— Elle a fait une crise cardiaque.

— Mais quand ? Comme ça, d'un coup ? Elle prenait ses médocs, non ? Je ne comprends pas… Il s'est bien passé quelque chose !

Sa voix s'étrangla. Devais-je lui parler de la lettre, *l'autre lettre* ? Attendre ? Elle semblait anéantie. Ce n'était guère son genre, même lorsque le drame touchait ses proches ; à ton enterrement, Cora, elle avait dragué l'un des croque-morts et m'avait à peine présenté ses condoléances. Je décidai d'attendre.

— C'est arrivé il y a une heure. Elle est sortie relever le courrier mais comme je ne la voyais pas revenir, je suis allé voir. Elle était par terre, et… et… Il n'y avait plus rien à faire. On le savait, Lise. On savait que c'était possible.

Nouveau silence, large comme un puits.

— Je n'aurais jamais cru à ce point. Jamais. Elle est tellement… tu sais…

— Coriace.

— Ouais. Je t'assure, je pensais qu'elle m'enterrerait… Nathan, je pensais sincèrement qu'elle m'enterrerait !

Sur ces mots, sa voix se brisa jusqu'à disparaître. Quelques secondes plus tard, elle raccrocha. Je la connaissais tout de même assez pour la laisser gérer notre tragédie à sa guise, aussi ne rappelai-je pas. Cette brève conversation me remit sur les rails : je savais ce qui m'attendait. Formalités, obsèques, notaire, cette maison qu'il faudrait vider, vendre. Maman était morte ; naissait dans son sillage une caravane de problèmes. Cela peut sembler indécent, mais penser de la sorte m'évitait de penser autrement.

Ainsi, durant les semaines qui suivirent, ne pensai-je plus qu'en termes de logistique.

L'univers est en vrac, le Japon ravagé par des tremblements de terre, avalé par des tsunamis. Nous sommes en guerre avec la Libye, un nuage radioactif se balade au-dessus du monde, les pays arabes font leur révolution.

Nos enfants ont sauté au CP, se débrouillent comme des chefs, à se disputer la première place du classement. Probablement, Soline va gagner.

Pour mes trente-quatre ans, j'ai reçu deux présents. Ces présents, fatalement opposés, m'ont décidé à entamer ce récit. Pour ta mémoire, Cora, et la mémoire de quelques autres. Je n'imaginais pas encore ce que je viens d'apprendre… Mais chaque chose en son temps ; tu me reprochais assez mon impatience.

Mon tsunami est intérieur. Les dégâts sont moins visibles – ils sont bien là, pourtant.

Le 12 mars 2011, donc, on sonna à ma porte, tandis que je travaillais aux plans de rénovation de l'ancien cinéma – avaries murales, infiltrations, moulures manquantes, invasion de cafards, tout un programme. Le facteur abandonna deux paquets plats sur mon seuil, l'un petit, l'autre immense. Sur le plus petit, je reconnus l'écriture de ma sœur ; le colis venait de l'étranger.

Quelques semaines après les obsèques de notre mère, Lise avait disparu. J'entends – purement et simplement, comme avalée par un vortex. Nous venions de toucher l'argent de l'assurance décès ; nous ne savions pas que maman en possédait une et l'annonce du notaire nous surprit tous les deux. Une telle précaution, pour une femme avec un patrimoine immobilier notable et aucun problème d'argent, dénotait chez Grâce Bresson le sentiment d'être menacée. J'aurais éventuellement pu le comprendre après sa crise d'angine de poitrine, mais la précaution ne datait pas d'hier : elle avait souscrit cette police au départ de notre père, trente ans plus tôt. Quoi qu'il en soit, nous touchâmes chacun près de cent mille euros ; dans le même temps, la maison trouva preneur et le compromis de vente fut signé quelques jours plus tard. Lise, enfin, n'aurait plus de problèmes d'argent. À la lecture du testament, pourtant, jamais je ne l'avais vue si sombre. Ses racines rouges étaient marbrées de blanc, elle n'était pas maquillée, vêtue n'importe comment d'un jean élimé et d'un sweat-shirt informe. Me Marceau, un petit homme trapu en costard sur mesure, annonça que Grâce avait laissé une lettre à notre attention, lettre à n'ouvrir qu'en cas d'absolue nécessité, pour une raison impérieuse que nous reconnaîtrions comme telle. Bien sûr, Lise voulut la lire, mais nous n'avions pas de « raison impérieuse ». Ma sœur hurla, tempêta, tapa même contre un mur ; Marceau resta inflexible. Il rangea la lettre dans le dossier et nous somma de quitter son bureau. Je crus que Lise allait le tuer.

À peine son chèque encaissé, ma sœur s'évanouit dans la nature. Rendit son appartement, quitta son travail, vida son compte en banque, résilia ses abonnements téléphoniques. Quand je reçus son paquet, tamponné d'un cachet du Brésil, j'avais perdu sa trace depuis presque deux mois, après avoir appelé toutes nos connaissances communes, les Galeries Lafayette, les hôpitaux et même les morgues. Si nous n'étions pas très proches, Lise ne manquait jamais de téléphoner aux enfants pour leur anniversaire, le 7 février. Pour la première fois, elle ne le fit pas. À cette date, je commençai à m'inquiéter, hésitant à contacter la police pour un rapport de disparition, tout en sachant qu'ils m'enverraient paître – *votre sœur, majeure et vaccinée.* À son âge et dans sa situation, la plupart des disparitions sont volontaires.

En tout état de cause, je commençai par ce paquet-là, avidement déchiqueté – *mais bon sang, qu'est-ce qu'elle fout au Brésil ?!* Le pli renfermait un carnet relié de cuir brun, le journal de notre mère. Un journal vieux de trente ans, rédigé alors qu'elle avait le même âge que moi aujourd'hui. Je trouvai également un texte manuscrit, que Lise appelait « Notice explicative ». En effet, cette notice contenait un nombre certain d'explications. Dieu merci, je m'étais assis pour la lire.

J'avais pris place dans le canapé – toujours le même, Cora, ton canapé d'Arne Jacobsen, que tu ne pus jamais te résoudre à vendre, même lorsque nos finances laissaient à désirer. J'avais feuilleté le journal de Grâce mais rapidement cessé, pétrifié par une vérité que j'entrevoyais par bribes. Pétrifié par une phrase, aussi – *Lise est ma préférée.* Je le savais bien sûr, mais ainsi noir sur blanc, c'était abominable.

J'avais alors entamé la « notice » de ma sœur, déchiffrant péniblement sa graphie tortueuse.

Grand.
Joyeux anniversaire.

Oui, je suis vivante. Pardon si tu t'es inquiété. En même temps, il ne faut pas exagérer, ça ne fait que quelques semaines… Enfin, je te connais : tu es un flippé. Désolée, donc.

Il fallait que je parte. Je suis restée pour maman mais aujourd'hui, il fallait que je parte, le plus loin possible, où personne ne sait rien, où personne ne me connaît, où je pourrais peut-être devenir quelqu'un d'autre, ou juste quelqu'un tout court.

Ce que je vais te raconter n'est pas d'ordre à te déstresser, mais il le faut bien. Parce que mine de rien, je t'aime. Tu es mon frère et tu en as chié, d'une autre manière que moi, mais tu en as chié aussi. On ne se comprend pas, mais on a au moins ceci en commun : la douleur.

Je me demande ce que tu penses de ce qui s'est passé à Noël, les choses dans la maison. Je dois te dire d'emblée que j'y suis pour beaucoup.

L'an dernier, quand elle a fait son angine de poitrine, maman a passé une semaine à l'hôpital. C'est moi qui me suis occupée d'elle, puisque tu n'étais pas là, puisque tu as une vie (et je suis contente pour toi, même si ça ne se voit pas toujours). Plusieurs fois, je suis allée lui chercher des fringues de rechange, des affaires de toilette. Je n'avais jamais été seule dans cette baraque. Ça semble incroyable, mais c'est la vérité. Tu te rends compte, Nathan ? Il y avait toujours soit maman, soit papa, soit mamie, soit une baby-sitter. Peut-être as-tu été seul là-bas, toi, après mon départ. Mais moi, non, je n'avais jamais été seule dans cette maison ; j'en ai ressenti un malaise mêlé d'excitation.

Je suis une fille et je ressemble à notre mère (tu comprendras à quel point plus tard) alors, j'ai fouillé. J'ai eu un besoin irrépressible de fouiller. Quand on fouille, on trouve. C'est comme avec les mecs ; si on cherche, on trouve, les maîtresses, les trahisons, les saloperies. On trouve toujours quelque chose. Il ne faut pas chercher si l'on veut vivre en paix ; mais moi, je ne peux pas m'en empêcher. Tout a commencé parce qu'il y a trente ans, j'ai fourré mon nez où je n'aurais pas dû. Tout se termine pour la même raison.

Pendant son séjour à l'hôpital, j'ai trouvé ce journal, au milieu d'un bordel de vieilleries, dans les combles. Je dis un bordel, mais le carnet était bien rangé – bien caché – dans un carton vierge de toute annotation, avec des albums photo de la même époque et tes dessins, Nathan, des dessins obsessionnels qui représentaient tous Christina.

Je me rappelle parfaitement ce jour-là, le jour où elle disparut d'un coup, d'un seul, comme absorbée par les murs. Je me rappelle maman, peu avant Noël, le Noël 1981. Tu n'étais qu'un môme mais moi, je comprenais. Je savais qu'il se passait quelque chose entre papa et cette fille. Une fois, je les ai même surpris en train de baiser. Maman était au travail, tu dormais ; eux, ils baisaient. Ils ne m'ont pas vue, mais j'ai compris alors ce que les hommes étaient.

Pas toi, je sais. Tu es l'exception qui confirme la règle. La chochotte qui confirme la règle. C'est un compliment, sûrement, en définitive.

Nous étions chez mamie, tu ne te rappelles pas ? Nous étions chez mamie, juste avant Noël, cette année-là. Tu t'étais marpaillé le nez en glissant sur le parquet qu'elle venait de cirer, tu pissais le sang, je m'en souviens très bien.

Et quand nous sommes rentrés, tout était transformé.

Je ne sais pas ce que Grâce a fait du corps. Elle l'a peut-être enterré dans le jardin… C'est ce que je me dis. C'est ce que j'aurais fait.

Toutes ces années, grand, nous avons joué sur un putain de cadavre.

Quand j'ai appris le retour de papa, maman était dans un tel état que j'ai eu cette idée, reprendre les motifs de son journal pour lui faire peur – les sorts, les spectres, les poupées vaudous. Le timing était trop beau ! Elle, complètement perturbée, remontée dans le passé ; moi qui savais ce que je savais.

J'avais envie de le faire. Comme de fouiller, j'ai pas pu résister. Pour qu'elle vende la maison, et puis pour l'emmerder. Ce journal dans ma tête, ces mots comme une migraine, lancinants. Nous, à peine évoqués, dernières roues du carrosse.

Sa jalousie a tué cette fille, Nathan, et la mort de cette fille nous a tués.

Je suis jalouse, moi aussi. Ai toujours été jalouse, de maman, de toi, du monde entier. Au collège, jalouse de mes copines qui avaient un père ; plus tard, jalouse de tous ces êtres doués pour le bonheur. Je ne me cherche pas d'excuses ; mais eux – Grâce et Thomas Bataille – ont ruiné mon destin, démoli mes possibles. Elle plus encore que lui, incapable de le garder, superficielle et braque. Papa est parti, papa nous a quittés. J'ai planté mes études, j'ai fait n'importe quoi, j'ai raté ma vie. Si Thomas n'avait pas baisé cette fille, si Grâce n'avait pas tué cette fille, si nous avions été une famille normale, je serais quelqu'un d'autre.

Je survis depuis vingt ans avec le smic ou assimilé, je n'aurai jamais de gosse, jamais de famille. Toi, tu as bien réussi. Maman le disait assez – « Je suis si fière de Nathan, il a toujours été si doué ! » –, moi pointant comme à l'usine, à puer le Chanel, le Dior et le Mauboussin… Tu as réussi grâce à l'ignorance. Tu as réussi parce qu'à l'époque, tu n'étais pas tout à fait une personne, et que le mal à tes yeux n'existait pas encore.

Ils l'ont semé en moi, eux, tous les trois. Comme ce navet du diable qui a pourri nos murs, empêchant même certains volets de s'ouvrir, toutes ces années, grand, le mal a poussé en moi.

Je ne voulais plus de cette vie-là, tu comprends ? Et maman, qui refusait de vendre sa baraque… Une donation de son vivant, ça aurait été si simple ! Et cette assurance décès ! Elle aurait pu m'aider, mais non : il aura fallu attendre qu'elle meure. Quelle connerie… Elle me parlait d'« accomplissement ». Elle disait que ma galère, tôt ou tard, déboucherait sur une révélation, une reconversion, une « voie ». Elle me parlait ainsi et, dans ma tête, je composais des insultes que je ne prononçais pas.

Sûrement l'ai-je déçue. Sûrement n'ai-je pas été la fille qu'elle espérait. Enfant, dit-elle, j'étais sa préférée. Peut-être. Mais les choses ont changé depuis cette époque, crois-moi.

Grâce ne m'aimait pas. Grâce n'aimait plus personne. Sauf tes jumeaux, peut-être, nés après le désastre.

J'étais amoureuse, et je voulais du fric pour commencer à vivre. J'ai quitté cet homme, depuis, parce qu'il avait sur moi l'influence d'un gourou et qu'à la mort de maman, certains trucs m'ont sauté aux yeux. Parce que je ne laisse jamais les hommes me choisir, et que je les choisis mal.

Bref, comme elle disait.

Mais à Noël, je voulais partir. Partir avec lui, tout quitter, remettre les compteurs à zéro. Je voulais fuir cette vie bâtarde dans laquelle je me sentais parquée, à cause d'eux, Grâce, Thomas, Christina.

C'est ce que je fais, dans un sens, même si c'est plus compliqué que prévu. J'ai tamponné un passeport pour la toute première fois, tu te rends compte ? Tu parles d'un accomplissement – attendre quarante piges pour changer de continent !

Pardon, je ne sais pas écrire ; je saute du coq à l'âne.

Tu es le plus intelligent de nous deux, tu comprendras tout seul.

J'avais les clés, c'était facile. J'ai ouvert les rideaux, planté le couteau dans le plafond juchée sur l'escabeau, marteau gainé de cuir pour étouffer le bruit ; maman était tellement shootée au Stilnox qu'elle n'a même pas moufté. J'ai jeté les pierres dans les vitres, largué cette vieille Barbie customisée dans la maison de poupée (il a fallu que ce soit toi qui la trouves ! On ne peut pas tout prévoir. Je n'avais pas prévu, d'ailleurs, de foutre ton cadeau au feu. Ça m'est venu comme ça, l'inspiration du moment). Quant aux jets de charbon, j'ai engagé les fils Fargeot ; dingue ce que des ados peuvent faire pour trois cartouches de clopes… Mais à la fronde, ces deux crétins ne sont pas plus habiles que leur père : je leur avais dit de viser la baie vitrée, ils ont éclaté la fenêtre des jumeaux. Je me suis engueulée avec eux, d'ailleurs, le jour de Noël. C'était au téléphone, tu t'en souviens peut-être… Enfin, j'ai commencé à me dire que ça allait trop loin. Tes mômes sont si petits, ils ne méritent pas d'avoir peur, d'avoir froid. Pardonne-moi pour ça, si tu le peux. Je suis un navet du diable, certes ; j'en ai quand même chialé la moitié de la journée.

Pourtant, l'univers semblait de mon côté ; toutes ces merdes accumulées, la corneille, le carreau du salon… Le cumulus au-dessus de la baignoire, ça m'a vraiment foutu les jetons, parce qu'il y avait un lien, et je le savais. On aurait dit que Christina participait au plan… Après le serpent, j'ai arrêté pour de bon. De toute manière, aussi contrariée fût-elle, Grâce ne semblait pas davantage disposée à vendre la maison. J'étais bien plus effrayée qu'elle, en réalité. Toujours je me demanderai si je n'ai pas réveillé un démon. Si Christina n'était pas vraiment là, en définitive.

J'avais onze ans, j'observais tout. « La commère », disait maman… Depuis que je les avais surpris, j'espionnais autant que possible. Je savais que papa et Christina avaient une cachette. Ils se laissaient des trucs dedans, des mots d'amour, des fleurs – tout un tas de cochonneries, comme il nous l'a raconté.

Le jour où papa devait rentrer de voyage, ce 22 décembre-là, maman a rouvert la chambre de Christina : elle était vide, mais j'ai vu la lettre sur la Remington. Je savais qu'il s'était passé quelque chose. Je savais que cette lettre était de maman, pas de Christina : je l'avais vue la taper, la glisser dans l'enveloppe. Alors je l'ai prise, et je suis allée la mettre dans leur cachette.

Mais là-haut, dans le trou derrière la pierre, il y en avait déjà une. Une autre lettre, authentique, que j'ai gardée toutes ces années. Je l'avais lue, petite. N'y avais rien pigé.

Je comprends tout, aujourd'hui. Chaque mot.

Au Grand Café, je l'ai rendue à papa. Je voulais rétablir la vérité, panser cette blessure qui me grattait depuis l'enfance. Si je n'avais pas fait cette opération quand j'étais môme – intervertir les lettres –, papa n'aurait sûrement pas cru à la thèse du départ précipité. Il y aurait peut-être eu une enquête, je veux dire, digne de ce nom… À l'époque, je ne me suis pas rendu compte de la gravité de mon geste, ni de ses conséquences. Je pensais que Christina était vraiment partie, et je voulais aider maman.

C'était une bêtise, bien sûr ; la bêtise d'une petite fille qui pensait comprendre, et ne comprenait rien.

Une pauvre immigrée polonaise, une gamine déracinée qui disparaît, tout le monde s'en fout. C'est triste, mais tout le monde s'en fout. Plusieurs mois après que papa nous a quittés, la police est passée à la maison, puisqu'elle avait travaillé chez nous. Mais alors, quoi ? Ça n'a rien donné.

Oui, maman était coriace. Je ne sais pas si elle refusait d'assumer sa responsabilité, ou si elle voulait nous protéger, toi et moi… Elle en prison, que serions-nous devenus ? Nous aurions peut-être été plus heureux, mais c'est une autre histoire.

Je n'ai jamais souhaité sa mort, Nathan. Je te le jure. Sa mort m'atomise.

Elle le méritait, sans doute. On se console comme on peut.

Sauf que voilà.

Papa a posté à maman la lettre de Christina ; cette authentique lettre qui signifiait : « Grâce m'a tuée. »

Et maman est morte. À cause de moi.

Pas à cause de ces conneries de pierres, de couteau et de collier au feu. À cause de cette lettre, rendue à son destinataire avec trois décennies de retard.

Maman et moi voulions toutes les deux faire fuir quelqu'un de cette putain de maison.

À trente ans d'intervalle, nous sommes, l'une et l'autre, des meurtrières.

J'étais resté, Cora, cette « notice » en main, abasourdi. Je m'étais servi un verre, un whisky-glace à onze heures du matin, puis j'avais lu de A à Z le journal de Grâce.

Les femmes sont folles. Les femmes ressentent des choses que je ne peux comprendre, ni même envisager.

Ce que je pensais, après ces lectures.

Et ma sœur, bon sang… Quelle comédienne ! Quelle inventive comédienne ! Lise n'a jamais trouvé sa voie ; elle en avait pourtant une toute tracée. Je l'imagine bientôt starlette d'une telenovela, où elle pleurera bronzée sur ses maudits amants.

Ma mère avait trente-quatre ans, cette année-là. L'âge que tu avais lorsque tu es morte, l'âge de Claire, mon âge. Comment peut-on, à un âge pareil, se sentir déchue à ce point ?

Les années 1980 marquèrent l'avènement des *supermodels* et du corps-bibelot, dressage continu des magazines de mode, standardisation des *cover-girls*, matraquage publicitaire comme nouvelle religion. C'était le boom de la consommation de masse et, pour consommer en masse, il fallait être beau, jeune, sportif, productif. Ce qu'était encore Thomas, ce que Christina allait devenir.

Ce que ma mère n'a pas supporté.

J'ai pleuré. Je n'avais pas pleuré ainsi depuis la fin de toi. Des larmes en spasmes, qui semblaient ne jamais devoir cesser.

Elles ont cessé, bien sûr. Elles cessent toujours, comme les marais s'assèchent.

Ensuite, j'ai ouvert le second paquet ; il venait d'une autre C.

C'était un dessin de Claire, dont je n'avais eu aucune nouvelle depuis l'étrange nuit passée avec elle. Ici, point de notice explicative ; pas même un petit mot.

C'était un immense croquis en noir et blanc, savamment encadré, qui représentait un ange vu de dos. Un homme en costume strict, mais dont les omoplates étaient pourvues d'ailes. La composition évoquait Ernest Pignon-Ernest, en plus brut, plus gothique. De loin, on ne voyait que cela – l'ange businessman. En approchant, on réalisait que les ailes elles-mêmes étaient constituées d'oiseaux ; chaque aile était en soi une nuée d'autres ailes noires, images fractales, à l'infini. Je venais de lire les « sbires » de ma mère et le dessin me fit le même effet que ma date de naissance au milieu d'un cimetière. Je laissai tomber le cadre sur le sol ; le verre se brisa, le grand Canson chuta comme un lai de papier peint.

Ami, entends-tu le vol noir des corbeaux sur nos plaines… ?

Derrière le dessin, il y avait sa date de production – 28 décembre, jour de la mort de Grâce –, la signature de Claire et son numéro de téléphone. *Cessons de mourir*. Voilà ce qu'elle avait écrit, à moins que ce ne fût le titre de l'œuvre.

Bien entendu, je lui téléphonai.

C'était le titre de l'œuvre, mais l'œuvre était pour moi.

À Paris, il fait très beau pour un mois d'avril, très chaud, un temps d'août. Je suis en culotte courte aux terrasses des cafés, dérèglement climatique. Toutes les voitures, pourtant, ont l'air de corbillards.

Le 1er avril au matin, je reçus un coup de fil. Hélas, il n'avait rien d'une blague.

Depuis quelques semaines, des travaux ont commencé dans la maison, à l'initiative des nouveaux propriétaires, un jeune couple avec un bébé. Le coup de fil venait d'Édouard Francannet, à qui ses collègues avaient confié le soin d'annoncer la nouvelle, puisqu'il était plus ou moins un « ami » de la famille.

Dans la structure en béton du bar américain, les ouvriers ont trouvé un squelette. Le squelette d'une femme de dix-neuf ou vingt ans, vieux de plusieurs décennies, enroulé dans une couverture.

Toutes ces années, grand, nous avons joué sur un putain de cadavre.

Francannet me demanda si j'avais une idée de l'identité du corps. Il y eut un grand blanc, une vraie banquise. Bien sûr, j'avais une idée. Plus qu'une idée ; une certitude. J'hésitai à mentir, mais à quoi bon ? Maman était morte. Thomas, peut-être déjà dans le cosmos depuis sa lointaine Italie ; et, s'il était en état de comprendre, il n'avait jamais rien souhaité que la vérité. Quant à Lise, exilée carioca, sa notice laissait entendre que je ne la reverrais pas de sitôt. Je le devais à Christina, à sa famille, s'il lui en restait une, quelque part. Je me le devais : je refusais d'être complice plus longtemps d'une telle abomination. Tant pis pour les Bresson. Tant pis pour l'héroïsme.

— Je crois, oui. Je crois qu'il s'agit de Christina Raziewicz.

— Qui ça ?

— Christina Raziewicz. Elle a été jeune fille au pair chez nous, quand j'étais petit. Nous avions toujours cru qu'elle était partie… Je n'en suis pas certain mais je pense, commissaire, que ça pourrait être elle.

Silence.

— Et vous auriez une idée de la date de son décès ?

J'inspirai à pleins poumons.

— 1981. Le mardi 15 décembre 1981.

5 + 1 = 6. La tête me tournait, Cora.

— Je me souviens de cette petite… Bordel, j'étais votre voisin, à l'époque !

— Je sais, oui.

— Excusez-moi, Nathan, mais comment pouvez-vous être à ce point catégorique ? Si je ne m'abuse, vous aviez quoi… quatre, cinq ans ?

— À la mort de ma mère, j'ai hérité d'un journal. Un journal qu'elle a rédigé cette année-là.

— Vous l'avez toujours ? Le journal ?

— Oui.

— Nous allons en avoir besoin. Pour classer l'affaire, vous voyez ?

— Évidemment. Je vous l'envoie en recommandé, si ça vous convient ?

— Parfait. Aujourd'hui ?

— Oui, aujourd'hui. Je raccroche et j'y vais.

— Entendu. Merci, Nathan.

— Pourrai-je le récupérer, ensuite ?

— Je ne sais pas. On verra ce qu'on peut faire.

Je raccrochai, pris le carnet en cuir et quittai l'appartement.

Je fis exactement ce que j'avais promis à Édouard ; si ce n'est que je passai par une boutique de photocopie, n'étant pas persuadé de revoir ce journal. Or, comme Grâce, je veux garder à l'esprit ce qui s'est passé. Ne jamais pouvoir faire semblant que rien n'est arrivé.

De retour chez moi, je me resservis un verre pour me donner du courage, puis je téléphonai à Me Marceau. Je lui racontai toute l'histoire et, sans que j'eus rien à demander, il soupira :

— Bien. Je vous fais parvenir la lettre de votre mère, selon sa volonté.

La Poste, en ce moment, convoie beaucoup de fantômes.

Ce matin, certains journaux titraient : *Découverte macabre dans une villa du Beaujolais.* Chaque fois, il s'agissait d'un simple entrefilet au milieu des grandes catastrophes du monde, quelques lignes mal torchées à la mémoire d'une Polonaise disparue trente années plus tôt.

Tout me semble si confus, Cora… Il y a beaucoup de morts autour de moi, plus que je ne l'imaginais. Ceux dont j'eus connaissance – mes grands-parents, toi. Ceux qu'il me fallut apprendre – Aurélien, Christina. Mon histoire regorge de cadavres dans le placard, au sens littéral ; nous avons vécu avec un squelette caché dans un mur. Comment Grâce a-t-elle pu supporter cela ? Par quelle aberration nous a-t-elle infligé une telle chose ? Nous avons joué sur ce bar, bu sur ce bar, mangé sur ce bar ! Nous avons vécu au-dessus de Christina, tous autant que nous sommes, toi, moi, Lise, les jumeaux – et cette seule idée me donne envie de vomir.

Mais non, mon amour. En toute honnêteté, je n'ai jamais rien *senti.* L'unique manifestation de ces Morts, tous ces secrets, ces os blanchis, fut pour moi la solitude, abyssale, permanente, cette solitude qu'il me semble aujourd'hui avoir toujours connue. Je pourrais concevoir autrement l'aversion que j'avais pour cette maison mais, d'un point de vue strictement rationnel, ma haine était davantage motivée par la tension qui régnait entre ces murs que par l'intuition d'un meurtre indétectable. Pourtant, je crois que certains sont capables de sentir. Nos enfants ont senti, parce qu'ils sont des enfants, ou qu'ils sont nés sans toi, ou peut-être les deux. Ces derniers mois, de temps à autre, ils évoquèrent « Tina » ; Tina dans des rêves, essentiellement. Mais quelque chose me dit qu'à partir d'aujourd'hui, je ne les entendrai plus jamais prononcer ce prénom. Désormais, Chris/tina est « une morte en paix ». Christina retrouvée, elle sera reconnue, identifiée, enterrée, priée. Justice, autant que faire se peut, aura été rendue.

Les morts en paix n'ont pas besoin d'embêter les vivants.

En tout cas, je l'espère.

Grâce Bresson,
22 décembre 2010, salon,
21 h 30 sonnant à l'horloge.

À mes enfants, Lise, Nathan.

Vous ne le savez pas mais, il y a vingt-neuf ans presque jour pour jour, j'ai juré de ne plus écrire une ligne. Je m'y suis tenue. Durant vingt-neuf ans, je me suis contentée de remplir des formulaires, signer des contrats, des bulletins scolaires, des chèques, des lettres recommandées.

De moi, je n'ai plus dit un mot.

Moi n'était plus une personne, seulement un statut.

Je reprends la plume car, depuis peu, il se passe quelque chose. Thomas est revenu. Et Christina est revenue avec lui.

Moi revient avec eux, pour quelques heures, quelques jours.

J'ai confiance en Me Marceau : si vous lisez cette lettre, c'est que je suis morte. Que la vérité, enfin, a éclaté. Une partie de la vérité, disons, si toutefois une vérité unique peut exister, ce dont je doute.

Ce soir, j'anticipe.

Si je meurs, vous vendrez la maison. Si la maison est vendue, elle sera rénovée. Si elle est rénovée, il est probable que le passé émerge des murs.

J'ai tué Christina. On pourrait envisager cela comme un triste accident mais je sais bien, pour ma part, que ce n'en est pas un. J'ai tué Christina et aujourd'hui, Christina veut me tuer. Son amant réapparaît, elle renaît de ses cendres. Je l'en sais capable – ça, oui. Il n'est jamais trop tard pour revenir se venger.

Mais tout cela s'est passé dans un monde jumeau. Ce n'était pas vraiment ici, c'était dans une maison parallèle, une réalité parallèle. J'ai été, cette année-là, une Grâce parallèle. Je savais que ce monde noir se rouvrirait un jour ; voilà près de trente ans que je suis en sursis. Trente ans de vie volés – volés pour vous.

Aujourd'hui commence ma fin. Il était temps, j'imagine.

Je ne nie pas ma culpabilité, attention. J'ai rendu Christina responsable de la désintégration de notre famille. Sans doute n'y était-elle pas pour grand-chose ; je me débrouillais très bien toute seule. Je rêvais de garder ma beauté dans une concression d'ambre, figée et éternelle comme l'insecte volant d'une ère disparue. La jeunesse devint une obsession, sa quête un délire, sa perte une maladie.

La beauté est une aliénation, car il est impossible de la maintenir intacte. Mon ancienne apparence fut la cause de toutes mes souffrances, de toutes vos souffrances, de toutes les souffrances de cette jeune fille que je ne qualifierais pas d'innocente mais qui, naturellement, ne méritait pas cela.

Ne le prends pas mal, Lili chérie, mais je suis soulagée que tu ne le sois pas – belle. La beauté, crois-moi, est une malédiction. Christina et moi en payâmes le prix ; elle fut le bouc émissaire de ma dégradation.

Faire disparaître le corps revenait à faire disparaître le crime. À l'époque, c'est ce que j'ai cru. Voulu croire. Ça n'a pas marché, bien sûr. Rien n'a disparu, à part moi. Les rides ont poursuivi leur route inexorable, comme les fissures dans les murs, murs-caméléons, sur mon visage, sur mon corps. Selon Freud, la « maison » est le lieu où se répète le passé. Oui, vous l'avez vendue – vous avez bien fait. Tôt ou tard, il faut faire table rase. Moi, je ne pouvais pas. Vendre la maison, c'était vendre ma peau.

Au début, j'ai pensé l'enterrer dans le parc. Mais c'était le plein hiver, le sol gelait. Et puis, au jardin, j'aurais pu l'oublier, comme nous avions oublié tous ces hamsters, poissons rouges et autres canaris dans des boîtes à chaussures.

Christina n'entrait pas dans une boîte à chaussures.

D'ici vingt-quatre heures, vous serez de retour et nous fêterons Noël, mais je serai déjà dans un sac en plastique emporté par le vent, pour orner bientôt la branche d'un cactus au milieu du désert.

Quoi qu'on fasse, le désert avance.

Il avance sur moi, me recouvre, me fige et me dévore.

J'ai vécu avec une salissure. Je vous ai élevés, touchés de mes mains sales. Je vous ai contaminés. Cet acte, imprégné dans mes paumes, lignes de cœur brisées.

Notre maison n'est pas maudite, la vieille Chapelle avait tort. Moi, je le suis.

Qu'y comprenez-vous, aujourd'hui ? Vous êtes tous deux des grandes personnes, avec un passé, des heurts, des drames. Êtes-vous capables d'entendre ce que je dis, là, juste avant la mort ?

Et puis – quelle importance.

Réjouissez-vous, mes enfants.

Grâce n'a plus peur, Grâce n'a plus besoin d'aide, Grâce n'écoute plus, Grâce ne parle plus, Grâce ne souffre plus, Grâce ne vieillit plus.

Grâce n'est plus – elle vous aime tout de même. Ces bribes d'existence braquées à la justice, je vous les ai données.

Je vous aime, Lise, Nathan, les bébés. Épargne-les, mon fils. Préserve-les de mon passé, du naufrage de ma vie. Ils ont assez du leur.

Je n'ai plus d'espoir, et je n'ai plus de rêve. Depuis presque trente ans, j'attends que le temps passe, inévitable. J'attends une libération qui ne viendra jamais. Je n'espère ni pardon ni absolution. Je sais qu'il n'y a rien, après.

Pas pour les gens comme moi.

Celle qui fut, pourtant,
Votre mère.

Cette fois, le chapitre est clos.

Je vais poser mes béquilles, quitter ce monde orthopédique pour m'adapter, autant que possible, à la vie telle qu'elle est.

Je suis, Cora, un patient en rééducation.

J'ai voulu te raconter cette histoire, du moins la vision que j'en ai, forcément partiale – sincère dans sa démarche, fictionnée malgré moi. Cette histoire te concerne, concerne nos enfants. Nos enfants y ont même, d'une certaine manière, contribué. Je ne sais si je nous ai porté malheur, si nous t'avons toi aussi contaminée, moi, ma famille, cette maison que tu n'aimais pas non plus, sans parvenir à expliquer pourquoi.

Cet hiver m'a changé davantage que je ne saurais dire.

Moi n'était plus une personne, seulement un statut.

Aujourd'hui, je vais bien.

Tu n'étais pas jalouse, trop fière pour l'être, et tu avais raison ; j'ose croire que ma résurrection te touchera dans le bon sens. Paradoxalement, toutes ces catastrophes m'ont aidé à faire le deuil de toi, comme si elles renfermaient une forme d'explication. J'ai vécu avec toi un bonheur tout rond, un bonheur que l'on ne peut imaginer *en vrai*, un bonheur de conte. Sans doute est-ce pourquoi l'univers s'est vengé ; l'univers ne supporte pas le rond, il n'aime que le chaos. Mais j'ai appris qu'ici-bas, on ne maîtrise pas tout. J'ai appris que là-haut, rien n'est impossible. Alors, peut-être, finalement. Peut-être qu'un jour, nous nous retrouverons.

En attendant, je partage avec Claire une autre sorte de bonheur, un bonheur carré, triangulaire, octogonal ou difforme, parfois doux, reposant, parfois sec et tranchant comme une lame de rasoir. Tu étais l'équilibre même, Claire est un déséquilibre en soi, déprimée, délicieuse, hantée, joviale, glacée, drôle, insupportable, attendrissante. Je suppose que c'est ce que j'aime, chez elle ; je ne suis plus assez stable pour un bonheur tout rond.

Depuis la terrasse du bistrot où je suis assis, l'astre tourne de telle manière qu'apparaît non seulement l'ombre de mon verre, mais aussi celle des bulles de bière sur le formica de la table ;

cela crée un faisceau, doré et plein d'étoiles, qui s'évase du sous-bock. Il me semble voir ce spectacle pour la toute première fois. Ce n'est sûrement pas le cas, mais c'est mon impression – de *l'inédit*. En vieillissant, tu sais, les premières fois sont de plus en plus rares.

Les jumeaux près de moi dessinent les trottoirs, les arbres et les fontaines du jardin d'à côté. Le paysage sous leur mine est d'une extrême lisibilité, dépourvu de tout vice et de tout superflu, soleil et horizon, des cercles, des lignes, je regarde leurs dessins pour transposer le monde, je le vois par leurs yeux, si net tout à coup, si simple, et entre leurs doigts, mon ange, je réintègre, enfin, l'humanité.

Remerciements

Pour ce livre, je rends grâce…

À mes parents.
À mon oncle Claude.
À Karina Hocine, Caroline Laurent, Eva Bredin.
À Lettres frontière.
À Olivier, Thibault, Lise, Jean-Luc, Lauren, Matthieu.
Aux films d'horreur, sans lesquels mes dimanches n'auraient plus aucun sens.

Pour l'éditeur, le principe est d'utiliser des papiers composés de fibres naturelles, renouvelables, recyclables et fabriquées à partir de bois issus de forêts qui adoptent un système d'aménagement durable.

En outre, l'éditeur attend de ses fournisseurs de papier qu'ils s'inscrivent dans une démarche de certification environnementale reconnue.

CET OUVRAGE A ÉTÉ COMPOSÉ
PAR PCA À REZÉ (LOIRE-ATLANTIQUE)
ET ACHEVÉ D'IMPRIMER SUR ROTO-PAGE
PAR L'IMPRIMERIE FLOCH À MAYENNE
POUR LE COMPTE DES ÉDITIONS J.-C. LATTÈS
17, RUE JACOB, 75006 PARIS
EN FÉVRIER 2012

N° d'édition : 01 – N° d'impression : 81785
Dépôt légal : avril 2012

Imprimé en France